En miljövänlig bok!
Pappret i denna bok är framställt av råvaror som uteslutande kommer från miljöcertifierat skogsbruk. Det är baserat på ren mekanisk trämassa. Inga ämnen som är skadliga för miljön har använts vid tillverkningen.

Denise Rudberg

MATILDE

Roman

Månpocket

Denna Månpocket är utgiven enligt överenskommelse med
Albert Bonniers Förlag, Stockholm

Omslag av Helena Modéer
Omslagsbild © Lena Granefelt

© Denise Rudberg 2006

Tryckt i Danmark hos Nørhaven Paperback A/S 2007

ISBN 91-7001-462-0
978-91-7001-462-8

Tillägnas

Johan, Calle och Loppsan

Den otäcka känslan i maggropen växte sig allt starkare ju närmare lunchtid det blev. Målet för dagen hade varit att skriva fem sidor och med en kraftansträngning skulle hon på sin höjd få till en sida.

Matilde reste sig från soffan och placerade datorn vid matbordet. Kanske var det bättre om hon satt upp på en stol och inte låg nedhasad i en mjuk soffa?

Med fingrarna på tangentbordet och blicken på skärmen tog hon ett djupt andetag.

"Utan mål och utan verkan skulle hennes liv vara meningslöst. Cornelia var en person som hade lätt att förlora sin själsliga närvaro. Likt en myras ihärdighet..."

Ähh, tänkte Matilde. En myra hade väl för fasen ingen själslig närvaro?

Hon spretade med fingrarna och lade åter ner dem på tangentbordet.

"Utan mål och med en brinnande passion för ögonblickets spänst, satsade Cornelia det sista av sitt mod och..."

Ögonblickets spänst? Matilde tryckte på grammatikkontrollen, men fick inte upp någon rättelse.

Ett år hade snart passerat sen den dagen då hon beslutat sig för att satsa allt på att skriva en roman. Att bli författare hade varit det som hållit hennes fantasi fullt upptagen sen hon var tonåring.

Tillsammans med sin kollega och nära vän Fredrika, eller Freddie som hon kallades, hade hon anmält sig till en skrivkurs under våren föregående år. Flera författare skulle föreläsa på kursen som var ett samarbete mellan två bokförlag och Folkuniversitetet. Efter första lektionen började Matildes förändring. Med ens kändes hennes arbete på reklambyrån oviktigt och hela hon formligen brann av iver att skriva.

Varje uppgift de fick kastade hon sig över och hon räknade timmarna tills det åter var onsdag och lektionsdags.

I samband med kursens slut sade hon upp sig från reklambyrån för att på heltid ägna sig åt sitt skrivande.

Matilde undrade om hon skulle ringa Freddie. Hon och Freddie hade funnit varandra under studietiden på RMI Berghs reklamskola där Matilde studerat till art director och Freddie till copywriter. Medan de arbetade med sitt gemensamma examensarbete blev de erbjudna jobb på en mellanstor reklambyrå och hade jobbat tillsammans sen dess. Ungefär i samma veva som Matilde sade upp sig blev Freddie sjukskriven på grund av en jobbig graviditet och de hade bara hörts sporadiskt sen bebisen kommit. Tidigare hade de suttit många sena kvällar och nätter inför kunddragningar, men den tiden kändes långt borta. Arbetet på reklambyrån hade varit intensivt, men inte tillnärmelsevis så utmanande som romanskrivandet. Där fanns det ingen att skylla på om det gick fel, Matilde själv var ytterst ansvarig.

Hon ändrade sig och slog istället numret till sin syster.
– Åse!
– Hej, det är jag!
– Hej, hur går det?
– Så där. Jag hade lovat mig själv att skriva fem sidor idag och det funkar bara inte. Och när jag läser igenom det jag skrivit hittills så känns det så himla segt.
– Men skicka hit det då, så kan jag läsa och säga vad jag tycker. Du kanske bara behöver ha nya ögon på det.
– Nej, tack för erbjudandet, men jag klarar nog inte av det. Ärligt talat, Åse, jag tror inte jag kommer att fixa det här.
– Du får väl se. Slutför det där nu, så kan du lägga det åt sidan ett tag. Blir du inte antagen så har du i alla fall skrivit en bok.
– Jaja, du har rätt. Hur går det själv?
– Jag har varit hos psykologen nu på morgonen. Sen ska jag väl försöka mig på något hurtigt. Jag har lovat att plåta Josefines killar i eftermiddag. Hon vill ha nya porträttbilder. Så jag kan nästan säga att jag jobbar som fotograf. In my dreams. Börjar bli smått patetiskt att jag fortfarande leker proffsfotograf. Usch, och jag börjar bli gammal. Ja, inte lika gammal som du, men jag fyller ju faktiskt trettiosex i år.
– Det är väl ingen ålder på en häst, och vår storasyster kommer att få jättefina bilder. Världen har bara inte vett

att förstå hur begåvad du är som fotograf. Men din tid kommer, det är jag säker på. Hur verkar Josefine må?

Deras äldsta syster hade fått tre söner med knappt två år emellan och familjen hade börjat oroa sig för att hon höll på att slita ut sig själv och sitt äktenskap.

– Helt okej. Den där barnflickan har gjort underverk för dem. Jag fattar bara inte hur hon står ut med att ha Josefine som chef. Jag skulle bli galen.

– Så farligt är det väl inte, Jossis är nog en rätt bra chef, hon är ju van att säga åt alla vad de ska göra och hur de ska bete sig hela tiden.

– Det är det jag menar. Men du, jag måste skynda mig nu, jag ska köpa nytt batteri till kameran. Puss!

– Puss puss!

Matilde rullade med huvudet för att få bort den stela känslan i nacken. Det knakade och påminde henne om att hon borde boka tid hos sin naprapat. Eftersom skrivandet mest kändes tungt och irriterande reste hon på sig och gick in i sovrummet och öppnade garderoben. Nyårsafton var redan dagen därpå och hon hade ännu inte någon aning om vad hon skulle ha på sig. Hon såg fram emot att klä upp sig och bryta vardagstristessen. Prata ytligheter med folk hon inte riktigt kände och mest bara bry sig om att ha kul.

Hon lade fram tre alternativ på sängen och plockade fram dubbla antalet skor. Med hjälp av lite smycken så skulle hon nog få till det även den här gången.

Efter en snabb blick på klockan förhandlade hon med sig själv om att avbryta för lunch.

Innehållet i kylskåpet fick henne att konstatera att en näringsriktig lunch skulle vara lika svår att få till som de där fem sidorna hon tänkt skriva.

Stövlarna tog emot när hon skulle dra på sig dem och hon insåg att strumpbyxans högra häl hade ett stort hål. Samtidigt som hon gick in mot sovrummet drog hon av sig dem och kastade dem på sängen. Självklart gick det inte att hitta ett par som var både hela och rena och hon tvingades åter sätta på sig de trasiga och kompenserade istället med att dra på sig ett par ankelstrumpor ovanpå.

Med dubbla par strumpor, en tjock mössa med rosa pärlor och den stilrena kappan från Armani var hon redo att ge sig av. Det lockade att köpa en ny väska, men det var det inte tal om att göra innan boken var färdigskriven och inlämnad. Det fick bli en present till henne själv när hon gjort det hon föresatt sig. Matilde älskade märket Mulberry. De senaste åren hade trenden att köpa dyra väskor exploderat, fast för Matilde var det en hobby hon haft under större delen av sitt vuxna liv. Hon längtade till den exklusiva affären på Birger Jarlsgatan, men hade som sagt lovat sig själv att hålla sig utom räckhåll. Butikens nyhetsmail hade berättat att en del nya modeller dykt upp, och endast i ett fåtal exemplar. Hon måste verkligen skynda sig att skriva klart.

Vintern hade plötsligt slagit till på allvar och den kyliga luften varslade om att det snart skulle snöa ännu mer. På väg till Mariatorget där hon tänkt inhandla sin lunch slogs hon av att flickornas fritids bara skulle ha öppet fram till lunch eftersom det var dagen före nyårsafton. Snabbt styrde hon om stegen tillbaka hem och fick rusa in för att hämta bilnyckeln. Döttrarnas skola låg på Kungsholmen och bara om hon körde fort som sjutton skulle hon hinna dit i tid.

På fritidshemmet Äpplet var kaoset ett faktum denna fredag. Alla föräldrar hämtade samtidigt och Matilde gjorde sitt yttersta för att snabbt få sina två döttrar att klä på sig ytterkläderna.

– Snälla! Kan ni inte skynda er bara lite? Vi ska ju gå och handla och om vi inte snabbar oss hinner affärerna stänga. Det är ju nyårsafton i morgon.

– Äsch, det kommer de ju inte! Klockan är bara tolv och Ica har ju öppet ända till tio.

Ella, som snart skulle fylla nio, tittade skeptiskt på sin mamma och Matilde insåg att de där hotlögnerna inte längre fungerade. Men hon ville bara komma bort från detta kaos av föräldrar och barn som hon inte brydde sig det minsta om. Visst tyckte hon om en del av flickornas kompisar, men då helst i lite mindre doser och under andra omständigheter. Kompisarnas föräldrar däremot undvek hon gärna så mycket det bara gick. Det var alltid något så outhärdligt präktigt och påklistrat när vuxna människor träffades i sammanhang som hade med deras barn att göra. Matilde var väl medveten om att hon själv var en av dessa vuxna, men det gjorde inte saken bättre. De senaste nio åren kändes det som om hon fått en överdos av föräldramöten och hurtiga kommentarer om hur man bäst uppfostrar barn. Alla tävlade om att påpeka hur duktiga föräldrar de själva var. Tävlade om vem som hämtade tidigast, ägnade mest tid utomhus med barnen, hade de kreativaste barnkalasen och ändå lyckades så vansinnigt bra med sina karriärer. Helt enkelt en tävlan om att vara den ultimata övermänniskan. Matilde kunde bara krasst konstatera att efter skilsmässan hade i alla fall dosen sammankomster halverats. Flickornas pappa Sebastian fick nu per automatik sin beskärda del av föräldrakontakter. De första gångerna hade han ringt Matilde i ren desperation och frågat hur han skulle bete sig. Han steg plötsligt in i en värld där han inte kände till några spelregler. Och såna fanns det en hel del. Föräldraskapets oskrivna regler var en utmaning för den utomstående. I efterhand kunde Matilde tycka att Sebastian glidit igenom på en räkmacka i alla fall. De kritiska blickarna var mer granskande mellan mammorna och alla var betydligt vänligare inställda till en ensamstående, smått förvirrad pappa. Det hade Sebastian till och med erkänt för henne det första stormande året efter skilsmässan.

– Men, vi har ju bestämt att vi ska baka ikväll!

Plötsligt plingade det till i flickornas huvuden för de sken upp och fick på sig sina stövlar och jackor i rekordfart.

– Vad ska vi baka då? frågade Ella medan de tog stora kliv över till parkeringsplatsen. Hon fortsatte ivrigt:

– Snälla mamma! Kan vi inte göra kanelbullar?

– Jag vill göra chokladbollar med pärlsocker.

Ellas lillasyster Pim var bestämd.

– Men det gjorde vi ju på fritids i går. Jag vill inte göra chokladbollar.

– Ni får göra precis vad ni vill. Om Ella vill göra kanelbullar så gör hon det och så får Pim göra chokladbollar.

– Med pärlsocker?

– Absolut! Med pärlsocker. Men du vet väl att man kan ha strössel på om man vill? Sånt där regnbågsfärgat strössel.

– Va? Kan man? Då vill jag ha det. Ella, hörde du? Jag ska ha strössel på mina chokladbollar.

Pim hette egentligen Beatrice, men någon hade gett henne smeknamnet Pim och nu var det det enda namn som användes, både i skolan och hemma.

Matilde log och gav sina döttrar varsin puss när hon satte på dem deras bilbälten i baksätet. Volvon startade med ett knackigt motorvrål och hon lovade sig själv för miljonte gången att lämna in den på service. Hon kunde bara inte fatta att en bil som var knappt ett år gammal redan kunde ha problem. Men så var hon också något av en expert på att få nya saker att rasa ihop.

– Pappa kommer och hämtar er redan klockan sju i morgon bitti, så vi måste packa era väskor ikväll.

– När går planet?

– Nio, tror jag. Bo och Per är där nere och väntar på er. De åkte till Mallorca redan i onsdags.

Två illtjut hördes från baksätet och Matilde log. Flickorna älskade sin farbror Per och hans make Bo.

Matilde och Sebastian hade separerat snart fyra år tidigare. Sebastian hade för knappt ett år sen träffat en ny kvinna som Matilde tyckte var alldeles perfekt för sin exman. Det enda som oroade henne en aning var frågan om de tänkte skaffa gemensamma barn. Sebastian hade hävdat att Jenny inte var särskilt intresserad av den saken, men Matilde undrade om det verkligen stämde. Förr eller senare skulle det säkert bli av. Matilde hoppades på senare. Hon hade sett alltför många exempel på att nya barn i skilsmässofamiljer gjorde allt betydligt mer komplicerat. Själv hade hon redan bestämt sig för att inte skaffa fler barn. Hon var färdig med småbarnsfasen och njöt i fulla drag av sina två flickor. Sebastian hade gått från att vara en frånvarande och hårt arbetande pappa till att bli enormt engagerad i sina flickor. Han strukturerade sitt jobb helt efter flickornas behov och verkade faktiskt vara en mycket gladare person numer. Matilde insåg att det säkert berodde på att han inte längre behövde leva upp till hennes syn på hur deras tillvaro skulle se ut. Hon ville att hemmet ständigt skulle dofta av vällagad, nyttig mat, att barnen skulle vara rödrosiga och föräldrarna i perfekt symbios med varandra. Verkligheten hade speglat den fantasin dåligt och hur hårt hon än kämpat för att leva upp till sin drömbild hade det inte hjälpt. Matildes perfekta bild av den lyckliga kärnfamiljen hade tagit knäcken på både henne själv och deras relation. Det var hon väl medveten om.

Inne i mataffären rådde det om möjligt ännu mer kaos än inne på fritidshemmet. Folk prejade sig fram med sina kundvagnar och såg trötta ut. Alla var ute efter de bästa delikatesserna till årets sista dag.

Matilde insåg att hon borde ha förutsett detta och handlat innan hon hämtade tjejerna. Hon tog ett djupt andetag och sa:

– Ni får ta en egen vagn och handla mjölk, smör, yoghurt och ägg. Ni vet ungefär hur mycket. Ella, se till att ni inte tar den där drickyoghurten, det är alldeles för mycket socker i den. Ta...

– Jaja, vi ska ta sån där vanlig vaniljyoghurt istället, vi vet. Du tjatar om det varje gång vi handlar.

Ella och Pim drog iväg med sin egen kundvagn bort mot kyldiskarna och Matilde lyckades fokusera sina tankar på vad som behövde handlas i övrigt. Med hjälp av baksidan på ett mjölpaket checkade hon av ingredienserna till bakningen. Hyllan för hälsokost flimrade förbi och hon hittade alla frön och gryn som behövdes till hennes specialbröd som hon bakade minst två gånger i veckan.

– Mamma! Får vi göra egen köttfärssås ikväll?

– Ja, om vi gör den på kalkonfärs.

– Ja, vi har redan lagt ner det.

– Och fullkornsspaghettin.

– Ja, vi veeet.

Matilde var noga med att de skulle äta nyttig mat varje dag. Hon använde gärna riktig grädde och smör, bjöd dem mer än gärna på efterrätt. Lättprodukter och artificiella produkter försökte hon dock hålla borta. Det var en sak att de åt godis och var medvetna om det. Att de däremot drack hårt sockrad yoghurt och trodde att det var nyttigt tyckte hon inte om. Även Sebastian hade börjat bli en smula mer noggrann med vad han gav flickorna. Han hade börjat träna och Matilde visste att det var Jennys förtjänst. Flickorna var stolta över att de fick vara med och laga nästan all mat och hade fått mycket uppmuntran i skolan och på fritids. Som sagt, kampen om att vara den perfekta föräldern pågick ständigt...

– Har Marta varit hemma hos oss idag? Sa du till henne att hon inte fick röra min stad?

– Ja, hon kom förbi imorse. Och jag sa klart och tydligt till henne att inte städa bland era leksaker.

Marta var en äldre kvinna som hade hjälpt till hemma hos Matildes föräldrar när de flyttade från Oslo till Stockholm. Hon hade dragit ner på sin arbetstid och städade numer bara hemma hos Matilde och en annan familj. Hon kom hem till huset på Mariaberget två gånger i veckan, tvättade och strök på tisdagar och städade på fredagar. Matilde skämdes över hur bra hon hade det och hade svårt att berätta om det för folk hon inte kände. Men hon var verkligen inte bra på att hålla ordning och kunde inte låta bli att unna sig den lyxen. Marta organiserade garderoberna, skåp och lådor. Så slarvig som Matilde alltid varit var Marta nästan nödvändig för deras överlevnad. Att Marta dessutom bodde bara ett par kvarter ifrån dem gjorde att det hela kändes lättare. Hon hade i alla år fått vit lön så det fanns inget fuffens med i bilden. Trädgården skötte däremot Matilde helt på egen hand. Det krävdes inte struktur och organisering på samma sätt och arbetet var mer lustfyllt.

En knapp timme senare parkerade hon med snits bilen på sin plats och öppnade den rödmålade trägrinden in mot huset. Trädgården syntes knappt under snötäcket.

Matilde och flickorna bodde i ett av de sagolika små husen uppe på Mariaberget. Huset stod alldeles för sig självt och hade en tillhörande trädgård. Hon hade kommit över huset av en ren slump ett par år tidigare då hon satt in en annons om bostadsbyte. Inte för att hon behövde komma ner i hyra utan för att hon så desperat ville byta miljö och börja om på nytt. Sebastian hade skaffat sig en lägenhet på Norr Mälarstrand och Matilde bodde kvar i deras gamla lägenhet i Vasastan.

En gammal dam hade svarat på annonsen. Hon hade bott i huset sen hon var en liten flicka, men nu ville hon skaffa en lägenhet åt sin son som var på väg att flytta ihop med sin tjej. Odenplan tyckte han var helt rätt, trendigt och ungt. Själv skulle kvinnan flytta till släktingar i England. Matilde hade egentligen inte ens behövt titta på huset, som då var en hyresrätt, när hon hörde det beskrivas. Hundratio kvadrat med två små sovrum med snedtak på övervåningen. Bottenvåningen med vardagsrum och ett arbetskök som man inte kunde sitta i men som hade bra arbetsytor, och Matildes sovrum som hade dörrar ut till trädgården.

Trädgården var en magisk plats. Den var knappt 200 kvadrat men smakfullt arrangerad med rosor precis överallt, en hängpil och världens sötaste lilla gräsplätt.

För Matilde var detta livets oas. Här hade hon återhämtat sig från skilsmässan, skapat en ny, trygg och väl fungerande tillvaro för sig själv och flickorna.

För ett år sen hade Stadsholmen som ägde de små kulturhusen i Stockholms innerstad bestämt sig för att sälja ut sina fastigheter till hyresgästerna. Precis som för så många andra hade det blivit en lysande affär för Matilde. Den enda hyreskostnaden hon hade idag var tomträttsavgälden för marken hon hyrde av Stockholms stad.

– Mamma! Får jag låna ditt förkläde?
– Nej, du får ta ditt eget. Annars har ju inte jag något.
Alla varorna packades upp och det släpades fram diverse karotter och kastruller.
– Ella! Du får läsa ur kokboken där. Här har du måtten, och var försiktig med mjölet så det inte flyger runt i hela köket.

Matilde gick in i badrummet, tvättade händerna och tog fram en hårsnodd. Det långa lockiga håret behövde klippas igen. Hon gjorde en grimas åt spegelbilden samtidigt som hon flätade ihop en handledstjock fläta som fick hänga ner över ryggen. När Matilde föddes hade hon inte haft ett enda hårstrå på huvudet. Först när hon var ett år hade några ynkliga stackare trätt fram och lugnat hennes föräldrar. Det hade tagits igen med råge och hon var under sommaren tvungen att be sin frisör tunna ut håret för att hon inte skulle få värmeslag. Ella hade ärvt hennes hårtyp medan Pim var mer lik sin pappa med det tunna raka håret. Å andra sidan hade hon fått Matildes smala och vackert ovala ögon.

Matilde passade på att hoppa ur kjolen och knöt av sig

den vinröda omlottröjan i cashmere. Hon tackade gudarna för de moderna grova stövlarna som hade en klack som fungerade att gå i en hel dag. Hon krängde på sig sina äppelgröna plyschbyxor med tillhörande munkjacka och lovade sig som varje dag att hon med början nästa vecka dagligen skulle ta en snabb promenad runt stan. Hon hade slarvat med motionen de senaste veckorna och det märktes. Magen kändes spänd och hon tyckte sig skönja ett par extra kilo över baken. Hon fick se till att hinna med ett intensivt pass på Friskis & Svettis. Matilde älskade Friskis & Svettis. Det var det enda stället hon kunde gå och träna på utan att känna sig bedömd eller obekväm.

På det hela taget var Matilde nöjd med sitt utseende. Hon hade alltid varit den sockersöta flickan med det vackra håret och trots ätstörningar i tonåren tyckte hon att hennes kropp var någorlunda snygg och fyllde sin funktion. Graviditeterna hade satt sina spår, men hon tyckte att den fått tillbaka sin spänst igen. Hon och hennes två systrar hade alla olika kroppstyper och Matilde som ärvt sin mammas hade en tunn och späd överkropp men var något bredare nedtill, men eftersom hon var 173 centimeter lång gav benen ändå ett slankt intryck. För att ha fyllt fyrtio år tyckte hon själv att hon var rätt stilig att se på. Det röda lockiga håret och de många fräknarna gjorde att hon fortfarande såg rätt ung ut. Hon hade dessutom förunnats mycket pigment trots det röda håret och blev brun som en pepparkaka så fort solen visade sig.

Ute i köket var flickorna i full färd med att måtta i sina skålar och blanda ingredienserna. Matilde var tacksam över de nya skålarna i hårdplast hon inhandlat förra veckan, en nytillverkning av de gamla Margarethe-skålarna med design av Sigvard Bernadotte. Hon tyckte att det var klart lustigt att det var en gammal prins som hade formgett de välkända köksprodukterna. Han hade väl knappast stått bland husgeråden själv? Men vad visste hon? Han hade kanske varit en mästerkock. Bra var karotterna i alla fall, och väldigt snygga.

– Mamma, vad ska du baka?
– Jag gör lite bröd till frukosten i morgon.
– Jaa! Får vi pensla bröden sen innan de ska in i ugnen?
– Får jag strössla på solrosfröna?

Matilde nickade samtidigt som hon ställde fram de olika mjölsorterna som skulle ingå i hennes deg. Monika Ahlbergs kokbok från Rosendals trädgårdar var en stor favorit. Flickorna älskade de söta små solrosfröbröden. Små välsmakande frallor som var perfekta till frukost. Havssalt blandades med solrosfrön, havregryn och vanligt vetemjöl. Jästen blandades med vattnet. Med en sliten träslev bearbetade hon degen medan hon tittade på sina flickor som var fullt upptagna med att röra runt i skålarna. Hon sträckte sig upp till skafferiets översta hylla och plockade ner sin kryddblandning som hon komponerat ihop alldeles på egen hand från sommarens skörd av trädgårdens färska örter. Blandningen låg hopmixad i en gammal glasburk hon köpt på en loppmarknad. På den handskrivna etiketten stod med snirklig stil: Matildes örtblandning. Under den tiden de hade varit gifta hade detta varit en av de saker Matilde och Sebastian haft roligt åt. Han hade ständigt retat sin fru för att hon samlade en massa konstiga saker i gamla glasburkar och satte sitt eget namn på. Matilde hade funderat över varför hon envisades med att fortsätta göra så och kommit fram till att det var något från hennes barndom. De tre systrarna hade alltid varit tvungna att skriva namn på sina tillhörigheter eftersom det uppstod ett herrans liv så fort någon tog något av de andra. Matilde fnissade lite åt sin exman och kunde hålla med om att det var en smula komiskt att hon inte lyckats göra sig fri från den vanan.

– Är det jäsdags nu?

– Japp! In med popcornen i mikron, och idag är det Pims tur att tända brasan.

Jäsdags var signalen för att stänga alla dörrar och fönster och tända i kakelugnen. Denna tradition genomfördes även om det var mitt i sommaren och trettio grader varmt ute. Teven fick vara avstängd och så mumsade de istället popcorn och satt hoptryckta i soffan.

– Ska du på fest i morgon, mamma?

– Mmm. Tomas fyller ju år i morgon, på nyårsafton.

– Gör han? Varför får inte vi komma?

– Det hade ni säkert fått om ni hade varit hemma, men ni ska ju med pappa till Mallis. Så det är ju inte direkt synd om er.

Pim som suttit i sin egen värld och inte lyssnat så noga på sin syster och mamma, sa plötsligt:

– Vi pratade på fritids idag om vad våra föräldrar jobbade med och då sa jag att du skrev en bok. Är det en bok som du skriver till oss?

– Nej. Det är ingen barnbok. Men jag vet inte ens om det blir en riktig bok. Det kanske bara blir en massa papper med bokstäver på. Eller som en uppsats som dem ni skriver i skolan.

– Va?

– Nästan. Att skriva uppsats är ungefär samma sak som att skriva en bok. Tror jag. Jag har ju inte gjort det än.

Pim tittade på sin mamma och nickade som om hon sög i sig varje ord. Pim var en personlighet för sig. Ella var storasyster. Rationell, strukturerad med ett stort sinne för ordning. Pim var den yngre systern med den betydligt mer fantiserande karaktären. Hennes rum var alltid stökigt och även när hon precis städat var det som om hennes leksaker levde ett eget liv och ändå inte höll sig kvar på sina platser. Matilde kände igen varje uns av hennes personlighet i sig själv. Och Sebastians i Ellas. Det var som om man hade skurit itu deras personligheter och stoppat dem i varsin dotter.

Ellas bulldeg var färdigjäst och Matildes likaså. Pim som knådat ihop sin smet började rulla chokladbollar.

Matilde hade börjat baka med barnen redan när de var så små att de knappt kunde gå, så flickorna visste vad de gjorde.

De städade snabbt undan mjölet och kärlen medan bröden stod i ugnen.

– Mamma, snälla, kan inte vi få se film?

– Okej! Men bara om ni lovar att inte vara tjuriga i morgon när jag väcker er tidigt. För pappa kommer redan sju. Okej? Vad vill ni se då?

Favoritfilmen just för tillfället var Sweet Home Alabama som de hade sett säkert hundra gånger. Andra favoriter var Dirty Dancing och Mean Girls, och de valde den sistnämnda. Matilde gick in i sovrummet och kom på att hon kunde passa på att slå in presenten till Tomas. Annars skulle hon få göra det i sista minuten och med en sån fin present var det roligt om den blev vackert inslagen. Hon valde länge bland presentpappren hon hade i garderoben och fastnade till slut för ett matt mörkblått papper. Hon tog fram asken hon hade köpt flera månader tidigare och höll det tunga föremålet i händerna.

Tomas var flickornas gudfar och Matildes äldsta vän. De hade lekt sen de var tre år gamla och gått på samma förskola. Matildes föräldrar hade varit goda vänner med Tomas föräldrar och de umgicks fortfarande nästintill dagligen med Tomas mamma, som numer var änka.

Under Matildes tidiga tonår hade hela familjen flyttat från Oslo och det vackra huset på Uranienborgveien till Stockholm när hennes pappa fått ett eftertraktat jobb på Scania. Scania hade hyrt en enorm representationsvåning till Tor och hans familj på Strandvägen. Matilde hade gått de två sista åren i högstadiet i Sverige och sen gymnasiet. Skolan hon kommit till var Enskilda Gymnasiet där hon var långt ifrån ensam om att ha hamnat i Sverige med sina föräldrar på grund av deras jobb.

Strax efter det att hon tagit studenten hade föräldrarna

återvänt till Oslo, där fadern hade startat ett eget företag, men Matilde hade till allas förvåning valt att ensam stanna kvar. Både Åse och Josefine hade följt med föräldrarna tillbaka men Matilde hade kommit in på RMI Berghs. När Tomas flyttat till Stockholm med sin flickvän för att plugga på Kungliga Tekniska Högskolan hade han och Matilde umgåtts dagligen. Det var via Tomas som Matilde träffade Sebastian. De hade varit kursare på KTH under den enda terminen som de båda gått där. Sebastian hade valt att bli fastighetsmäklare och Tomas hade fullföljt sin utbildning på Arkitekthögskolan. Sebastian och Tomas hade blivit nära vänner väldigt fort. Valet av gudfar hade varit enkelt och självklart och trots att Tomas reste över hela världen i sitt jobb och hade sin bas i Oslo höll han tät kontakt med sin guddöttrar.

Flickorna knorrade lite när hon väckte dem tidigt på morgonen, men spratt snart upp ur sina sängar när hon påminde om Mallorcaresan.

Sebastian kom och hämtade barnen på exakt utsatt tid. Matilde gick huttrande med dem ut till bilen i morgonrocken. Hon tittade förvånat på det tomma passagerarsätet.

– Är inte Jenny med?

– Nej, hon är i Habo och hälsar på sin familj.

– Jaha! Men då får ni lova att ta hand om pappa, tjejer!

Flickorna nickade andäktigt och klättrade sen in i bilen.

– Allt bra annars?

Sebastian nickade och log, men Matilde såg plötsligt att det fanns något i hans blick. Något stämde inte. Hon viskade:

– Är det problem?

Sebastian mimade slut.

Matilde tittade förvånat på honom.

– Är du okej, eller?

– Ja, faktiskt. Det kom inte helt oväntat. Men vi kan prata mer om det när vi kommer hem från Mallis. Är det okej?

Matilde nickade och gav Sebastian en klapp på armen, innan hon kröp in i bilen och pussade flickorna adjö.

Inne i huset kom den bekanta känslan över henne. Känslan av total ensamhet och ångest. Den kom alltid minuterna efter det att hon lämnat över flickorna. Likaså frågan om hon hade kunnat göra något annorlunda. Hade flickorna varit lyckligare om hon och Sebastian lyckats reparera sitt äktenskap? Hade Sebastian varit lyckligare? På frågan om hon själv hade varit lyckligare visste hon svaret, och det var ett tydligt nej. Om hon hade tvingat sig själv för flickornas skull att leva med deras pappa hade hon bara levt ett halvt liv.

Sebastian hade varit en bra make. En bra pappa. När han varit hemma, vill säga. Under flickornas första år hade han mest befunnit sig på sitt kontor och litat på att Matilde skötte ruljansen hemma. Inte nämnvärt konstigt, hade Matildes föräldrar tyckt. Sebastian var ju den som tjänade pengarna och Matilde hade dessutom mer flexibla arbetstider. Så vad var problemet? Problemet hade inte varit stort från början, men växt allt eftersom. Växt i takt med att barnen blev större och tydliggjorde att de behövde sin pappa lika mycket som sin mamma. Och Matilde behövde avlastningen. Hennes tålamod sjönk och hon började känna sig som en allt sämre mamma. Allt flickorna gjorde irriterade henne och minsta sak fick henne att flyga i taket. Med Sebastian hade hon än mindre tolerans. Hon kände sig sur bara han visade sig hemma och helgerna blev alltmer olidliga. Det var meningen att de skulle ha ledig tid och mysa tillsammans, men varje helg slutade i ändlösa gräl om egentid, vem som gjorde vad och vad som räknades. Rättvisediskussionerna hade ingen ände.

Matilde hade föreslagit att de skulle gå till en samtalsterapeut. Sebastian hade till en början blåvägrat och tyckt att lite tjafs borde de väl kunna reda ut själva, men när även han märkte att de fick det allt sämre bad han själv om att de skulle boka en tid.

Efter ett år hos terapeuten, en separation och en återförening kunde de konstatera att ännu en separation var enda utvägen. Matildes känslor hade redan dött och hon kunde inte längre ens tvinga sig till intima stunder. Allt rörande deras äktenskap kändes infekterat. Den slutgiltiga skilsmässan hade skett relativt smärtfritt även om den hade varit på Matildes initiativ. Flickorna hade också pratat med terapeuten.

När ytterligare sex månader gått var det som om de alltid levt ifrån varandra.

Matilde hade dragit sig för att ge sig ut på sociala saker och tveklöst tackat nej till alla inbjudningar hon fått. Hon visste att Sebastian gjorde likadant. Det var som om de behövde ladda batterierna för att orka visa sig från bästa sidan som föräldrar till flickorna under en tid när de behövde sin mamma och pappa som allra mest. Den tiden kändes så långt borta och nu var alla harmoniska på var sitt håll, även om Matilde ändå inte kunde låta bli att se tillbaka och undra om hon kunde ha gjort något annorlunda.

Hon hade pustat ut när hon förstått att Jenny fanns i Sebastians liv och att hon var en allt igenom ärlig och snäll människa. Kanske var hon Matildes raka motsats? Kanske hade de mer gemensamt än de visste? Oavsett så spelade det inte längre någon roll.

Bilden av det tomma passagerarsätet i Sebastians bil slog henne plötsligt. Hon insåg att den smidiga tillvaron de haft det senaste året kunde slås i spillror fortare än kvickt. Att Sebastian återigen tvingades igenom en separation skulle även gå ut över flickorna. Magknipet tilltog och hon undrade om hon skulle ringa Sebastian och fråga hur det stod till. Hon lyfte upp mobilen, men ändrade sig. Säkert projicerade hon bara sin egen separationsångest. Hon hade en förmåga att göra så en hel del, hade hon upptäckt. Överföra sina rädslor och farhågor på omgivningen och sen tro att hon hjälpte dem genom att gå in i deras problem. Genom sin terapi hade hon förstått att det var ett destruktivt sätt att handskas med sina egna känslor.

Hon ställde sig istället i duschen och gjorde en intensiv hårinpackning, med små glasampuller som fästes i en liten sprayanordning och sjönk in i håret under ett par minuter. Hon lät vattnet rinna och höll nästan på att somna under den varma strålen.

En rask promenad och några timmars arbete skulle säkert få henne att känna sig mer nöjd med sig själv. Hon planerade vart hon skulle gå medan hon fönade håret torrt.

Vädret var kallt och stärkande och när hon sen satte sig vid datorn fick hon en hel del gjort. Tangenterna verkade lyda hennes minsta vink och när hon stängde ner datorn hade hon fått ihop nästan tre sidor.

Eftersom hon lovat Tomas att komma lite tidigare fick hon skynda sig om hon skulle hinna med proceduren att göra sig nyårsfin.

Hon satte på sig sin behå med geléinläggen. Även om hon inte hade några direkta komplex över sina små bröst kunde hon ibland tycka att vissa kläder behövde ifyllnad.

Matilde hade ammat båda sina flickor i över nio månader och hennes bröst hade därmed gjort sitt. De hade inte varit särskilt stora till att börja med, men nu var det som det var. Kompensationen var istället att de hade blivit känsligare än före graviditeterna.

Värmerullarna i håret började svalna och hon lade på mascaran. Sen slog hon numret till Sebastian. De borde ha hunnit fram till huset vid det laget.

– Hej, det är jag.
– Hej! Vi skulle precis ringa.
– Vad gör ni?
– Inget särskilt. Bo och Per håller på med maten och är så jäkla hemliga så vi vågar inte ens gå in i köket.
– Är det du som fixar fyrverkerierna?
– Ja. Och jag lovar att flickorna inte får hjälpa till. Du behöver inte oroa dig, kära exfru. Vad blev det nu då?
– Den svarta. Jag ser faktiskt icke klok ut i såna här

kläder längre. Eller så är jag bara ovan nuförtiden. Det är trist att man ser så trött ut när man är blek. Runt nyår är värsta tiden och då ska man springa runt i bara armar och se blekfet ut. Hur gick flygresan förresten?

– Den gick bra. Tjejerna är ju så vana så de kan den där rutten bättre än jag. Och så kollade jag återresan och det var som jag trodde, att vi landar sent. Förresten, vadå blekfet, du är säkert så tjusig som det bara går. Bo har tvingat oss att ha smoking så flickorna fick åka ner med honom till Zara och hitta lämpliga klänningar. De blir så bortskämda här nere så det är inte sant. Och det spelar ingen roll vad jag säger. Jag har ingen som helst talan här. Men de är så fina så du kan inte tro, ska jag skicka en bild på dem?

– Jaa, gör det. Men du, hur känner du dig då?

– Det är okej. Det är trist, men nu är det så här och jag kan bara vara tacksam för att det inte hann gå längre. Jag menar, vi bodde ju inte ens ihop.

– Nej. Det är sant. Men man kan ju sakna någon ändå. Hon var faktiskt väldigt trevlig.

– Jovisst. Men det är skillnad nu när man är med tjejerna. De är ju ändå det viktigaste. Men du, nu måste jag visst hjälpa till, det låter som om det är kris i köket. Hälsa Tomas och gratta från mig. Och håll dig i skinnet!

– Vad fånig du är! Och lova, lova att flickorna inte står för nära smällarna.

Matilde hörde en suck från sin exman och hon fnissade när de lade på. Ett återtåg till badrummet fick henne att se att makeupen behövde viss påfyllnad och hon gjorde sitt yttersta för att få till sotade ögon. Så här mycket hade hon inte sminkat sig på väldigt länge, hon kanske borde göra det lite oftare. Åtminstone borde hon ha övat sig inför den här gången. Risken var att hon skulle se ut som en tvättbjörn. Längtan efter flickorna sved till i magen och hon insåg att det var ett bra tag sen hon varit ifrån dem så länge som tio dagar. Å andra sidan skulle hon få ha dem i två veckor i sträck sen, så det fick väl jämna ut sig. Det var bara att konstatera att hon aldrig skulle vänja sig vid känslan av att inte ha sina flickor hos sig varje dag. Det var och skulle alltid vara hennes livs sorg. Trots att hon själv var orsaken. Det dåliga samvetet var på väg att fylla hennes ögon med tårar och hon fick göra en kraftansträngning för att inte sabba all tid hon hade lagt på sminkningen. Hon tog ett djupt andetag och tänkte på hur mysigt hon och flickorna skulle ha när de kom hem från Mallorca. Och hur viktigt det var att de fick tid med sin pappa. Efter stor koncentration på att inte låta känslorna ta överhanden började hon återvända till känslan av att snart var det dags för fest.

Att Tomas valt att ha smoking på en middag för tolv personer hemma hos sig själv var en smula förvånande. Han som själv gärna dök upp på strikta tillställningar i trasiga jeans och en manchesterkavaj. Han var en stor förespråkare av dress down.

Telefonen ringde.

– Jaja, Tomas, jag lovar att inte bli sen. Jag är snart klar. Du behöver inte oroa dig.

– Det var inte det. Klara ringde. Hon kommer också.

– Va? När då? Skulle hon inte åka till sina föräldrar ikväll?

– Jo, men inte förrän senare. Hon kommer bara en stund på fördrinken.

– Oj. Hur känns det då?

– Jag vet inte. Jag förstår bara inte riktigt varför hon ska hit.

– Hon är nog bara orolig över att du verkar gå vidare. Hon kanske tror att du har träffat någon.

– Du ser, bara en sån sak. Jag kunde ju inte ha sagt nej, att hon inte fick komma, eller hur?

– Nej. Bara du känner att du klarar av det. Jag lovar att prata med henne, så slipper du. Jag kan se till att hon är upptagen. Hon älskar ju att prata om sig själv och alla sina jobbprojekt.

– Ja, som alla andra. Men du brukar vara bra på att intervjua folk, så kör på med det. Jag kan ju alltid skylla på att jag faktiskt måste ta hand om de andra gästerna om det verkar som om jag ignorerar henne. Vad ska du ha på dig ikväll? Du kommer att vara smashing som vanligt, antar jag.

– Jag har på mig en svart sak. Ovanlig nyårsklädsel, eller hur? Har du berättat om skilsmässan för de andra som kommer?

– Ja. Alla vet.

– Shit, det här kommer att bli konstigt. Men hon stannar ju bara en stund. Vi får försöka göra det så trevligt som möjligt. Hon kanske vill visa att hon är oberörd eller något. Tror du fortfarande att hon har träffat någon ny?

– Vet inte. Men det har hon säkert. Jag tror att det är den där killen på hennes jobb. Fast då förstår jag inte riktigt vad hon ska hit och göra. Borde hon inte vara med honom då?

– Jag är klar nu, så jag kommer över.

Matilde stoppade ner sina sminksaker i aftonväskan och packade ner det extra paret nylonstrumpor. Presenten till Tomas lade hon i kappans innerficka.

Det skulle bli spännande att se Tomas nya våning. Han hade varit så hemlighetsfull runt hela projektet. Matilde hade slutat fråga eftersom hon antog att ombyggnaden börjat gå honom på nerverna. Klart det måste vara stökigt att bo mitt i en byggarbetsplats och samtidigt försöka klara sig helskinnad ur en separation. Hon var väldigt glad över att Tomas valt att slå sig ner i Stockholm. Hon hade befarat att han skulle flytta till London eftersom alla de stora kunderna fanns där, men Tomas hade förklarat att det gjorde honom mer intressant om han valde att sätta bo i Stockholm. De största och bästa kunderna ville alltid ha det som var annorlunda.

Matildes taxi tutade och hon tvingade sig bort från spegeln och försöken att sota de blåa ögonen intressanta. Säkert skulle det se mjukare ut i ett snällare ljus. Badrummets lampa var obarmhärtig. Håret hade däremot blivit precis som hon tänkt sig. Trots att hon hade rött, lockigt hår var förebilden en blond, sval Grace Kelly. Nåväl, Rita Hayworth dög hon också ifall det knep. Klänningen från Chloé och de dekadenta örhängena lyckades väl och att hennes hår var rakt hjälpte också till att strama upp bilden.

Taxin surrade och mätaren stod på hutlösa 105 kronor

redan. Matilde irriterade sig på chauffören och tvingade sig att tänka på att det faktiskt var nyårsafton och att någon belöning skulle de som tvingades jobba en sån dag väl få.

– Arsenalsgatan, tack. Du kan stanna i hörnan vid Blasieholmstorg, för jag tror att det är enkelriktat åt det hållet.

Tomas val av bostadsadress var lustigt. Det var bara ett stenkast från Kungsträdgården och med resten av gatan fylld av kontor och små antikvitetsaffärer skulle han vara den enda boende i kvarteret. Han tyckte inte att det var bekvämt att springa på en massa folk och så ville han absolut ha kontor och sin ateljé i anslutning. Tomas tillhörde den sorten som kunde kliva upp mitt i natten och skissa upp en ny byggnad. Han ville känna sig helt fri och ha möjlighet att jobba när helst det föll honom in.

Snön föll så tätt över Stockholm att det knappt gick att se Grand Hôtel från Skeppsbron.

Taxin körde in på Kungsträdgårdsgatan och upp på Arsenalsgatan, trots att det var körförbud. Ett plus i kanten till chauffören trots den höga mätarställningen från början.

– Jaha! Det blir 178 kronor, tack. Kort eller kontant?

Matilde betalde med sitt vita American Express. Hon hade egentligen ansökt om det av den enda anledningen att det var snyggt. Hon hade inte orkat läsa sig igenom fördelarna det säkert hade jämfört med det klassiska gröna. Detta faktum skulle hon aldrig erkänna för en levande själ, men de som kände henne bra visste det ändå. Hon svepte sin sjal över huvudet och klev med håret väl skyddat in i den angivna portuppgången. Det räckte med ett par vattendroppar för att håret skulle anta mikrofonfrisyr à la Jackson Five 1980.

Huset var nästan helt nersläckt, bara Tomas fönster lyste upp den kalla vinterkvällen. Med ett pirr i fingret tryckte hon in koden hon hade lagt in i mobiltelefonen och dörren gled automatiskt upp. Hissen var modern och nyinsatt i samband med att vinden byggdes om. Tomas hade berättat att han erbjudit sig att göra om det nya soprummet i fastigheten. Som arkitekt passade det honom utmärkt att få öva på ytterligare ett annorlunda rum med spännande lösningar.

Matilde tryckte på den infällda metallplattan med en femma på. En blå neonrand blinkade till runt om och hissen satte fart uppåt.

Hissdörren gled upp och hon befann sig på husets översta plan. Det fanns ingen namnskylt på dörren så hon ringde helt sonika på den enda dörrklocka som fanns.

– Kom in, jag har händerna fulla!

Tomas ropade inifrån och Matilde klev in.

Entrén var enorm och tycktes mynna ut i precis hela lägenheten. Det var ett enda stort rum och den bortre väggen var ingen vägg utan bara ett jättefönster ut mot Strömmen. Matilde log och förstod att här skulle Tomas trivas. Hans B&B Italia-soffa i design av Antonio Citterio stod ledigt elegant med sikte ut och det vackra golvet var i perfekt mörkbetsad nyans. Det var utan en tvekan ett rum på uppemot 150 kvadrat. Endast två stora tavlor med vita trådar spända över duken stod uppställda mot den ena väggen. Konst skulle, enligt Tomas, vara sparsmakad, svår och jäkligt dyr, annars fyllde den ingen funktion. Matilde visste att Tomas hittat dessa två dyrgripar på Christie's i London och att de kostat honom en hel årsomsättning. Det enda stället i världen där det fanns ett liknande verk av samma storlek var på Museum of Modern Art i New York.

– Jag är här! I köket!

Tomas stack ut sitt huvud bakom en vit vägg.

– Jag kommer. Var vill du att jag hänger kappan?

– Lägg den här i köket så länge. Men vänta får jag se! Du är ju vacker som en dag!

Tomas kom emot henne och höll ut armarna. Han hade låtit det blonda håret växa, och det klädde honom. Trots Matildes klackar var han huvudet högre. Han verkade även ha magrat en del, kanske berodde det på separationen från Klara.

– Vintage?

Tomas strök över Matildes kappa.

Matilde fnissade, hon kände sig plötsligt lite generad.

– Nää. Men man kan tro det. Dries van Noten.

– Ahh. I like. Men den har du inte köpt i Stockholm?

– Nej. London. Dries har inte funnits i Stockholm på massor med år.

Hon hängde av sig kappan och lade den över en stol.

– Det är ju enormt här, Tomas. Hur stort är det?

– Min privata del är 300 och kontoret 350.

– Men, är du helt galen? Du måste ju ha köpt hela kvarteret.

– Jamen, jag har tio anställda. Och alla kräver sitt utrymme. Bara ateljén därinne är 150 kvadrat. Den ser ut som mitt vardagsrum. Fast den har ett aningens bättre ljus.

Matilde nickade och log.

– Vad tror du Klara kommer att säga?

– Att jag har fått storhetsvansinne. Och jag säger bara "fake it till you make it", hahaha. Äsch. Jag trivs fantastiskt bra. Det här har varit min dröm att få göra och nu har jag gjort det. Hade jag inte investerat i det här hade jag bara fått skatta bort alla pengarna. Eller så hade jag bränt dem.

Tomas log och Matilde förstod att det trots hans glada leende låg en hel del allvar i det han just sagt. Arvet han hade fått efter sin far var skuldbelagt för Tomas. Fadern hade varit en berömd arkitekt i Oslo och ritat flera kända byggnader. För Tomas del hade det aldrig riktigt lossnat just i Norge vilket var något han ständigt skulle få leva med. I Norge skulle han alltid vara "sonen till…" istället för sin egen. Matilde trodde att det nog skulle ändras nu när hans pappa hade gått bort. Men det kanske skulle dröja en tid. Genom sin pappa var Tomas en offentlig person i Norge. Hans skilsmässa från Klara hade figurerat på löpsedlar och man spekulerade redan i vem hans nya kunde tänkas bli.

Tomas kastade undan sin långa lugg och gav Matilde ett champagneglas. Hon noterade att det var gammalt arvegods eftersom glaset hade frostade inskriptioner med Tomas farfars initialer. De gamla glasen stod i kontrast till den annars så sparsmakade och moderna inredningen.

– Tack! Vilka är det som kommer ikväll?

– Oj, få se nu, det blir en del folk jag jobbat med och några gamla kompisar från KTH. Du har säkert träffat några av dem förut. Så är du beredd? Nu premiäröppnar vi champagnen. Själv då? Hur går det med ditt hemliga projekt?

– Ähh, jag vet inte.

– Det kommer! Du måste tänka på att det är allra första gången du gör det här. Det kommer säkert att släppa snart. Men du tänker fortfarande inte berätta vad det är du gör?

– Näpp. Då blir det bara ännu värre.

– Well, well. Säg bara till om jag kan hjälpa dig på något vis.

– Men du och Klara då, hur känns det där? Är det ansträngt, eller låtsas ni som om det regnar?

– Det sista. Det är som om vi nästan låtsas att vi aldrig har separerat utan alltid varit bara just goda, men lite kyliga vänner. Men det kommer säkert ett utbrott snart. Det händer något som får någon av oss att gå i taket, så bryts den vänliga stämningen. Jag hoppas bara att det inte blir ikväll.

– Mhm.

Matilde tog en sipp ur glaset och konstaterade att champagnen var av bättre årgång och att Tomas såg klart stressad ut så fort Klara kom på tal.

– Men du! Varför ringer du inte henne och säger att det faktiskt inte är läge att hon kommer ikväll? Det är egentligen rätt fräckt av henne att fråga.

Tomas stod tyst och tittade ner på den bubblande vätskan i sitt glas.

– Att du låter henne komma kan jag bara se som ett tecken på att du vill att ni får ihop det igen. Är det vad du vill?

– Nej.

– Men varför gör du det då, om du är orolig för att det ska bli bråk? Det här är ju din kväll. Det är din fest och din nystart. Ska hon få sitta här då och vara sur och så ska du vänta på att hon ska säga något spydigt. Du kommer ju bara att springa på tå hela tiden.

– Jag var otrogen.

– Jaja, men det var väl ingen nyhet. Så där har ni ju hållit på hela tiden, båda två.

– Jo, fast det blev mer komplicerat den här gången. Det var ingen engångsgrej utan jag mer eller mindre inledde en relation med en av inredarna.

– Va? Dina inredare? Som jobbar för dig? Men Tomas, du är ju helt hemsk.

– Jag vet.

– Jobbar hon fortfarande för dig?

– Ja. Och hon kommer hit ikväll.

– Nej, men sluta nu! Kan Klara ha fått reda på att hon ska hit?

– Det är möjligt.

– Hur fick hon reda på er?

– Jag berättade. Jag orkade inte hålla det hemligt längre. Och nej. Vi är inte tillsammans. Men jag tror att hon vill att det ska vara så. För jag antar att det var din nästa fråga.

– Såklart hon vill. Men det är rätt magstarkt att inleda en relation så där.

– Klara och jag sågs aldrig och dessutom så tror jag att hon också hade en annan.

– Nu ringer du Klara och säger att hon inte kan komma. Du kan inte förstöra hela kvällen bara för att du har dåligt samvete. Då går jag hem.

Matilde stampade till med foten.

– Du har rätt, jag kan faktiskt säga att det inte funkar.

Tomas tömde sitt glas och lyfte upp mobiltelefonen från bordet samtidigt som det ringde på dörren.

– Det måste vara Klara! Hon sa att hon kanske skulle komma tidigare.

Matilde och Tomas såg på varandra med panik i ögonen.

– Jag gömmer mig, och så går du ut till henne och säger att hon inte kan stanna. Skynda dig nu innan alla andra kommer. Gå nu och gör det. Gå! För din egen skull, Tomas, annars kommer ni säkert att börja bråka mitt bland alla gästerna.

Matilde tittade sig vilt omkring och undrade vart hon skulle ta vägen. Hon tog glaset som hon hade ställt ifrån sig och champagneflaskan och skyndade ut i korridoren. Tomas tittade ut från hallen och signalerade frågande om hon snart var klar.

– Jaja, snart, jag skyndar mig så mycket det går, väste hon åt Tomas håll samtidigt som hon öppnade första dörren hon fick syn på och gled in. Det var Tomas garderob och hon snavade på en kartong och grimaserade av smärta när hon vrickade till foten. Hon spillde ut det hon hade i sitt glas och fnissade till. Det här var ju helt snett. Här stod hon och tryckte inne i Tomas garderob på nyårsafton.

Nu hörde hon att de kom in i vardagsrummet och att Klara var arg. Tomas verkade ha hunnit säga något i hallen som upprört henne.

– Men det är inte läge ikväll, Klara. Vi har ju faktiskt tagit det här beslutet att separera. Det var ju dessutom ditt förslag.

– Jag vet. Men det är något jag måste prata med dig om och jag vill inte ta det på telefon.

– Och du känner att du MÅSTE ta det precis innan jag ska ha en stor middag?

– Ja. För snart kommer en massa människor att prata om det. Kanske till och med här på festen ikväll. Jag vill att du ska få reda på det först från mig.

– Vadå? Att vi ska skilja oss? Det har ju redan stått på löpsedlarna och är väl inget nytt.

– Tomas, jag är gravid.

Matilde hickade till inne i mörkret och skyndade sig att fylla på glaset.

– Va? Vad är det du säger?

Det hördes på Tomas tonfall att han var chockad.

– Jag är gravid. Och jag tänker behålla det.

– Men vad, hur...?

– Det är inte du som är pappan.

– Och vem är det?

– Det kan jag inte säga. Men det har kommit ut till

pressen att jag är gravid så det är lika bra att du får veta.

– Men allvarligt talat, Klara. Du måste berätta för mig vem som är pappan.

– Jag vill inte. Han vet inte om det själv än. När jag har berättat det för honom kan jag berätta för dig. Men du, det är lika bra att jag åker nu, jag kom ju ändå bara hit för att berätta.

Eftersom Matilde inte hörde Tomas säga något antog hon att han bara nickade som svar.

Hon kom på att hennes kappa hängde över stolen i köket och hoppades att Klara inte skulle se den. Just när faran verkade vara över hörde hon Klaras röst utifrån hallen:

– Har du pratat med henne än?

– Vem då?

– Sluta löjla dig. Du vet vad jag menar.

Matilde spetsade öronen. Tomas svarade och lät klart ansträngd på rösten.

– Nej, det har jag inte, och jag tänker inte göra det heller.

– Varför inte?

– Därför, och jag har verkligen ingen lust att gå in på det. Dessutom tycker jag inte att du och jag borde prata om just det.

– Jag tänkte bara...

– Visst. Men om du inte vill träffa de andra gästerna så måste du skynda dig nu. Vänta så ringer jag efter en taxi.

Matilde höll på att spricka. Vad i helsike var det som höll på att hända? Hon kände sig klart berusad efter två rätt snabba glas champagne.

– Jag hoppas att jag inte förstörde din kväll. Men det hade varit värre om du hade fått läsa om det, eller hur? Eller hört det från någon av gästerna ikväll.

– Ja. Det var omtänksamt av dig. Och jag uppskattar det, svarade Tomas och han lät mycket samlad.

– Och du! Jag tycker verkligen du ska prata med henne.

– Visst, visst. Hej då, och ta hand om dig. Flyg försiktigt.

Matilde hörde dörren slå igen, men vågade sig inte ut riktigt än. Så hörde hon Tomas röst.

– Du kan komma ut nu. Hallå, Matilde! Det är fritt fram. Hon har gått.

Matilde rasade ut genom dörren och lyckades återigen spilla ut innehållet i sitt glas.

– Vad är det som händer här?

– Hur mycket hörde du?

– Allt! Vad tror du? Jag stod ju därinne hela tiden.

– Ja, vilken soppa.

– Soppa? Ja, verkligen! Klara är med barn, och vem är det hon tycker du ska prata med?

– Jag vet inte.

– Vadå vet inte? Är det den där tjejen du var otrogen med? Vad exakt är det du ska berätta?

– För att vara en till vardags väldigt balanserad tvåbarnsmamma, pratar du väldigt fort just nu.

– Sluta!

Matilde ropade och hoppade upp och ner så att hårspännet på högra sidan föll ur.

Tomas skrattade.

– Nu är du nyfiken, va? Det här är ju alldeles otroligt roligt. Tänk att du för en gångs skull inte sitter inne med all information. Hur ska du klara den här kvällen?

– Om du inte berättar så...

– Vadå, ska du göra tusen nålar på mig? Eller hästgreppet? Haha, nä det här ska jag suga på ett tag.

– Men allvarligt talat, Tomas. Vi måste ju prata om det här. Vem är det hon ska ha barn med?

– Du hörde ju tydligen väldigt bra därinne i garderoben. Hon har ju inte ens berättat för den blivande pappan än. Men, som hon var väldigt tydlig med, det är inte jag.

– Jag hörde det. Och jag kan inte riktigt säga att du verkar ledsen över just det.

– Nej. Det kanske låter kallt, men jag och Klara skulle aldrig klara att ha barn tillsammans. Oj, hörde du ordvitsen där?

– Sluta nu! Kan du vara lite allvarlig? Det här är faktiskt jättekänsliga saker vi pratar om.

– Jag vet. Verkligen allvarliga. Men varför skrattar du då?

Tomas gjorde fåniga grimaser och hoppade plötsligt runt som en gorilla.

Matilde fnissade, men stampade ändå med foten.

– Kan du lägga av? Du tänker alltså inte prata om det här?

Tomas stannade upp från sin gorilladans.

– Nej, det tänker jag inte göra. Jag har ingen lust. Och det är min födelsedag så jag bestämmer, eller hur? Och kolla vad har du där. Säg inte att du knyckt med dig min årgångschampagne in i garderoben. Hur kunde du?

Tomas gjorde en plötslig ansats att ta flaskan från Matilde som gjorde en blixtsnabb vändning och rusade in i köket.

– Har du druckit upp hela, eller?

Matilde ropade bakåt mot den springande Tomas.

– Nej, det har jag inte. Och förresten har jag spillt ut två glas. I din garderob på dina tjuuusiga kläder.

Tomas fick tag i henne och flaskan. Han tittade henne i ögonen.

– Du! Nu tar du och jag och delar på resten, fort som fan innan de andra gästerna kommer. Och så skiter vi i att vara vuxna och så jäkla ordentliga. Deal? Ikväll ska vi bara ha kul.

– Deal. Om du lovar att berätta vad Klara tyckte du skulle prata med den där tjejen om.

– Jag lovar att berätta. Men inte idag. En annan dag. Jag lovar.

Tomas lyfte flaskan och halsade ett flertal stora klunkar innan han räckte över den till Matilde.

– Här!

Matilde tyckte sig plötsligt vara nitton år igen och det var skolavslutning.

Tomas tog tag i en hårslinga på hennes högra sida.

– Vänta. Ditt hårspänne har lossnat.

– Jag vet. Det slet sig.

Tomas tog hårspännet ur hennes hand och satte upp hårslingan med spännet.

– Har jag sagt att du är väldigt tjusig ikväll?
– Ja. Gud vad du tjatar.
Matilde log en aning generat och räckte fram flaskan.
– Här! Det är din tur nu.

I och med att hon faktiskt känt Tomas sen de var små förstod hon att det Klara just berättat berört honom mer än vad han visade. Tomas vägrade visa sårade känslor öppet, något han haft problem med ända sen skolan. Han var expert på att förtränga all form av smärta. Istället levde han ut den i sitt arbete. Projekt som gick snett eller bara inte tog den form han önskade kunde Tomas sörja i all oändlighet. Både med sina kollegor och sina vänner. I det sammanhanget fanns det ingen ände på hur mycket han kunde analysera sin smärta och besvikelse. När det gällde hans privata känsloliv valde han istället den motsatta varianten.

Snart var flaskan urdrucken och Matilde var rejält snurrig. Hon skyndade sig att dricka ett stort glas vatten medan Tomas gick in i sovrummet för att hämta sin fluga.

– Vänta. Jag har ju inte sett resten av lägenheten.

Hon följde efter Tomas som hade slängt flugan på sin säng.

– Oj, man skulle kunna tro att det är en bög som bor här, så snyggt är det.

– Ja, men jag är ju nästan det. Åtminstone i alla andra avseenden än att jag inte blir kär i killar. Inte än så länge i alla fall. Förresten, det glömde jag fråga. Hur har de det nere på Mallis?

– Jag pratade med Sebastian innan jag skulle hit. Bo och

Per höll som bäst på att hetsa tjejerna till nyårshysteri. Och de hade bestämt att de också skulle ha smoking.

– Helt rätt! Och Sebastian som hatar smoking.

– Jag skulle hälsa så mycket. Han var jätteledsen att han inte kunde komma.

– Well, man kan inte vara överallt på samma gång. Hur ser jag ut?

– Helt okej, men hur stort är inte det här då?

– Vad du tjatar om hur stort det är. Bara för att du väljer att bo i ett råtthål på Söder trots att du inte behöver. Ska du inte sluta kokettera med din söderstil snart?

– Men sluta! Måste man bo på 300 kvadrat för att vara lycklig? Och vad vet du om vad jag har råd med eller inte?

– Sluta hyckla. Alla vet att ni fått pengar. Hela Oslo pratar om det. Det blev ju det stora samtalsämnet när din pappa sålde företaget.

– Va? Vem har berättat för dig att vi fått pengar?

– Mamma. Men hon hade inte hört det från dina föräldrar utan via någon bekant till din storasyster. Hon lär visst ha pratat en hel del om det på stan.

– Usch, ja. Jag kan faktiskt tänka mig det. Det är så typiskt henne.

– Det kanske är hennes man. Han verkar ju rätt imponerad av er familj.

– Nä, jag tror faktiskt det är min syster. Men jag är inte galet rik om du tror det.

– Hur kan du säga så? Tjejen som numer har ett antal norska miljoner på banken. Du kanske ska sluta vara så ängslig för att vara ytlig. Du är djuuup, jag lovar. Men kom inte dragande med att du har det knapert, det är inte klädsamt i din sits. Och hur blev det med lägenheten på Mallorca? Jag hörde att det var en hel del tjafs om att du skulle få den, medan dina stackars systrar bara fick dela på huset i Oslo. Uhuu.

Matilde daskade till Tomas med en av kuddarna från hans säng. Samtidigt tappade hon balansen på de höga klackarna en aning och snavade till.

– Vad du snokar då! Vet du allt om mig, eller?
– Gud! Du är ju packad, kvinna!
– Det är jag inte! Jag klev snett på klacken bara.
– Matilde är tipsy, Matilde är tipsy!
– Hörde du? Det ringde på dörren.

Tomas gick mot ytterdörren och öppnade. Han kikade ut.

– Det är ingen här. Är du säker på att det ringde på dörren?

Matilde skrattade och flydde in i köket.

– Gick du på den?
– Fasen, vad du är barnslig.
– Du säger att jag är full, du får skylla dig själv. Har du dukat förresten?
– Allt ordnas inne i ateljén.
– Ska vi sitta på kontoret?
– Japp. Vi kör maten därinne. Annars kommer det att stinka skaldjur härinne när jag vaknar i morgon. Och så kan cateringen ordna fritt därinne. De ska städa också.

Nu ringde det faktiskt på dörren och Tomas gick och

öppnade. Han vände sig mot Matilde innan han gick ut från köket.

– Och du tar det lugnt nu! Du kan väl passa på att öppna en flaska till. Men håll dig undan från garderoben!

Tomas nickade åt ett skåp till. Matilde öppnade och fann säkert ytterligare tjugo flaskor av samma tjusiga årgång. Hon skakade på huvudet och suckade. Det var så typiskt för Tomas. Hon kunde knappt fatta att återhållsamma Klara och han hade lyckats leva tillsammans så länge. Hur hade de stått ut med varandras ytterligheter? Där Klara hade varit sparsam hade Tomas varit extrem åt det andra hållet.

Hon öppnade en ny flaska och ställde på bordet bredvid champagneglasen. Tomas kom in i köket med sin nyanlände gäst.

– Jag vet inte om ni känner varandra? Matilde, Adrian. Adrian, Matilde.

Tystnaden som spred sig var total och Matilde stirrade på Tomas.

– Oj. Det verkar så…

Tomas tittade roat på sina två gäster. Adrian Hillver skruvade på sig och log ansträngt mot Matilde.

Räddningen kom då dörrklockan ringde igen.

– Ursäkta mig, ni verkar ha en del att prata om. Jag måste tyvärr öppna.

Tomas log retfullt åt Matilde innan han försvann. Hon vände sig mot Adrian:

– Jaha. Hur känner du Tomas?
– Vi lärde känna varandra i London.

– Visste du att jag skulle komma hit?
– Nej. Jag hade ingen aning om att du kände Tomas.
Matilde nickade. Hon kunde inte erinra sig att hon hade nämnt Adrians namn för Tomas. Men om han hade planerat det här skulle hon aldrig förlåta honom. Hjärtat bultade mot halsen. Oavsett vad hon tyckte om Adrian så var det bara att konstatera att han var attans stilig. Motvilligt kände hon att hon fortfarande var attraherad av honom.

Istället för fluga hade han valt en brokig scarf till sin smoking och bara det tydliggjorde hans arrogans. Håret såg välvårdat ut och de mörka lockarna låg vackert bakåtkammade. Han såg inte lika sliten ut som han hade gjort ett år tidigare. Trots att han var en kort man jämfört med Tomas hade han en mycket manlig framtoning. Hans kraftiga händer såg ut som om de inte visste vart de skulle ta vägen. De såg malplacerade ut där de stack fram ur smokingens ärmar. Matilde orkade inte längre med den obehagligt tryckande stämningen och sa:

– Du kanske vill ha ett glas champagne? Tomas har beordrat mig att fixa det.

– Ja tack. Och hur känner du Tomas?

Matilde svarade med ett betydligt kortare tonfall än hon hade tänkt sig:

– Vi är barndomsvänner från Oslo. Våra föräldrar känner varandra. Det var genom Tomas jag träffade min före detta man.

– Jaha, där ser man. Om du ursäktar så går jag ut och ser mig omkring. Det finns väl ingen anledning till att vi ska tvingas stå här och kallprata mer. Tack för champagnen.

Matilde kände sig skamsen. Kanske hade hon varit lite väl hård i tonen. Han var ju faktiskt här i egenskap av gäst lika mycket som hon själv. Istället för att gå efter Adrian valde hon att fortsätta hälla upp champagnen. Hon fick säkert tillfälle att be om ursäkt senare under kvällen.

Strax hade alla gästerna kommit och förutom Adrian kände Matilde inte någon. Utöver henne själv så umgicks Tomas nästan uteslutande med människor han av någon anledning träffade genom jobbet. Både som kunder och kollegor.

Hon gjorde sitt bästa för att undvika Adrian och koncentrerade sig istället på att lista ut vem Tomas kunde ha haft en affär med. Eller hade. De kanske fortfarande var ett par, det vore så typiskt Tomas att undanhålla en sån sak.

Matilde gick runt och hälsade på alla och frågade artigt vad de jobbade med och en massa andra fåniga frågor bara för att det inte skulle verka alltför misstänkt. När de två kvinnor som kommit utan sällskap svarat att de jobbade som journalist respektive tandläkare förstod Matilde att det var en komplicerad otrohetsaffär hennes käre Tomas var inblandad i.

Hon gick fram till den mest attraktiva av de två upptagna kvinnorna och förstod direkt när de började prata att det var rätt kvinna. Hon var runt 175 centimeter, lång och mörk, den där mörka sorten som hade en blek hy och som lätt fick rosor på kinderna. Näsan var något för stor för ansiktet men det var ögonen som var det mest framträdande. De var långsmala och så gröna att Matilde misstänkte att hon bar linser. Kvinnan var helt osminkad och hon hade behövt bleka de små håren på överläppen. Trots de små skönhetsfläckarna så lyste det lust om henne. Särskilt när hon tittade åt Tomas håll, det såg ut som om hon skulle hoppa på honom och börja hångla just där och då. Matilde konstaterade att en kvinna som var mer olik Klara skulle vara svår att hitta. Kvinnans man var musiker och verkade ha haft det motigt i karriären ett tag. Han såg rätt butter ut och Matilde undrade om han kände till sin hustrus otrohet. Hon kunde inte låta bli att fråga:

– Och hur länge har ni varit gifta då?

Kvinnan som hette Vanessa svarade med en förvånande bred skånska:

– Vi är inte gifta, bara förlovade.

Matilde nickade och tog en klunk av champagnen. Hon upptäckte att Tomas stod och tittade på henne. Hon spelade oberörd och pekade så bara han såg med fingret på Vanessa innan hon gav dem ett stort leende och fortsatte bort mot honom.

– Jaha. Du har listat ut vem hon är.

– Fy, vilken mustasch! Brukar hon låna din rakhyvel, eller? Hon är ju hårigare än Al Pacino.

Tomas skrattade till så att det flög champagne över Matilde.

– Du är helt otrolig, Matilde. Det går inte att tro att du är så elak när man ser din väna uppenbarelse. Caligula, tror jag att jag ska börja kalla dig.

Han böjde sig fram och viskade i hennes öra:

– Om jag inte kände dig så väl skulle jag tro att du var svartsjuk...

– Ähh, sluta smickra dig själv. Har du fått total hybris? Alla kvinnor vill faktiskt inte ha dig. Det finns de som föredrar mogna män som är på det klara med sitt känsloliv.

– Som Adrian då?

– Hur kunde du bjuda honom om du visste att vi haft ihop det? Och utan att berätta det för mig?

– Det visste jag inte. Men nu vet jag. Och jag började väl misstänka det i köket när jag presenterade er för varandra. Det verkar inte som om det gick så bra mellan er om jag förstår det hela rätt.

Matilde fnissade till och skakade på huvudet.

– Fy fasen, vilken skruvad nyårsafton. Det skulle bara fattas att Sebastian och Jenny var här också. Har du hört att de har separerat?

– Kan man separera om man inte bor ihop?

– Sluta märka ord, du vet vad jag menar. De har brutit upp.

– Ja, jag hörde det. Men det var väl ingen vidare förlust? Hon var inte direkt vad man kallar rolig. Även om jag förstår att du var nöjd med upplägget.

– Vad menar du?

– Det måste väl vara alldeles perfekt att din exman skaffar en ny kvinna som du för allt i världen aldrig skulle känna dig hotad av.

– Du framställer mig som om jag bara är ute efter att kontrollera och manipulera min omgivning.

– Jag känner dig, Matilde. Haha. I mina ögon var Jenny mer en lämplig nanny för flickorna, så i det avseendet förstår jag verkligen att du gillade henne. Men hon är ingen kvinna för Sebastian.

– Jaja.

– Schh. Nu måste jag utbringa en välkomstskål.

Tomas klingade i sitt glas och harklade sig.

– Jag vill bara hälsa alla välkomna hit, för att fira tre saker. Det nya året, mitt nya boende och det enorma beslutet att bosätta mig i Stockholm. Och så ska vi fira att jag fyller fyrtio år. Nu har jag kommit halvvägs om man ska lita på statistiken och sånt måste man fira i goda vänners lag. Visste ni förresten att fyrtio är ett heligt tal och sägs betyda början på slutet? Maten kommer att intas inne i min ateljé. Dansa och dricka ändlöst mycket mer champagne kommer vi att göra härinne ända in på morgonkvisten. Skål och välkomna.

Matilde såg hur Vanessa svalde varje ord Tomas sa. Säkert såg hon framför sig hur hon snart skulle flytta in här tillsammans med sin chef. Hennes misslyckade musiker såg desto mindre imponerad ut, han verkade dessutom redan kraftigt berusad. Matilde skakade smått på huvudet och Tomas puffade till henne i sidan.

– Vad är det nu då?

– Vad har du gjort med henne? Hon verkar ju helt förhäxad.

Tomas skrattade.

– Du vet, de blir så där. Alla kvinnor som jag tillbringar natten med.

– Vem ska jag ha till bordet?
– Mig såklart.
– Då kommer jag att grilla dig med alla frågor du inte vill svara på.
– Då ändrar jag på bordsplaceringen och sätter dig bredvid din gode vän Adrian.
– Okej. Inga frågor.
– Skål!

Ett flertal flaskor förtärdes innan de blev visade till ateljén av livréklädda servitörer.

Matilde undrade om hon skulle gå och ringa till flickorna, men tänkte att de säkert var upptagna med att äta god middag eller så låg de redan utslagna i sina sängar. Ella och Pim hade aldrig lyckats hålla sig vakna till tolvslaget. De var inga nattugglor precis.

Matilde satte sig på stolen som Tomas höll ut åt henne och insåg att hon nog borde hålla sig till vatten om hon inte skulle spåra ur den här kvällen som en liten fjortis.

Efter fem glas vatten, en förrätt bestående av skagenröra och en mellanrätt bestående av kräftstjärtssoppa och tre kuvertbröd vågade hon återgå till den bubblande drycken.

– Han verkar kär i dig fortfarande, Adrian. Han har tittat hitåt hela kvällen.

Matilde ryckte till av att Tomas plötsligt befann sig väldigt nära med sitt ansikte. Hans andedräkt var varm mot hennes öra. Hon konstaterade att det faktiskt var första gången i deras vuxna liv som de var singlar samtidigt. Det gav onekligen upphov till en lite laddad stämning.

Hon log och skakade på huvudet.
- Nej, han är inte kär i mig.
- Hur kan du vara så säker?
- För att han aldrig har varit det.
- Men du var kär i honom?
- Jag trodde nog det. Och han trodde säkert att han var kär i mig också. Det var väl därför det blev så tokigt. Oj, titta! Nu kommer varmrätten. Så lämpligt.

Matilde log och glittrade så mycket hon bara kunde med ögonen.
- Ser du om min lösögonfrans sitter snett?
- Nej. De är så fina så. Annars kommer den säkert att smaka alldeles himmelskt till hummern. Bon appétit!

Flera av gästerna höll tal och de var alla välformulerade och vitsiga. Matilde kontrollerade att hennes papper låg där det skulle i väskan och undrade när hon skulle ställa sig upp. Strax efter det att varmrätten plockades ut passade hon på att klinga i glaset. Det var lika bra, innan alla blev allt för berusade. Hon harklade sig:
- Jag skulle vilja passa på att säga några ord till Tomas. Först av allt vill jag tacka för att vi alla får vara här ikväll och dela den här dagen med dig. Generöst som alltid. Snyggt som alltid.

Du är ju faktiskt den person förutom mina föräldrar och syskon som jag har känt allra längst. Därför tycker jag inte heller att det är mer än rätt att jag fått dig till bordet ikväll. Det finns en hel massa tokigheter jag skulle kunna berätta, men jag tänkte inrikta mig på en specifik händelse. För mig säger den det mesta om Tomas personlighet och beskriver vår vänskap alldeles lysande. Den inträffade när Tomas och jag var med våra respektive familjer i fjällen. Vi var fjorton år och var i det stadiet att vi tyckte att det mest var irriterande att tvingas umgås med våra föräldrars vänners barn. Tomas var huvudet kortare än jag och såg ut som om han var sju år. Jag å andra sidan såg ut som tjugo, och uppträdde därefter.

Mina systrar och jag kämpade oss iväg i spåret tätt följda av Tomas. Han hade svårt som alltid att hänga med i vårt intensiva tempo, nä, inte protestera nu, Tomas. Efter ungefär två kilometer råkar det sig så att jag åker av spåret i en nerförsbacke och kör rätt in i ett träd. Jag tuppar av och mina systrar ställer sig bara och skriker. Tomas, 125 centimeter lång, jo, du kan inte ha varit mycket längre, tar omedelbart kontroll över situationen. Han beordrar mina systrar att ta av sig sina skidor. Binder ihop dem med mina med hängslena från sina skidbyxor. Med denna provisoriska bår drar han mig tillbaka till hotellet i två kilometer. Mina systrar går bakom och klagar över att de måste gå med sina klumpiga kängor. Det visade sig att jag faktiskt hade fått en rätt rejäl hjärnskakning och kanske hade fått allvarliga skador om jag inte hade kommit till sjukhuset så snabbt. Nu kan jag inte säga att jag blev helt återställd, men jag kan i alla fall säga att efter den dagen så är Tomas min ständige samarit. Vilken typ av träd jag än må köra in i så kommer han att komma farande med en smart uppfinning som räddar mig. Jag hoppas bara att jag får möjlighet att återgälda det någon gång. För som det känns just nu så ligger jag rejält på minuskontot. Jag älskar dig!

Tomas satt alldeles stilla på sin stol och till Matildes stora förvåning hade han tårar i ögonen. Han svepte snabbt med handen över dem och reste sig upp. Han viskade i hennes öra med en något skrovlig röst:

– Jag älskar dig också.

Matilde fick en blöt puss på kinden och kände att hon själv inte hade långt till tårarna.

Alla applåderade och såg leende på dem. Matilde kämpade för att inte titta åt Adrians håll. Hon visste att han med största säkerhet hade tyckt att hennes tal varit både banalt och innehållslöst. Men det var inte till honom hon hade skrivit det.

– Det var fint. Tänk att du är så snäll ändå.

– Bara tillfällig sinnesförvirring. Och manipulativt. Så att alla ska tro att jag är snäll.

Tomas bara log och skålade med henne.

Middagen var snart avslutad och alla blev visade tillbaka in till Tomas lägenhet. Matilde passade på att gå på toaletten, kontrollera sin mobil och dricka ännu mer vatten. Displayen visade inga missade samtal och Matilde kunde inte låta bli att andas ut. Hon hade haft svårt att stå ut med att ha missat ett samtal från sina döttrar just på nyårsafton. Inne i köket och svepande den andra hälften av det stora vattenglaset hörde hon hur Tomas ropade:

– Fem minuter kvar till tolvslaget. Alle man hit och se till att ni har något i glasen!

Matilde bättrade på läppglanset och skyndade sig ut.

– Där är du! Håll dig till mig nu.

– Ha! Och jag som trodde att du skulle hålla dig till en

viss annan person på tolvslaget. Men vad säger hennes kille? Vet han?

– Inga frågor sa vi, eller hur? Men för att stilla din nyfikenhet så tror jag inte att han vet. Eller jag vet det.

– Varför ser han så himla butter ut då? Han måste väl känna på sig?

– Vissa människor ser bara ut så. Kanske ingår det i hans image. Nu måste vi räkna ner!

Alla räknade ner årets sista minut i kör och ett enda stort jubel utbröt när Stockholmshimlen fullkomligt exploderade.

– Gott nytt år, Matilde!

– Gott nytt år. Vi får hoppas att det här året blir lite bättre än det som har varit.

– Jo, fast vi ska inte underskatta uppbrottets kreativitet. Inget sker utan orsak.

Matilde kunde konstatera att Tomas började bli rätt berusad. Han böjde sig fram för att ge henne en puss på kinden, men gjorde plötsligt en blixtattack och kysste henne på munnen. Matilde stod chockad kvar. Tomas mun var mjuk och det var inte en vanlig vänskapskyss. Inte ens för att vara nyårsafton. Oavsett om det berodde på champagnen eller det faktum att det var länge sen hon ens varit i närheten av en kyss så pirrade det till inom henne. Plötsligt blev hon varse att det fanns flera personer i rummet som kunde tänkas notera att Tomas kysste henne.

Hon lösgjorde sig och daskade till Tomas på axeln.

– Fy för dig! Passar på när man minst anar det. Snuskhummer!

Tomas log mot henne och grinade med hela munnen som Zeke Varg:

– Jag slant!

Matilde rodnade och var tacksam över att altandörrarna stod vidöppna.

– Nu tänker jag gå ut och titta på fyrverkerierna, och du håller dig i skinnet. Herregud, du är ju out of control, Tomas.

Han skrattade och de följdes åt ut i kylan. De andra gästerna kom fram för att önska värden gott nytt år och Matilde såg hur Vanessa kom svepande och lade sina långa armar runt Tomas hals.

Matilde försökte värma sig och gned med händerna över sina bara armar. Plötsligt kände hon hur någonting lades över hennes axlar.

– Här! Ta min smokingjacka, det är för kallt att stå så bar härute.

Adrian stod bredvid henne i sin vita smokingskjorta.

– Har du trevligt?

– Mycket. Själv?

– Absolut.

– Det var ett vackert tal du höll.

– Det tycker du inte. Du behöver inte låtsas.

– Jo, jag tycker det var vackert i sin enkelhet. Känslosamt utan att vara sentimentalt.

– Hur går det med skrivandet?

Matilde visste att det i Adrians fall var en förbjuden fråga, men hade inte hunnit hejda sig innan den slank ur henne.

– Oj, förlåt, jag glömde. Det var inte meningen.

– Det är okej. Jag är okej med det där. Jag tröttnade på att bli arg på alla som av ren artighet frågade hur det gick med mitt jobb. Det är ansträngande att vara misstänksam mot hela sin omgivning. Så ingen ursäkt behövs från dig. Men själv då? Hur går det för dig? Har du gått tillbaka till ditt gamla jobb?

– Nej, jag valde att inte gå tillbaka, så jag kämpar på. Det går så där.

– Det blir säkert bra.

– Nej, det tror jag inte att du tycker. Du behöver inte låtsas, Adrian. Du gör det inte särskilt bra.

Adrian såg först lite förvånad ut över Matildes irriterade tonfall, men förvåningen övergick snabbt till ett sårat uttryck.

– Om du ursäktar mig nu, så ska jag gå på toaletten.

– Vänta så ska du få tillbaka din jacka.

Adrian viftade avvärjande med handen.

– Nej, behåll den. Jag behöver den inte för att gå till herrummet.

Matilde suckade och stod kvar. Varför skulle hon hålla på så där med Adrian? Han försökte verkligen att föra en vanlig konversation och så slank sånt där ur henne. Det var som om hon inte hade någon makt att kontrollera sig själv när hon pratade med Adrian. Plötsligt hörde hon Tomas röst bakom dörrarna:

– Men snälla, Vanessa. Du är här med din fästman. Vi får prata om det här en annan gång. Nej, jag har inte någon annan. Men vi har redan gått igenom det här tusen gånger.

Jag tycker att du är fantastisk, men det kommer aldrig att bli du och jag. Vi är inte ämnade för varandra. Jo, jo, vi hade det jättebra, men det spelar ingen roll. Allt är för komplicerat och det värsta jag vet är komplicerade saker. Jag vill ha det lätt. Jag är inte bra med svåra saker. Kom igen nu Vanessa, nu är det fest och nu ska vi ha kul.

Matilde såg att Vanessa önskade fortsätta konversationen, men Tomas slet sig loss och låtsades skoja till det. Han backade mot köket.

Matilde skyndade efter. Vanessa blängde efter henne, men hon låtsades inte förstå hennes irritation och log bara vänt tillbaka och blinkade åt henne. I bakgrunden stod Vanessas fästman med uppdragna axlar och drack girigt ur ett drinkglas.

Morgonluften strömmade in genom de öppna altandörrarna och Matilde drog täcket så högt upp mot näsan hon kunde utan att få svårt att andas. Hon kikade mot Tomas som låg på rygg och snarkade.

– Tomas, vakna! Hallå, vakna!

Tomas ryckte till och sluddrade förvirrat:

– Va, vad är det? Vad händer?

– Det är morgon och du är fyrtio år.

– Det är en jäkligt tidig morgon också. Ska inte du sova lite?

– Nej, det kryper i hela kroppen.

– Äsch, försök sova ett tag till.

– Det kan jag inte!

– Du har ångest för att du var dum mot Adrian.

– Usch, ja. Lite kanske. Varför skulle jag säga så där? Men den där människan gör mig så arg. Jag blir arg bara jag ser honom.

– Vad sa du egentligen? Det är svårt för mig att prata om dina problem om du hela tiden vägrar säga vad de handlar om. Först ditt nya projekt som INGEN får veta vad det är. Så det här med Adrian. Man behöver faktiskt inte vara hemlig hela tiden.

– Men de där två sakerna hänger ihop.

– Antingen sover vi ett par timmar till, eller så går vi upp nu och äter frukost. Men det sista alternativet gäller bara om du berättar.

– Om du förklarar exakt vad Klara syftade på, och vem, när hon var här i går.

– Jag ska, men inte just nu. Av respekt så tänker jag inte prata om det än.

– Men det är ju samma sak.

– Nej. I mitt fall så kan det skada andra inblandade. I ditt fall handlar det bara om dig själv, det är skillnad.

– Okej, och nu fick du mig att känna mig väldigt ego.

– Vilket du är! Men det är vi allihop. Ska vi gå upp, eller ska du ligga och ha ångest bredvid mig som snarkar?

– Okej, vi går upp.

– Hur mycket är klockan?

– Snart elva.

– Va? Ja, fast det kanske inte är så konstigt. De sista gästerna gick ju halv sex. Men du, då sticker vi ner till Caffè Nero på Roslagsgatan och käkar brunch.

– Vad är det för något?

– De har fantastisk brunch! Jag måste bara kolla om de har öppet.

– Jag kan inte gå dit i klänningen.

– Du får låna en skjorta och ett par jeans av mig.

– Jaha, ska jag ha sandaletter till då, eller?

– Ja, eller låna en kofta att ha över klänningen. Gå in i min metrosexuella garderob och kolla om du hittar något så ringer jag under tiden. Fan, jag är skithungrig.

Matilde öppnade dörren till den garderob hon befunnit sig i kvällen före. Hon hittade en gråbrun kofta i cashmere och ett smalt svart bälte som fick markera midjan. Det skulle duga och kanske skulle ingen lägga märke till hennes tjusiga sandaletter.

– Men kolla! Du ser ju ut som vilken Harper's Bazaar-tjej som helst. Ingen skulle kunna ana att du inte sovit hemma. Det där bältet köpte jag i New York med Sebastian. Jag tror det var precis när ni hade träffats. Vi var inne på Barneys efter en vinlunch. Jag kan inte säga att jag var direkt nykter när jag köpte det. Vad sjutton var det för märke? Det var något udda och jäkligt dyrt. Få kolla! Jahaja, Barry Kieselstein-Cord. Med din Dries van Noten till det där så har du inget att oroa dig för. Neros är öppet förresten, och det verkade redan vara knökfullt med folk.

– Jag duschar bara snabbt. Har du några bra krämer?

– Om du står ut med att dofta man så står allt i badrumsskåpet.

"Badrumsskåpet" visade sig vara en hel garderob och Matilde log när hon öppnade den tunga dörren och fann en komplett serie för män av märket Shiseido. Tomas var för rolig när han handlade. Han kunde stå en hel dag och prova och testa och sen köpte han allt från en och samma serie. Detsamma gällde kläder. En del expediter höll på att bli galna på honom när han stod och ställde en mängd frågor som i deras öron verkade oväsentliga. För Tomas var det en del i processen att finna det ultimata.

Spegeln visade att natten varit lång och fårorna under

ögonen gjorde att hon såg en smula härjad ut. Ett par minuter i duschen sammanslaget med någon av Tomas mirakelkrämer skulle säkert göra underverk. Hon valde en extra fuktgivande kräm som doftade precis som Tomas. Hela sängen hade burit spår av den lätt kryddiga parfymen.

Krypet i kroppen började lägga sig, istället började hungern bli tydlig. Klänningen kändes sträv mot kroppen och i vecket vid armhålan hade hon fått ett litet skavsår. Men längden på klänningen gjorde sig bra till koftan och hon måste medge att Tomas kofta och skärpet inte var så tokigt.

– Tomas! Har du sett min väska?

– Nej. Eller vänta, den är nog här i köket. Oj, vad har vi här då? Min present, kanske?

Matilde kom in i köket där Tomas stod och höll upp ett väl inslaget paket.

– Oj, förlåt, tänk att jag glömde ge den i går. Men här då! Grattis på fyrtioårsdagen!

Tomas tog emot det hårda paketet och vände och vred på det.

– Erkänn att du är stressad nu för att du inte vet vad jag har köpt och du är såå rädd att jag ska ha köpt något du inte gillar.

– Nej, ärligt! Jag tror aldrig jag har fått något av dig som jag inte gillar. Jag gillar ju allt du gör. Kom hit!

Tomas drog Matilde intill sig och gav henne en lika blöt puss som föregående kväll på kinden.

– Tack. Är det okej om jag öppnar det när vi kommer

tillbaka? Taxin väntar därnere.
– Nej, sluta larva dig. Öppna nu!
Tomas öppnade utstuderat långsamt. Under papperet var en avlång ask med en krona ingraverad i den grova kartongen.
– Men är du helt från vettet? Har du köpt en klocka?
Matilde nickade och log. Hon kände väl till Tomas fascination för klockor och att de skulle vara unika på något sätt.
Tomas öppnade andaktsfullt asken och ansiktet sprack upp i total förvåning.
– Men hur i helvete har du fått tag på en sån här? Jag har ju letat i...
– Jag vet. Kommer du ihåg att jag och Sebastian var hos dig i London en helg och du sprang runt hela jäkla stan för att hitta en sån?
Klockan var en Rolex från sent sextiotal.
– Herregud, Matilde! En Submariner med röd text. Jag kan inte fatta det. Och du har låtit gravera den också. Titta! Tomas fyrtio år. Jamen, jag är helt mållös. Den här varianten är ju omöjlig att få tag på. Kom hit igen.
Tomas höll henne hårt mot sig och Matilde kände att hans hår fortfarande var fuktigt efter duschen. Han luktade precis som sängen hade gjort. Av någon anledning kände hon att hon var tvungen att frigöra sig. En smula skamset ställde hon sig bredvid Tomas och tittade istället på klockan över hans axel. Precis som under den mjuka nyårskyssen kände Matilde sig attraherad av sin barndomsvän. Det var allt annat än bekvämt.

– Var hittade du den?
– Du kommer aldrig att tro det. I den gamla klockaffären i Oslo. Det var någon arabisk shejk som hade kommit in i somras och bytt den mot någon annan med en massa diamanter. Så den har bara haft en enda ägare.
– Wow! Vet du? Jag tror att det här är den finaste present jag fått av någon.
– Vi måste gå nu, taxin har tutat flera gånger.
De rusade in i hissen och fann att taxin åkt när de brakade ut genom porten.
– Jäkla skit. Jag ringer efter en ny. Ska jag ta Taxi Stockholm igen eller tror du att de blir sura då? Jag ringer Taxi Kurir istället.
En ny taxi kom efter ett par minuter och tog dem genom ett vintervitt Stockholm denna nyårsdag. Det var knappt en själ ute och snötäcket var nästintill orört. De gled förbi Riche vidare ner mot Stureplan och Matilde kunde inte låta bli att rodna när de passerade Svampen. Hennes senaste sexuella relation hade varit med en av de tongivande unga männen som drev ett antal krogar på Stureplan och dess omnejd. De hade mötts på Sturehof när Matilde varit där med sina arbetskamrater och tagit ett glas vin en fredag efter jobbet. Han var väldigt ung, ganska kort till växten och med en helt galen humor. Klädd i oklanderlig mörk kostym och den klassiska bakåtkammade frisyren. Clarke Fredriksson. Matilde hade kommit ner från den mellersta baren och stött ihop med honom. Clarke hade tagit henne om midjan och frågat vart hon var på väg. När Matilde hade sagt hem hade han övertalat henne att stanna för

ett glas champagne. Mest på skoj och för att hon inte alls hade lust att åka hem hade hon stannat. De hade delat på en flaska och sen åkt till hans våning alldeles vid Humlegården. De hade haft sex nonstop hela natten. Matilde kunde faktiskt inte erinra sig att hon hade varit så avslappnad med någon under sex som den gången. Hans läppar hade varit enastående mjuka och det hade inte varit något fel på det andra heller. Dagen därpå hade Matilde vägrat att lämna ut sitt nummer men motvilligt gått med på att programmera in hans i sin mobil.

"Ring om du vill komma tillbaka till himlen", hade han sagt, skrattat och gett henne en het adjökyss. Matilde hade ringt en månad senare och det hela upprepade sig. Hon hade haft liknande relationer under studietiden, men då alltid känt att det utmynnade i en komplicerad historia. Nästan tjugo år senare hade hon nått en viss mognad och fann att hon plötsligt var nöjd med upplägget.

Under nästan ett år hade de träffats på samma sätt och under samma förutsättningar. Det verkade ha passat dem båda. Hon hade förstått att Clarke vanligtvis träffade betydligt yngre tjejer. Men de hade haft en speciell kontakt och de sista gångerna hade Matilde till och med stannat och ätit frukost. Ömsesidig respekt hade präglat relationen. Det hade varit uppfriskande att umgås med honom och han hade påmint en hel del om killarna hon träffat när hon gick på Enskilda Gymnasiet. Hon insåg att hon hade saknat umgänget med dem när hon pratade med Clarke. Han påminde henne helt enkelt om det förflutna och den i viss mån ansvarsfria ungdomstiden.

Sen hade hon träffat Adrian och det var nu mer än ett år sen hon sist hade varit i vindsvåningen vid Humlegården. Hon kunde ännu sakna äventyret det hade varit och humorn han hade haft. Likaså kravlösheten och att allt helt och hållet hade legat i hennes makt. Clarke hade varit en fantastisk älskare och skulle med all säkerhet bli en av Sveriges mest framstående nöjesprofiler en dag. Det hade varit ett stort nöje att ha haft en tid med honom under de givna formerna. Och en intressant anekdot hon skulle kunna skriva om i en framtida bok.

– Vad sitter du och ler åt?

– Ingenting, bara åt alla de erövringar jag gjort i dessa trakter.

– Det var väl det jag trodde. Du är en sån slampa, darling.

Matilde log:

– Har jag någonsin påstått något annat?

Engelbrektsplan låg långt bakom dem i backspegeln och taxin blinkade vänster in mot Roslagsgatan med Norra Real på deras vänstra sida.

– Jag har aldrig hört talas om det här stället. Vad sa du att det hette?

– Caffè Nero. Visste du inte att det här området sägs vara den nya "it-delen" i Stockholm? Det öppnar hur mycket affärer och caféer som helst här. Jag tittade på en vind här också, men min asociala sida förstod att jag skulle bli galen på alla människor jag skulle tvingas hälsa på varje dag om jag bodde här.

Caffè Nero var smockfullt trots att det var nyårsdagen.

Eller kanske just därför. Stockholm var inte direkt som New York där ställena var öppna oavsett dag, riktigt dit hade man inte nått än.

Gästerna såg ut ganska precis som dem själva och de flesta var mellan trettio och fyrtio år. En del hade småbarn med sig och Matilde kände igen de trötta ansiktena när barnen for runt och inte alls verkade vilja bry sig om att deras föräldrar förmodligen inte sovit mer än några få timmar och säkert även druckit ett och annat glas champagne under natten.

Hon kände för dem och log mot en mamma som för tionde gången sprang efter sin tvååring som försökte dra ner grannbordets tallrikar. Tomas verkade inte notera det hela utan koncentrerade sig mest på menyn som stod skriven på en röd glasskiva på väggen.

– Man beställer här i kassan, så om du säger vad du vill ha står jag i kön och du kan kolla om du kan paxa ett bord.

– Eller så gör vi tvärtom.

– Aldrig i livet. Efter den där klockan kommer jag att bjuda dig på allt för alltid. Sätt dig istället.

Sen Matilde hade gett Tomas en ytterst detaljerad instruktion om vad hon önskade äta, lyckades hon hitta ett bord där gästerna verkade göra sig klara att gå. Kvinnan satt ensam kvar och drack det sista ur ett stort caffé latte-glas och Matilde antog att hennes sällskap var på toaletten eftersom det stod ytterligare ett glas på andra bordsändan. Hon log mot kvinnan som såg klart sliten ut. Natten verkade ha varit intensiv. Matilde förmodade att även hon själv såg ut som om hon släpats i damm. Huden kändes torr och spröd, trots Tomas alla krämalternativ. Kvinnan log vänligt tillbaka. En välbekant röst hördes plötsligt bakom dem:

– Jaha, men så trevligt att ses så snart.

Matilde kunde inte tro att det var sant. Det var Adrian, och kvinnan hon just lett mot var hans sällskap. Hon kände hur blodet dunkade i ansiktet och hur det susade i öronen.

– Ehh, men hej. Ja, det här var ju konstigt.

Adrian harklade sig och vände sig mot sitt sällskap.

– Ja, då ska vi väl ta och gå. Om du ursäktar.

Han bockade kort mot Matilde och för ett ögonblick kändes det som om Matilde befann sig mitt i en roman av Hjalmar Söderberg, vilket säkert skulle ha smickrat Adrian om han vetat om det. Det var som om hela hans person passade in i början av förra seklet. Kvinnan log ansträngt och skyndade efter Adrian. Han verkade inte notera att Tomas stod ett par meter från utgången. Tomas i sin tur var fullt i färd med att beställa och ägnade all sin energi åt att förklara Matildes komplicerade instruktioner.

När paret hade avlägsnat sig drog Matilde ett djupt andetag och funderade på om hon skulle skicka ett ursäktande sms, men Adrian brukade av princip aldrig läsa sina sms. Istället beslöt hon att ringa honom när helgerna var över och fråga om de kunde ses över en lunch. Hon var tvungen att be om ursäkt och de kunde faktiskt inte gå runt och vara så irriterade på varandra, eftersom det verkade som om de skulle springa på varandra precis hela tiden. Om det dessutom nu var så att han och Tomas var vänner och Tomas numer bodde i Stockholm så skulle det bli ohållbart. Det var bäst att de träffades och redde ut allt, så skulle de slippa flera obekväma tillfällen av det här slaget.

– Vilken pärs! Puh. Men jäklar vilka mackor de har. Och jag beställde varsin smoothie också, helt vilt så där utan att du har bett om det. Tror du att du vågar dricka den?

– Jätteroligt!

Sen satt de tysta en stund innan Matilde var tvungen att fråga:

– Vilken smak?

– Jag visste det! Jordgubb, eftersom du tycker att hallon kliar i halsen. Jag känner dig, slappna av.

Maten kom och såg delikat ut.

– Du, inte för att vara fräck, men hur känner du inför mat och sånt nu då? Om du inte tar illa upp att jag frågar, alltså. Det är bara att det är så himla länge sen det var på tapeten och vi har inte pratat om det på en evighet.

Matilde vred på sig och hade egentligen ingen lust att tala om det.

– Jo, men det där är väl rätt överstökat. Det var mest runt studenten. Jag gick ju på behandling under ett år och sen dess så har det funkat. Det känns overkligt att det har hänt faktiskt. Det är ju tjugo år sen nu.

Matilde log för att avrunda, men Tomas såg allvarligt på henne.

– Så du har inga problem runt det alls nu? Alltså, jag menar inte att du ser vare sig tjock eller smal ut, men så som jag förstått det så behöver det inte synas heller.

– Nej, men gud. Jag tänker inte ens på det längre. Visst var det lite jobbigt när jag hade en del kilon att bli av med efter graviditeterna, men det har ju alla. Sen har det löst sig rätt naturligt.

– Du blev ju i och för sig väldigt smal efter skilsmässan.

– Jo, men det är väl inte så ovanligt? De flesta jag känner påverkas fysiskt när de går igenom en stor kris. Du har väl själv gått ner en del efter Klara?

– Jo, det stämmer. Men jag bara tänker. Du får inte ta illa upp, jag bara frågar. Vi var alla väldigt oroliga för dig under den där perioden. Men om du inte vill prata om det så förstår jag.

– Det är inte det. Jag tycker bara att det känns så långt borta.

Tomas log och de började äta. Matilde försökte komma på ett annat samtalsämne, men var för brydd för att kunna tänka klart. Hennes ätstörningar i tonåren hade påverkat alla i hennes omgivning. Alla hade oroat sig och alla hade haft åsikter om var problemet härstammade från. Hennes föräldrar hade klandrat sig själva och undrat om det hade att göra med konkurrensen som ett mellanbarn kan känna. Matilde visste fortfarande inte själv. Hennes mamma hade förvisso alltid bantat under hennes uppväxt, trots att hon hade en fullt normal kroppsbyggnad, egentligen åt det smalare hållet. Men bantat hade alla mammor gjort på sjuttiotalet så hon hade svårt att tro att det var den direkta orsaken. Själv var hon ytterst noggrann med att inte ens nämna ordet diet i sina egna döttrars närvaro. Hon betonade vikten av att äta allt, men med måtta. Hennes ätstörningar hade yttrat sig så att hon först blivit väldigt smal, för att sen börja hetsäta. Hetsätningen hade lett till att hon kräktes upp maten. Efter ett tag hade hon slutat med att kräkas men fortsatt att äta okontrollerat.

Hon hade till slut gått med på att hon behövde behandlas och fick kontakt med Centrum för ätstörningar på Sabbatsbergs sjukhus. Under behandlingen hade hon lärt sig att det hon höll på med var ett missbruk precis som alla andra. Hennes drog var mat och inte narkotika eller alkohol. Hon hade lärt sig att rutiner och planering var en grundsten för att få ordning på tillvaron.

När ett år hade gått hade Matilde nått normalvikt och även ett sunt förhållningssätt till mat. Hon hade lärt sig att mat aldrig någonsin fick användas som tröst eller belöning. Hon hade lärt sig att sluta äta när hon var mätt och att motion var viktigt för att hålla den värsta ångesten stången.

Det enda som oroade henne var att i takt med att hon börjat skriva hade den välkända ångestkänslan gjort sig påmind och hon kunde skönja en svag återgång till sitt gamla beteende. Inte så att hon hetsåt eller kräktes, utan hon märkte att hon mer och mer började tänka på mat. Hon ursäktade sig med att hon var i en väldigt pressad situation och att det skulle gå över så fort hon fick iväg manuset. Dessutom hade hon flickorna att tänka på vilket gjorde att hon inte kunde tillåta sig att falla in i det gamla mönstret. Det skulle de plocka upp på nolltid.

Hon märkte att Tomas studerade henne, men intalade sig att det bara var inbillning och att han mest hade frågat för att vara artig, inte för att han misstänkte att hon återigen fallit offer för sina gamla ovanor.

– Vad ska du göra i veckan?

– Försöka jobba. Jag har som mål att vara färdig när tjejerna kommer hem från Mallis.

– Och då kanske det är dags att du berättar vad det är du gör.

– Okej! Jag skriver en bok.

– Ha! Jag visste det!

– Det är väl inte så himla otippat, men jag har liksom ingen aning om vart det leder och har inte alls känt mig bekväm med att prata om det.

– Jag förstår. Och då förstår jag också kopplingen till Adrian. Jag misstänkte det förut.

– Adrian höll i en skrivkurs förra våren som jag gick på tillsammans med Freddie. När kursen var slut skulle han åka till Mallorca för att avsluta sin nya roman.

– Typ för tionde gången? Hur länge har han hållit på med den där romanen egentligen? Det är ju för fan tio år sen han kom ut med sin första. Och han verkar ju inte ha fått ur sig en enda rad sen dess.

– Jo, men det har han faktiskt. Det är bara att han är så jäkla självkritisk så han flippar ur varje gång han ska lämna ifrån sig den till förlaget. Han ringer och säger att han måste få uppskov och så börjar han om. Men den här gången hade han fått ultimatum från förlaget som dessutom hade tvingat honom ner till Mallorca för att skriva.

– Jag tyckte väl att det verkade lite konstigt att Adrian självmant skulle åka dit. Han hatar ju sol och sånt.

– Förlaget hade bokat ett hotellrum åt honom på Portixol i Palma i två månader för att han inte skulle ha någonting som störde honom. Allt betalt. Och de stod för hans hyra och räkningar här hemma under tiden.

– Shit, de måste verkligen vilja ge ut hans bok.

– Adrian hävdade att det mer var för att de ville få tillbaka alla de garantipengar de redan betalat ut till honom. De hade gett honom fyra gigantiska förskott.

– Fyra? Skämtar du? Men hur mycket sålde hans första bok egentligen?

– Jag vet inte exakt, men det är den mest sålda boken i Norden skriven av en svensk någonsin.

– Okej, då förstår jag att de ligger på honom.

– I alla fall. Han hade tagit på sig att hålla i den där skrivkursen för att han för det första fick otroligt bra betalt och han hade hur mycket skulder som helst, och för det andra för att förlaget tyckte att det var bra att han visade lite samarbetsvilja. Det var de som arrangerade kursen i samarbete med Folkuniversitetet. Pratar jag högt, förresten? Kan det vara någon som har hört vad jag har sagt?

– Jag har ju knappt hört vad du har sagt så det är väl inte så troligt.

– Bra! Under kursen så började jag och Adrian att umgås lite. Hur som helst så berättade Adrian för mig om förlagets förslag om Mallorca och frågade vad jag tyckte. Jag tyckte det var självklart att han skulle åka och berättade om vår lägenhet där och att vi jämt är på Mallis. Ja, du fattar. Så han frågade om jag inte skulle ta och följa med och försöka skriva den där romanen som jag drömde om att skriva. Inga förpliktelser oss emellan. Vi skulle ju inte ens behöva bo ihop, bara finnas där nere som stöd för varandra. Och så lovade han mig att läsa mina texter och komma med konstruktiv kritik. Så jag fixade med Sebastian så att han skulle ta tjejerna själv i två månader, men att de skulle flyga ner till mig varannan helg och stanna fyra dagar. Jag sa upp mig från jobbet.

– Sa du upp dig på en gång? Har inte du bara tagit tjänstledigt?

– Nej, har jag inte berättat det? Jag sa upp mig redan i maj. Jaja, allt funkade helt fantastiskt och vi flög ner. Men du, kan du äta, eller? Du behöver ju inte bara sitta och gapa.

– Gapar jag? Nej, men det här är sjukt spännande. Och så blev ni ihop då?

– Ja. Vi hade ju börjat strula lite grann redan innan vi åkte, men inget allvarligt. På Mallorca blev det desto mer intensivt. Första veckan var vi helt upptagna av varandra och nej, jag tänker inte berätta några juicy details. Fasen vilken snuskhummer du är.

Tomas hade suttit och gjort tecken med fingrarna som visade vad de hade haft för sig.

– Vi kom i alla fall varandra väldigt nära. Han är speciell, men vi funkade helt otroligt bra. Efter två veckor insåg vi att vi var tvungna att börja jobba. Hans förläggare skulle komma ner om några dagar och Adrian hade lovat att visa en del av det han skrivit. De hade bestämt redan innan att göra så för att Adrian inte skulle få för stor ångest av att lämna ifrån sig en hel bok på en gång.

– Herregud, att de bara orkar. Va? Det är ju som att ta hand om ett barn. I min bransch skulle det där aldrig accepteras.

– Adrian började hur som helst skriva och vi bestämde att vi inte skulle ses på dagarna, men träffas på kvällarna. Allt funkade helt okej även om jag inte direkt kan säga att jag fick så mycket gjort. Men för Adrian verkade det funka och när hans förläggare kom ner så blev han hur nöjd som helst över det han fick läsa och allt var toppen. För att fira ordnade förläggaren med en liten fest på hotellet och bjöd in lite folk han kände och några andra som var med från förlaget.

– Vänta lite. Vill du ha en kaffe?

– Nej, jag tror jag tar en te. Grönt gärna, med lite mjölk i.

Tomas försvann i några minuter och återkom med två stora muggar.

– Ska du också dricka te?

– Ja, jag härmar dig rakt av. Eller ärligt talat så smakar kaffe så jävla illa när man är lite bakis. Jamen, fortsätt nu. Festen var vi på.

– Jo, ja, du vet ju hur Adrian kan bli när han har druckit lite för mycket. Men även hans förläggare blev rätt full och han satte sig bredvid mig efter middagen. Han började fråga en massa om hur vi hade det och sen frågade han hur jag såg på Adrians nya bok. Hur det kändes att bli omskriven på det där sättet och hur mycket som var sant.

– Haha, guuud så klassiskt. Han använde dig som musa.

Men, vänta! Det var väl inte därför du blev sur? Det ingår ju när man umgås med en författare att man aldrig vet vad som kommer att dokumenteras.

– Jag vet, jag vet. Men det blev lite diskussioner om det där och... vi blev skitosams.

– Vadå, skitosams?

– Ja, vi började slåss.

– Men lägg av Matilde! Slog han dig? Varför har du inte sagt något? Då fattar jag ju om du är sur på honom.

– Jo, fast det var nog mer jag som slog honom.

– Efter att han hade slagit dig?

– Ehh, nej. Jag slog till honom när vi bråkade.

– Bara så där? Han måste ha sagt något extremt taskigt?

– Ja, eller inte så himla farligt kanske. Men jag tyckte det då. Jag blev bara så okontrollerat arg så jag visste knappt vad jag gjorde. Jag kände inte igen mig själv.

– Du fick ett fyllespel, helt enkelt.

– Nej, det var inte så. Det är bara det att så fort jag är i närheten av Adrian blir jag elak och arg. Han retar upp mig. Och jag hade knappt druckit, så jag kan inte ens skylla på det. Jag blev bara så vansinnigt arg.

Tomas tittade förvånat på Matilde och började skratta.

– Det är helt otroligt. Jag kan knappt tro att det är Matilde som berättar det här. Du som alltid är så snäll och god i alla sociala sammanhang. Men vad sa han, Matilde?

– Han sa att jag aldrig kommer att skriva en bok och att jag inte har någon som helst talang.

– Ojoj, men då kan jag förstå att du blev arg. Fast kanske inte såå arg.

– Nej, jag vet. Men dagen efter så pratade vi och kom fram till att vi skulle vara schyssta mot varandra.

– Bad du om ursäkt?

– Ja, eller nej, kanske inte. Eller det gjorde vi nog båda två, fast inte rätt ut. Vi fortsatte i alla fall att skriva fast jag började bli rätt stressad. Jag vägde varje ord på guldvåg och ju mer Adrian skrev desto värre blev det.

– Ett klassiskt konkurrensförhållande.

– Ja, kanske. En vecka senare så bråkade vi igen och då insåg vi att vi nog inte var så bra för varandra. Adrian var ju tvungen att stanna för att bli klar, men vi bestämde att det var bäst om jag åkte hem. Så jag åkte hem efter bara en månad.

– Och sen?

– Sen har vi inte pratat med varandra eller setts förrän hemma hos dig i går. Och nu här.

– Här?

– Ja, han satt ju här bredvid med någon sliten kulturmänniska.

– Men är du fortfarande intresserad av honom?

– Nej. Jag blir bara arg så fort jag ser honom.

– Då kanske ni borde prata lite, eller?

– Ja, jag tänkte faktiskt på det nu när han gick. Jag ska ta och ringa honom efter helgerna så får vi ta en lunch. Men det är absolut inte så att jag vill att vi ska börja träffas igen eller så.

– Nej, det förstår jag. Men man ska ha så få ouppklarade

saker man kan i sin omgivning.

– Ska du säga. Vad ska du göra i veckan? Jobba?

– Hmm, vet inte riktigt. Jag hade faktiskt tänkt hålla kontoret stängt tills nästa måndag vilket gör att jag blir tvungen att vara ledig. Jag vet ju att jag gör ett så mycket bättre jobb efter varje ledighet.

Båda satt tysta ett tag och drack av sitt gröna te.

– När kommer flickorna och Sebastian tillbaka?

– På måndag.

– Men du ska jobba, sa du?

– Ja, jag ska försöka bli klar den här veckan. Det vore så skönt att slippa ha det hängande över sig när tjejerna kommer hem.

– Ska vi sticka till fjällen?

– Va?

– Vi kan åka till min stuga.

– Men är det inte för mycket snö där nu?

Tomas hade en stuga uppe i norska fjällen, en klassisk hytte.

– Nej, jag ringer Sven. Han kan köra oss dit med helikoptern.

– Går det att landa uppe på fjället?

– Javisst! Så tar vi med oss skidor och en massa filmer. Och du kan jobba när du vill.

Matilde funderade. Kanske det faktiskt skulle kännas mindre ångestladdat att skriva om hon hade sällskap av Tomas. Dessutom skulle det inte skada att åka lite längdskidor. Det var flera år sen senast.

– Ja, varför inte?

– Jag ringer Sven på en gång.

Sven var en av Tomas gamla skolkompisar som hade utbildat sig till helikopterpilot och drev ett företag som körde förmögna norrmän och framförallt äventyrslystna japaner till diverse ställen som var svåra att nå.

– Visst. Han kan. Han skulle till en plats bara några mil därifrån precis nu, så han skulle kolla hur det funkade att landa. Men han sa att det inte borde vara några problem. Så då åker vi hem och packar. Vi måste åka från stan om två timmar.

– Vi måste ju boka flyg också.

– Sven kommer och hämtar oss.

– Här i Sverige? Med helikoptern?

– Nej. Han hämtar oss på Bromma med ett flygplan.

– Har du gjort det? Säg inte att du har köpt det där flygplanet!

Tomas låtsades inte höra vad Matilde sa.

– Du är inte klok. Du har väl inte gjort av med alla pengar nu?

– Kära Matilde. Jag är en vuxen man som gör mina egna vuxna val. Hur jag sköter mina affärer är min ensak. Ja, jag har köpt det där flygplanet av den enkla anledningen att det började bli nödvändigt för mig att kunna flyga mer fritt ju fler utländska kunder jag får. Dessutom flyger jag Stockholm–Norge minst en gång i veckan. Sven äger tjugofem procent av planet och jag har gått in som delägare i hans verksamhet. Skillnaden är egentligen inte så stor eftersom jag satt i styrelsen förut.

– Förlåt, det är inte min sak. Jag är bara så orolig att du

ska... Jaja, vi struntar i det där nu.

– För att vara en person som aldrig vill prata om dina egna problem och tankar är du väldigt nyfiken på hur andra människor sköter sig. Haha, stackars Adrian, jag kan fortfarande inte fatta att du klippte till honom.

– Sluta nu! Och du har lovat att inte berätta det för någon.

– Vi får väl se. Tänk om han hade anmält dig för misshandel.

Matilde sparkade till honom under bordet.

– Du ser, våldsam är vad du har blivit.

Ute på gatan vinkade Tomas in en taxi och höll upp dörren för Matilde.

– Är det okej att vi åker förbi mig först så kan du bara åka vidare sen?

Tomas hoppade av i hörnet av Kungsträdgårdsgatan och Arsenalsgatan.

– Jag hämtar dig med en taxi om exakt en timme och fyrtiofem minuter.

Matilde öppnade trägrinden och klev in i sin snöbetäckta trädgård. Även om det var vackert och såg fridfullt ut så var hon glad över initiativet att åka bort ett par dagar. Utan flickorna hemma kunde det lätt bli kravfyllt att sätta sig framför den tomma skärmen. Hennes dagar förlorade så lätt sin struktur utan tjejerna.

Det hade snöat rejält under natten och hon var tvungen att hämta snöskyffeln som stod lutad mot planket. Hon fnissade åt sig själv när hon pressade den meterbreda skyffeln framför sig balanserande på två tiocentimeters klackar.

Framme vid dörren skakade hon av sig snön och funderade på var hon kunde ha stoppat sina skidkläder.

Huset var tyst och trots att det var mitt på dagen var hon tvungen att tända för att kunna se ordentligt.

Skidkläderna låg i en låda längst in i garderoben och pjäxorna stod bredvid. Tyst för sig själv tackade hon Marta som höll så bra ordning på hennes pinaler.

När Matilde växte upp hade hennes familj åkt till sitt hus i fjällen någon gång i månaden och nästan varje lov. Föräldrarnas alla vänner hade också hus i närheten och det sociala livet fortsatte precis som det gjorde i Oslo. Tomas föräldrars hus var det som låg närmast. Nu för tiden åkte Matildes föräldrar bara dit ett par gånger per år och det var mest Josefine som var där med sin familj.

Tomas hade tänkt köpa ett hus i samma område, men fått nys om det övergivna huset längst uppe på fjället. Arkitekten i honom hade lockats av det och det hade varit hans hjärteprojekt under ett helt år. Klara var däremot ingen frisksportare och trivdes inte särskilt väl isolerad uppe på fjälltoppen. Tomas hade varit där en hel del senaste året då det inte hade varit så bra mellan dem. Det hade varit hans fristad.

Matilde packade ner så varma och bekväma kläder hon kunde hitta. Jeans och grovt stickad polotröja från Nicole Farhi fick duga som resegarderob. Alla Juicy-set åkte med. Långkalsonger och raggsockor. Hon skrattade till när hon upptäckte att hon hade kvar ett par av Sebastians gamla långkalsonger. Han hade alltid sett rolig ut i tajta kläder.

Väskan var strax packad eftersom Matildes metod var att pressa ner allt till en enda klump. Det som återstod var necessären. Den åkte ned den med och hon gick in i arbetsrummet för att packa ihop sin dator. Anteckningarna lade hon i sidofacket tillsammans med en utskriven version.

Väskorna stod snart redo vid ytterdörren och trots att hon försökte gå igenom vad hon hade packat ner så var hon övertygad om att hon skulle ha glömt något. Som alltid.

Det var tjugo minuter tills Tomas skulle komma.

Först var hon tvungen att ringa Åse. Hon svarade inte så Matilde spelade in ett meddelande om att hon var på väg till Tomas stuga och skulle ringa när hon kom hem igen. Josefine svarade på första signalen.

– Hej hej. Jo, det är kaos här hemma. Killarna är sjuka igen, alla tre har kräkts hela natten och barnflickan verkar ha fått samma sak. Kan jag ringa sen? Jag måste se till att tvätta alla lakan innan de hinner spy ner allt igen.

– Jag åker till fjällen nu, men vi kan väl höras när jag kommer hem och du kan väl hälsa mamma och pappa att jag kommer med flickorna nästa helg.

– Det vet de. De har planerat för det sen före jul. De var ju så besvikna att ni inte kom då. Men nu låter det som om någon kräks igen. Puss!

Matilde log och tänkte att hon inte avundades sin storasyster medan hon slog numret till Sebastians mobil. Det var upptaget så hon tryckte fram Freddies nummer. Det var så länge sen de hade hörts av så det passade bra att ringa och önska gott nytt år. Freddies mobil var avstängd så Matilde lämnade ett långt och utförligt meddelande. Det bottnade i ett lätt dåligt samvete eftersom hon visste att hon borde ha hört av sig för över en månad sen. Mobilen gav ifrån sig ett pip som meddelade att det inte längre var upptaget hos Sebastian.

– Hej, det är jag. Gott nytt år! Hur har ni det? Va? Är det sant? Haha, jätteroligt! Du, jag tänkte åka med Tomas upp till hans hus. Jo, men hans kompis Sven ska köra oss dit med helikoptern. Det funkade tydligen. Ja faktiskt, ska bli rätt skönt att röra lite på sig. Och så hoppas jag att jag får lite ro att jobba också. Är det okej om jag pratar med flickorna?

Matilde ägnade den närmsta kvarten åt att höra på vad som hade hänt i Bo och Pers hus på nyårsafton. Flickorna var exalterade och slet luren mellan varandra och det var svårt att höra alla detaljerna. Hon längtade efter dem så mycket att det sved i hela magen och hon var tvungen att torka några tårar när de hade lagt på. Även Sebastian hade låtit glad som en lärka och det verkade som om alla i huset på Mallorca hade det jättebra. Det gladde henne och efter ett par djupa andetag kändes det okej. Tomas förslag kändes allt bättre och hon längtade efter den klara luften och en rejäl tur med skidorna. Det bankade på dörren.

– Hallå, är du klar?

Tomas hade öppnat och stack in huvudet genom dörren. Han var iklädd toppluva och lovikkavantar.

– Yep. Jag betade bara av veckans samtalskvot på mindre än en kvart, men nu är jag klar.

– Förresten, är inte du rätt åksjuk av dig?

– Jo, hurså?

– Har du såna där åksjukepiller?

– Ja, jag tror det. Flickorna brukar få det när vi ska åka långt.

– Ta med dem då, för man kan må rätt illa när man flyger mindre plan. Och helikopter också för den delen.

– Jag tar ett nu och så tar jag med resten. Vill du också ha?

– Nej, det är bra. Jag har så taskig balans så det berör mig inte om jag så sitter upp och ner i ett baksäte.

Matilde öppnade medicinlådan och hittade asken.
– Ska jag ta med något annat? Huvudvärkstabletter? Kolik, tror du vi kan få det?

En mängd olika tabletter och plåster med seriefigurer var snart nedkrafsade.

De hoppade in i taxin.
– Hur lång tid brukar det ta ut till Bromma flygplats?
– I rusning kan det ta hur lång tid som helst, men en sån här dag tar det högst en kvart. Sven ringde, förresten, och det såg bra ut och blåste knappt. Det känns skönt för jag har inte varit där sen i oktober. Men vi får rappa på till helikoptern för om solen går ner kan vi inte landa.

Tomas vände sig mot taxichauffören:
– Kan du ta vägen via St. Eriksgatan och stanna vid Buylando?
– Vad ska du göra? Ska du lämna tillbaka en film?
– Nej, tvärtom. Har du sett 24?
– Nej.
– Frasier?
– Ja, något avsnitt ibland, men...
– Bra! CSI?
– Ja, men också bara något avsnitt ibland. Vad är det nu då?
– Inget, du får se sen.

Taxin körde in på Hantverkargatan och vidare till Fridhemsplan. Tomas hoppade ur och kom efter ett par minuter tillbaka med en stor kasse. Matilde tittade nyfiket på honom när han slängde igen bagageluckan.

Hon funderade på om hon skulle ringa sina föräldrar

och berätta vart de var på väg, men tänkte att hon kunde ringa när de var framme istället. De var säkert ändå borta på sin årliga nyårsbrunch på amerikanska ambassaden vid den här tiden. Varje nyår hade de gått på tjusiga fester och Matilde och hennes systrar hade stannat hemma med en barnvakt. Morgonen efter hade familjen ätit en stor frukost tillsammans innan det var dags för föräldrarna att göra sig i ordning inför besöket på ambassaden. Samma procedur varje år. Och Matilde hade blivit lika besviken varje gång. Besviken över att de aldrig kunde strunta i de sociala förpliktelserna och stanna hemma med sina barn. Hon undrade om hennes egna flickor en dag skulle minnas sin uppväxt som traumatisk för att de inte hade getts möjligheten att få vara med sin mamma och pappa varje dag. Samvetet höll återigen på att äta upp henne och hon svalde tungt. Att vara förälder var det bästa som någonsin hade hänt henne, men det gav henne också ständig ångest över att inte vara tillräcklig.

På Bromma fanns det inte en människa i sikte och Matilde skyndade efter Tomas snabba steg genom en enorm hangar.

– Hallå Sven! Hur är det?

Sven var en karaktär för sig och Matilde hade träffat honom flera gånger på Tomas fester i Oslo. Han verkade vara en driven person med många vänner och lätt att tycka om. Han såg däremot ut som om han var femton år. En sån person som aldrig riktigt verkar komma ur puberteten. Hår som växte åt alla möjliga håll och en kropp som inte riktigt var en vuxen mans, men inte heller ett barns. Han var ständigt solbränd och det enda som vittnade om att han nog faktiskt var fyrtio år, var hans händer. De var stora som bildäck och det syntes att de hade arbetat hårt. Nästan komiskt i jämförelse med det barnsliga ansiktet.

– Tjena Matilde! Jaha, då får vi snabba oss på. Jag ställde helikoptern i byn nedanför fjället så vi landar på det lilla flygfältet.

– Men måste vi inte handla mat?

– Du kan vara helt lugn.

Tomas svepte med handen över en hel hög matkassar som Matilde inte hade lagt märke till när de skyndat ur taxin.

– Om vi saknar något så kommer Sven förbi med det i veckan.

– Visst! Det är bara att ringa. Jag ska åt ert håll varje dag nästa vecka, no problems! Det är en massa japaner som ska hit. Någon gubbe som fyller år och han väntar hit över hundra gäster. De har hyrt fjällstationen.

Väskorna stuvades in och Matilde fick plötsligt en otäck känsla när hon såg det lilla flygplanet. Det var visserligen inget hobbyplan, men ändå betydligt mindre än dem hon var van vid att åka i. Tomas klappade henne på armen.

– Du kan vara lugn. Sven är en av Norges bästa piloter och vädret är perfekt.

Sven nickade.

– Han har rätt. Vädret är idealiskt för att flyga. Du skulle ha sett när Tomas och jag...

Tomas avbröt honom med att harkla sig högljutt.

Sven skrattade.

– Okej, jag ska inte dra några skräckhistorier. Men hoppa in nu så sticker vi.

Matilde skakade i hela kroppen och fick upp bilder på John F Kennedy jr och hans snygga fru som omkommit i en tragisk flygplansolycka några år tidigare. Med handen på mobilen funderade hon på om hon skulle ringa flickorna. Fast kanske det bara skulle oroa dem. Eller var det inte bättre att verkligen ta ett avsked ifall de störtade?

– Matilde, lugn nu. Så snart vi är uppe i luften kommer det att kännas mycket bättre.

Tomas hade rätt. Så fort de tagit sig upp från flygfältet och molnen svävade under dem kändes det lugnare. Hon tvingade sig att sluta tänka på hur flickorna skulle klara att växa upp utan sin mamma.

Flygresan tog en knapp timme. Sven landade och av någon konstig anledning var hon inte det minsta rädd längre.

Helikoptern var lysande gul och betydligt större än vad Matilde hade föreställt sig. Väskorna stuvades om och de tog plats i sätena bakom Sven.

– Härifrån tar det bara tio minuter.

Det sög till i hela kroppen när helikoptern lyfte och Matilde tyckte att det kändes som om de åkte i en hiss som lyfte rakt upp i luften.

Både Tomas och Matilde brottades med det svåra i att både vara norsk och svensk. Säkert var det en form av rotlöshet. Hon visste att hon aldrig skulle flytta tillbaka till Norge, men hon älskade att vara där. Precis på samma sätt som hon älskade Mallorca, som var ännu en fantastisk plats att besöka men inte att bo på. Hon insåg att hon borde åka dit igen snart, så att bilderna från tiden där med Adrian skulle raderas ut. Hon ville inte förknippa Mallorca med en massa problem och bråk. Kanske skulle det släppa när hon hade fått prata ut med Adrian.

– Titta! Där ser man huset.

Det låg som en liten lakritsbit mitt på fjälltoppen och Sven siktade mot en platt yta ett femtiotal meter från husets baksida.

– Shit, kan man verkligen landa på en sån där liten plätt?

Sven vände sig leende om mot Matilde:

– Här i fjällen får man landa på betydligt mindre ytor än det här. Håll i er nu.

Matilde och Tomas hystade ut väskorna och hoppade efter själva samtidigt som de vinkade åt Sven.

Han tog en tvär gir över berget och försvann snart i horisonten. Tystnaden, när det öronbedövande bullret försvann, var total.

– Puh, vilket oväsen!

– Man vänjer sig. Tur att vi knöt ihop matkassarna. Vi hade aldrig hittat maten i snön annars. Titta Matilde! Nu går solen ner. Vilken jävla tajming!

Matilde vände sig om och såg hur den brandgula solen gled ner bakom bergväggen och försvann. Skenet var rosafärgat och snön färgad av det.

– Nu går vi in. Det är nu man kommer på att man glömt nyckeln hemma. Bra reklamfilm för en låssmed, förresten.

– Jag tror aldrig jag har sett en reklam för låssmeder. Det måste gå så bra för dem att de inte behöver sånt.

– Säkert. När jag bytte lås till kontoret konstaterade vi att det kostade lika mycket som ett nytt badrum.

Matilde hade aldrig varit i Tomas stuga, bara sett den på bilder.

– Välkommen in!

Huset var en fröjd i hemslöjd och minimalistisk enkelhet, hur nu det gick att kombinera. Tomas hade i alla fall lyckats. Huset var gråsvart med varma bruna detaljer. Trägolvet såg ut att vara ursprungligt och slipat med en ljusgrå ton. En mjuk vit soffa stod i mitten av rummet mot det kala fjället rätt utanför. En låg fåtölj stod alldeles bredvid och höll soffan sällskap. Köket hade en öppning mot vardagsrummet och var ytterst diskret. Luckorna med en slipad träyta och även de med en grå ton. Inga maskiner var synliga och matplatsen såg man först när man klev in i köket. Bordet var gammalt och om Matilde kände Tomas rätt var det köpt på auktion i London eller möjligtvis i Oslo.

En stege lika bred som en normal trappa ledde upp till två små loft med varsin dubbelsäng.

– Det är inte bäddat, det blir så himla fuktigt. Men det ligger sängkläder i garderoben.

– Annars tog jag med lakan.

– Kommer inte på fråga. Mitt estetiska sinne skulle heller inte klara av lakan som inte matchade mina. Ska vi laga mat sen?

– Gärna.

Matilde såg ut i mörkret. Det enda som hördes var en svag vind utanför. Huset var inte alls kallt, eftersom Tomas ringt och via telefonen satt på värmen i huset redan när de åkte till Bromma.

Sängen var vit och ren och Matilde kunde konstatera att den minsann inte bar spår av några småbarn. Först när flickorna hade börjat sova i sina egna sängar och inte längre kunde få för sig att kräkas helt okontrollerat titt som tätt hade hon sett anledning att investera i en ny säng, bara för att inviga den med att själv spilla ut en kopp te det första hon gjorde.

Lakanen var välpressade och Matilde undrade om Tomas hade någon som kom hit och städade och tvättade åt honom eller om han skötte det själv. Det senare alternativet var tveksamt. Tomas hade till och med haft en "butler" när han bodde i London under längre perioder. Efter hetsiga diskussioner med Klara hade han sagt upp den mycket sympatiske äldre mannen, bara för att återanställa honom i smyg så fort Klara åkte tillbaka till Oslo. Klara hade verkligen haft svårt att acceptera Tomas extravaganta sida. I vissa avseenden hade Matilde varit benägen att hålla med henne, men samtidigt undrat varför hon blev så oerhört provocerad av det. Och varför hon valt att leva med Tomas om hon inte gillade sättet han var på. För Tomas hade varit samma person i hela sitt liv. Hela han var extra allt. Ingen visste exakt hur mycket pengar han hade ärvt efter sina föräldrar. Det hade varit en hel del, de norska tidningarna hade spekulerat mycket i arvets omfattning. Matilde gissade på att det rörde sig om ett tresiffrigt antal miljoner. Att hans företag också drog in en hel del pratades det desto mindre om.

– Är du klar? Jag går ner så länge och packar upp maten.

– Jag kommer. Jag ska bara byta om.

Matilde drog av sig jeansen och tog fram den turkosa Juicy-byxan och den tillhörande munkjackan. Hon var en aning för blek för färgen, men vem skulle kolla det här uppe på fjället?

– Ojoj. Bree Van De Kamp.

– Och jag som trodde att jag såg mer ut som Gabrielle.

– Jo, Bree kanske inte glider runt i plysch, men utan att göra dig ledsen så har du lite mer av hennes färger än Gabrielles.

Att Tomas slaviskt följde Desperate Housewives var inte särskilt förvånande. Han älskade snygg teve. Bo hävdade alltid att Tomas var det närmaste en heterosexuell man kunde bli en homosexuell. Han avgudade Tomas och satt alltid med tindrande ögon så fort de sågs. Tomas brukade bara skratta avfärdande och ge Bo en puss på kinden.

– Vad säger du om wok?

– Perfekt.

– Om du vill kan du sätta dig och jobba så fixar jag maten.

Matilde funderade.

– Jättesnällt, men jag känner mig rätt trött. Vi sov ju inte så himla mycket i natt. Jag jobbar i morgon istället.

– Sätt dig i soffan då. Jag fixar middagen.

Tomas ledde Matilde mot soffan och puttade ner henne.

– Sitt här så ska du få ett glas vin. Eller du kanske vill ha något starkare, en drink?

– Nej, det är bra. Vin blir bra.

Strax satt hon med ett glas kylt vitt vin i handen och såg på när Tomas tände en brasa i den gamla kaminen.

– Hur känns det då att skriva? Tycker du att det är roligt?

– När jag tycker att det går bra är det kul. När jag fastnar är det hemskt.

– Som med alla jobb, förmodar jag.

– Säkert, fast jag har verkligen inga belägg för att kalla det jag gör för ett jobb än så länge. Kanske om jag har tur och talang att jag kan det. Än så länge är det nog mest navelskådning.

– Usch, det låter rätt jobbigt.

– Jag har lovat mig själv att lämna in det nästa vecka. Då har jag jobbat med det här projektet mer än tillräckligt. Mer tid kan jag inte lägga på det.

– Sen då? Vad ska du göra? För det tar väl ett tag innan förlagen hör av sig. Eller?

– Säkert ett par månader. Jag vet faktiskt inte. Jag tänker inte gå tillbaka till reklambranschen. Möjligtvis något inom form eller inredning, men jag har liksom inga visioner. Det är som om hjärnan är tom.

– Du kommer säkert på något.

Tomas hackade grönsaker medan Matilde satt kvar i soffan. Det kröp i hela henne när hon grubblade på vad hon skulle göra. De flesta dagar klarade hon av att inte tänka på det, men nästintill varje natt vaknade hon och ältade. Ältade vad hon skulle göra när hon blev klar med boken, vad som skulle hända om hon blev refuserad. Om hon inte blev det. Ibland fattade hon inte vad det var som hade tvingat henne till att ta steget att säga upp sig. Fast på sitt förra jobb hade hon varit ständigt missnöjd och gått med tanken på hur fantastiskt allt skulle bli när hon skrev den där romanen. Hur det skulle gå till funderade hon aldrig riktigt på. Det var en dröm hon hade och den upptog en stor del av hennes vardag. Hur hon skulle hantera ett bakslag och en krossad dröm visste hon inte. Kanske fick hon skaffa sig en ny dröm, eller bara bli gammal och bitter.

De första uppgifterna de hade fått på skrivkursen hade varit ganska opersonliga och haft som syfte att de skulle arbeta med språket på olika sätt. Den fjärde hade varit att berätta om en stark upplevelse de hade haft som vuxna och hade delade känslor inför. Matilde hade valt orsaken till att hon slutligen bestämde sig för att skilja sig från Sebastian.

När hon satte igång att skriva hade hon inte tänkt på händelsen på mer än två år. Ändå var det vad som ploppade upp i hennes huvud med detsamma.

Matilde hade varit på konferens med reklambyrån och de hade haft flera inhyrda föreläsare. En av dem hade varit Nina. Hon var reklamfilmsregissör och jobbade mesta delen av sin tid i Los Angeles. Hon var där för att föreläsa om sitt jobb och vad hon ansåg vara ett bra bildspråk. Nina var liten till växten och smidig, hon hade blankt cendréfärgat hår och hon var solbränd à la Kalifornien. Killarna hade spanat in henne och hon hade lett mot dem när hon ställde sig vid mikrofonen. Så hade hon börjat prata. Matilde hade blivit som uppslukad. Allt Nina sa lät som poesi och när alla började applådera efteråt kunde hon knappt röra armarna.

I baren efter middagen tog hon mod till sig och gick fram. Nina hade skrattat och sagt att hon gärna fick sitta ner.

De hade delat på två flaskor vin och när alla andra hade gått och lagt sig hade Nina föreslagit att de skulle fortsätta upp på hennes rum. Lika generad som en tonåring hade Matilde nickat och följt med. Trots att hon var som förtrollad av Nina kom det ändå som en chock när hon fick första kyssen. Den hade smakat bra och allt hade fortsatt.

Morgonen efter hade Matilde vaknat och undrat hur i helsike allt skulle bli. Hon var blixtkär och Nina var hennes värld. Nina hade vänt sig mot henne, lett och frågat om de skulle hoppa över frukosten. De hade stannat på rummet hela dagen och ytterligare en natt. Matildes arbetskamrater trodde att hon hade åkt hem.

När hon väl kom hem hade hon gått rätt in i vardagsrummet och sagt till Sebastian att det var definitivt att de skulle skiljas. Att hon träffat någon berättade hon inte. Inte på grund av att det var en kvinna, utan för att det var oväsentligt. I två dagar var hon som uppfylld. Flickorna var hos mormor och morfar i Oslo och hon gick runt på jobbet som en sömngångare. Hon gjorde upp planer för hur hon skulle berätta för sin familj att hon var homosexuell. Hon undrade om hon skulle be Nina följa med henne till Oslo eller om hon skulle åka själv. Hon funderade på hur lång tid hon måste vänta innan flickorna skulle få veta och hur Sebastian skulle ta det. När hon till slut började kolla upp medlemskap i RFSL ringde hon också Nina för att fråga hur det skulle fungera med hennes jobb i Los Angeles om hon började pendla. Nina hade bara blivit tyst och sagt att hon nog hade missförstått det hela. Att Nina inte alls haft intentionen att fortsätta det de haft på konferensen och att Matilde egentligen inte var hennes typ. "Du är liksom lite för mycket hetero för mig." Matilde hade protesterat och berättat om sina planer och när hon var klar faktiskt själv hört hur fånig hon lät. Som någon som desperat försökte gå in i en roll för att slippa undan något annat.

Skilsmässan från Sebastian var definitiv, men den hade inget samband med Nina. Inte heller var Matilde homosexuell. Bara vilsen och i behov av att bryta närheten med den man hon hade två barn tillsammans med. Det högg till i magen när hon kom att tänka på just den perioden i sitt liv. Det hade varit så tungt och jobbigt att hon bara hade kunnat fokusera på att överleva till nästa dag.

Hon tog en klunk vin till och kunde inte låta bli att le åt sitt engagemang. Hon hade varit beredd att stå med regnbågsflaggan och ropa högst i Pride-tåget.

Händelsen hade hon i alla fall beskrivit i skrivkursens fjärde uppgift. Alla deltagarna fick läsa varandras texter och när Adrian till sist kommit fram till Matildes text hade han sagt innan han började läsa högt:

"Ni kommer nu att få ett prov på hur en människa med sann insikt och god inlevelseförmåga skildrar något hon uppenbarligen finner både smärtsamt och komiskt. Detta, mina vänner, kan vara det första vi läser av en framtida författare."

Matilde hade nästan svimmat när han börjat läsa just hennes text. Alla hade applåderat. Efteråt hade Adrian tagit henne åt sidan och sagt med djup beundran i rösten att han skulle låta sin förläggare titta på texten och ge den ett utlåtande. Det var då det.

– Hur går det för dig med vinet? Lite påfyllning?
– Kommer vi att orka åka skidor i morgon då?
– Klart. Vi får sova så länge vi vill. Man sover som en gris här. Maten är strax klar.

Tomas hade wokat kyckling och gjort egen woksås. Det smakade gott även om Matilde tyckte att det var en smula tamt.

– Vad är det nu då?
– Inget.
– Joho! Du tyckte inte om det.
– Det var jättegott. Men du kunde ha haft i lite chilifrukt.
– Haha! Jag visste det! Jag glömde tyvärr att handla det, så det fick bli cayennepeppar istället. Fy, vad du är petig med mat.

Matilde suckade.

– Jag vet. Men jag tänkte inte säga något.

– Säga? Det syns så väl på dig när du inte är nöjd så du behöver inte. Dina ögon är väldigt talande. Jag tänkte skippa dessert, det finns choklad om vi vill ha. Och popcorn.

– Det är jättebra för min del, jag är proppmätt.

Tomas öppnade en flaska vin till som han ställde på det låga soffbordet.

– Nu, min älskade petiga väninna, så får du välja. 24, Frasier eller Lost? Jag har köpt en massa dvd-boxar så det är maraton som gäller.

Det blev 24. Matilde hade bara hört talas om hur fantastiskt spännande den var, men blev trots de höga förväntningarna överraskad över hur väl spänningen var uppbyggd. Mitt i andra avsnittet frågade plötsligt Tomas:

– Vad exakt är det för typ av bok du skriver? Deckare, spänning, självbiografi?

– Mer en vanlig roman med självbiografiska inslag. Kan man säga så?

– Det tror jag säkert. Skulle bara kolla. Säg till om du vill att jag ska läsa.

– Tack, men jag har bestämt mig för att inte låta någon läsa innan jag skickat in den till förlagen. Jag skulle nog inte klara att höra alla åsikter.

– Okej.

De fortsatte titta och när de pressat sig igenom sex avsnitt på raken somnade Matilde. Tomas buffade på henne.

– Matilde, du sover. Gå upp och lägg dig, annars får du nackspärr.

Matilde släpade sig in i badrummet, borstade tänderna och fick på lite kräm på kinderna. Stegen kändes oändlig och sängen omfamnande när hon lade huvudet mot kudden.

När hon vaknade såg hon till sin förvåning att det var alldeles ljust ute. Hon hoppade till och ropade:
– Tomas! Klockan är tolv!
– Herregud, vad är det?
Tomas lät sömndrucken inifrån sin säng.
– Klockan är tolv.
– Och? Jag sa ju att man sover bra här.
– Men tolv, så länge har jag inte sovit sen jag var tretton år.
– Då behövde du väl det. Du får fixa frukost, jag är helt slut.
– Absolut!

Matilde klädde på sig och klättrade ner. Tänderna fick sig en uppfräschning innan hon satte igång att inspektera kylskåpet. Tomas hade faktiskt handlat mycket bra saker. God müsli, mild yoghurt och en massa färsk frukt. Hon kände sig plötsligt upprymd och förstod att nattens ostörda sömn gjort henne gott. Hon skar frukten, hällde upp yoghurten och ringlade en svag sträng lönnsirap över det hela innan hon hällde över müslin. Teet hade dragit och hälldes upp i de vita keramikkopparna. Hon nynnade på en låt som hon hade hört på radion på väg till Bromma flygplats.
– Tomas, det är klart. Ohauu, vad du skrämde mig. Jag

hörde inte att du klättrade ner.

– Här är vi glada, minsann. Vad har du drömt om i natt? Wow, det ser fräscht ut. Men jag tror jag ska ha lite extra sirap.

Tomas grabbade sirapsflaskan och ringlade ner en stor mängd.

– Jag fattar inte att du inte blir tjock. Jag känner ingen som äter så mycket som du gör.

– Bra gener, sa Tomas och klappade sig på den platta och vältränade magen.

– Verkligen.

Tomas pappa hade varit stor som ett hus och säkert vägt närmare 150 kilo när han dog. Hans mamma däremot var liten och späd.

– Hur vill du göra? Jobba först, eller åka skidor först?

– Om det är okej så jobbar jag gärna ett par timmar nu på en gång så kan vi sticka iväg sen. Annars är jag säkert helt slut efteråt och kommer inte att orka röra mig.

– Risken finns.

Så fort de ätit frukost hämtade Matilde sin dator och satte sig i fåtöljen. Hon tog ett djupt andetag och öppnade dokumentet. Det första hon skulle göra var att läsa igenom allt hon hittills skrivit.

På minuten två timmar senare stängde hon av datorn. Tomas tittade upp från sin tidning.

– Är du klar?

– Ja, jag kommer ändå inte längre.

Hon hade fått ihop två sidor och tyckte när hon läste igenom dem att det var det bästa hon lyckats skriva på flera veckor. För första gången på mycket länge hade skrivandet varit riktigt lustfyllt.

– Då sticker vi ut.

De bylsade på sig och var utanför huset på mindre än fem minuter.

– Jädrar, vad kallt det är.

– Hur många grader är det?

– Tjugofyra minus.

– Va? Vi kommer att förfrysa. Usch, det känns som om mitt snor har börjat frysa.

– Ska vi strunta i det?

– Ska vi?

De skrattade och såg på varandra och skidorna de höll i sina händer.

– Jamen, tänk om vi åker bort oss? Som vi gjorde när vi var små.

– Vi har ju mobilen, då kan de alltid hitta oss. Fast vi behöver faktiskt inte.

– Men vi kan väl inte vara här i en vecka utan att gå utanför dörren? Vi kommer att bli knäppa.

– Vi? Du kommer att bli det. Du kommer att bli som Jack Nicholson på The Overlook Hotel i The Shining. Och hugga ihjäl mig med en yxa när du får skrivkramp.

– Brukar du gå på tur här?

– Ehh, jag har faktiskt inte gjort det än.

– Jamen, glöm att vi gör det då. Då hittar du ju inte ens.

– Vi ska ju bara uppåt sen. Men allvarligt, vet du vad vi gör? Vi skiter i det idag. Så ber jag Sven komma och köra

oss till området där nedanför fjället så kan vi åka i spår.
 – Vi kan väl inte ringa hit en helikopter bara för att åka en skidtur?
 – Vi kollar om han ändå ska åt vårt håll så kan vi anpassa oss efter hans tider.
 – Okej, vi kollar det. Vad ska vi göra nu då?
 – 24!
 – Vi kan väl inte gå in och lägga oss i soffan?
 – Något annat förslag? Stå härute i tjugo minus bara för att bevisa att vi kan? Ja, förresten, du kanske måste jobba.
 – Haha! 24 blir jättebra.

Tio timmar och två popcornpaket senare konstaterade de att de varken ätit lunch eller middag och heller inte hade ambitionen att göra det.
 – Vad är det med det här stället? Jag känner mig helt nerdrogad. Det måste vara något med den höga luften.
 – Visst blir man avslappnad? Men Sven skulle komma mellan tolv och ett i morgon, så om du vill jobba först får du nog ställa klockan.

Matilde funderade på att ringa flickorna, men ville heller inte ringa för mycket och störa. Hon visste att om de ville prata så ringde de själva.

Nästa morgon vaknade hon av mobilens alarm klockan sju och smög ner. Även om hon hade kunnat sova betydligt längre så ville hon utnyttja det faktum att skrivandet flöt på så bra. Något i fjällstugan fick henne att må riktigt gott. Hon arrangerade samma frukost som dagen före. Datorn slogs på och när Tomas kom nedklättrande strax efter elva hade hon faktiskt fått nästan fyra sidor på pränt. Hon formligen bubblade av glädje och förklarade att om hon fortsatte i samma tempo skulle hon kanske vara klar redan dagen efter.

– Kul att det verkar gå bra. Förresten, Klara ringde inatt.
– Va?

Sen de kommit till fjällhuset var det som om verkligheten inte funnits. Hon hade inte haft en tanke på Klara och situationen mellan henne och Tomas.

– Hon berättade att hon ska ha barn med den där killen på hennes jobb.

– Det var han, han som du trodde. Har det stått något i tidningarna om det?

– Jag vet inte, det har jag glömt att fråga. Men han var tydligen inte så himla positiv till det hela och hon var helt förstörd.

– Åh, nej.

– Så jag tror att jag måste åka till Oslo en sväng när vi åker härifrån. Hon verkade helt knäckt.

– Men det är väl självklart. Vi kan åka nu om du vill. Tänk inte på mig.

– Nej, jag vet att du inte är sån, men jag vill tänka igenom allt också. Så vi stannar.

– Som du vill. Du tror inte hon vill att ni ska...

– Jag vet inte. Men jag känner att jag måste vara beredd på det. Fast jag tror faktiskt att hon är kär i den där killen.

– Vad känner du då?

Tomas suckade.

– Jag vet inte det heller. Jag tycker hemskt mycket om Klara, men jag tror verkligen inte att vi skulle bli lyckliga.

– Nej, det är inte schysst att gå tillbaka till varandra, få ett barn och sen vara otrogna.

– Ett barn som dessutom inte är mitt. Men det får lägga sig ett tag. Man ska aldrig säga aldrig och det kan ju vara så att den där killen ändrar sig och helt plötsligt tycker det är toppen att Klara är på smällen. Konstigare saker har hänt. Vad är klockan? Hinner jag äta något innan Sven kommer?

– Absolut, klockan är bara kvart över elva. Och han skulle väl ringa innan han åkte?

Tomas åt och Matilde skrev ytterligare en sida. När hon stängde av datorn tänkte hon på Adrian och något inom henne pirrade till när hon kom på att hon lovat sig själv att ringa honom efter trettonhelgen.

Tomas såg allvarlig ut och verkade inte vara sugen på att prata. Sven ringde och meddelade att han skulle komma en kvart senare och de klädde på sig sina skidkläder för andra gången.

När Sven kom flygande stod de redo utanför dörren med sina skidor.

– Fasen, jag höll på att glömma stavarna.

Tomas rusade in och kom ut precis när Sven fick helikoptern ner på snötäcket.

– Hej hej! Har ni haft det bra?

– Visst! Tomas var fortfarande surmulen och Matilde log lite ursäktande men Sven verkade vara van vid Tomas skiftande humör.

De blev avställda vid en anläggning och Sven lovade att hämta dem ett par timmar senare.

– Vilket spår tar vi?

– Han kommer om två timmar, så vi borde hinna med ett par mil.

– Då kör vi på det gröna på 1,5 mil.

Det var dubbla spår och de körde upp bredvid varandra. Tomas var lika sammanbiten som han varit över sin müsli. Matilde var tacksam över det, för hon blev plötsligt varse att hon skulle behöva all sin kraft till att ta sig fram. Armarna gjorde vant rörelserna med stavarna, bara det att musklerna hon haft som tonåring när hon åkte mycket skidor inte alls fanns där längre. Hon insåg plötsligt hur stel hon var. En svagt lutande backe kom emot dem och hon såg med bävan upp mot den. En timme senare och med nästan en halv mil kvar var Matilde genomblöt av svett och varje muskel bultade av smärta. Tomas verkade flåsa lika mycket han, men hon orkade knappt titta efter av rädsla för att tappa tempot och den sista orken. Stillheten och den friska luften sket hon fullständigt i för tillfället, hon var bara ute efter att överleva den sista halvmilen och inte behöva sinka Sven i hans säkert väldigt hektiska schema med japaner och allt vad det var.

Hon började räkna träd för att ha något att fokusera på. När hon kommit till hundra började hon om. Svetten rann ner för ryggen och hon behövde något att dricka.

Sjuhundra träd senare såg hon fullständigt ledbruten anläggningen torna upp sig framför dem. Då hörde hon Tomas frusta bredvid henne:

– Hade jag inte sett det där nu, då hade jag lagt mig ner mitt i spåret... och bett dem dra mig dit på en bår.

Matilde var för fokuserad för att kunna svara och nickade bara.

När de kom fram stod Sven och stampade.

– Bra att ni var snabba. Jag kom ner lite tidigare än väntat. Men det var fasen vad ni ser slut ut. Hur långt åkte ni?

Hur de tog sig upp i helikoptern kunde Matilde knappt förstå. Känslan när hon satte sig ner var det bästa hon upplevt på länge.

– Herregud, det var det värsta jag har gjort. Och jag som trodde att jag var bra på det här. När vi var små kunde vi ju vara ute och åka en hel dag. Jag kommer inte ihåg att vi blev så här slut då. Gör du?

– Jag tror inte vi körde lika snabbt då. Vi höll ju sprintertempo hela vägen.

– Gjorde vi? Jag följde ju bara med dig.

– Haha. Vilket skämt! Vi kunde ju ha kört slut på varandra.

Sven släppte av dem och skrattade åt deras krokiga rörelser och vinkade. Han hade lovat att hämta dem samma tid nästa dag.

– Jag fixar inte middag idag. Du klagar ändå bara.

– Det är lugnt. Jag gör det. Om du diskar.

– Sure.

Tomas kastade sig på soffan med alla ytterkläderna på. Matilde gick in i badrummet för att byta om och ta en dusch. Hon orkade knappt lyfta armarna för att tvätta håret. Tomas knackade på dörren.

– Din telefon ringer, Tillis. Ska jag svara?

Matilde log över att Tomas använde hennes smeknamn från skolan när hon svarade:

– Gör det! Det är säkert flickorna.

– Tillis, jag menar Matildes telefon. Jamen hej, Adrian. Det är Tomas. Nej, Matilde står i duschen. Ja, det låter konstigare än det är. Vi är uppe och åker skidor. Kan hon ringa dig när hon är klar?

Matilde öppnade dörren med vattnet rinnande och slet åt sig telefonen från Tomas. Hennes hjärta dunkade. Tomas flinade retsamt mot henne och stängde dörren.

– Ja, det är Matilde.

– Ja hej, förlåt att jag stör. Det är Adrian. Du, jag kanske ringer väldigt olämpligt, vi kan höras en annan gång.

– Det gör absolut ingenting. Jag hade ändå tänkt ringa dig.

Matilde satte sig ner på toalettstolen med handduken om sig.

– Hade du?

– Ja. Först tänkte jag be om ursäkt för att jag sa så dumma saker på nyårsafton, och sen...

– Vadå?

– Jag tänkte att vi kanske skulle ses och prata. Om du vill. Jag förstår om du inte har någon lust.

Det var tyst i luren och Matilde undrade om linjen kanske hade brutits eller om Adrian hade lagt på. Så sa han:

– Jag träffar dig gärna. Och du tror inte att Tomas tar illa upp...?

– Tomas? Nej, nej. Vi är barndomsvänner. Det är inget sånt mellan oss.

– Du kanske kan ringa när du kommer hem så kan vi bestämma något?

– Jag ringer. Och du, jag är hemskt glad att du ringde.

– Jag med.

De lade på och Matilde satt kvar ett tag på toalettstolen. Sen hörde hon ett skrapande ljud och Tomas som sa:

– Vad gör du nu då? Sitter du bara där, eller?

– Har du stått och tjuvlyssnat?

Tomas öppnade dörren och skrattade.

– Precis som du gjorde. Och du, jag är hemskt glad att du ringde, härmade han.

– Vad jobbig du är! Hur låter du då när du pratar med någon? Med Vanessa till exempel. Men ni kanske inte pratar, ni kanske bara sitter och flätar hennes hår på armarna, eller?

Matilde snärtade till Tomas med en handduk.

– Sluta, det gör skitont! Han skulle ha anmält dig där nere på Mallis. Hur kan han ringa efter det att du klippt till honom? Vilken mes han är!

– Jag klippte inte till honom så, du överdriver jämt. Det var en örfil.

– Överdriver? Det var ju du som sa det själv.

- Jaja, men det var inte riktigt så, okej?
- Hörru, du får gå ut härifrån nu. Jag måste kissa.
- Jag ska bara torka håret så är jag klar.
- Men då kissar jag så länge. Blunda!
- Sluta! Lägg av! Du kissar inte när jag är här.
- Lugn, jag skojar, okej? Men skynda dig på, annars skojar jag inte.

Matilde tog med sig necessären och klättrade upp till sovloftet. Hon log åt Tomas. Det fanns ingen annan som kunde få henne att skratta på det där sättet som hon gjorde med honom. När hon hade varit som sjukast och flängt fram och tillbaka på behandlingshemmet hade han umgåtts med henne och berättat vad alla deras gamla kompisar från småskolan i Oslo hade för sig. Det var på den tiden han ännu inte bodde i Stockholm, utan bara åkte dit för att muntra upp henne.

Matilde blev varm när hon tänkte på Adrians samtal. Det var stort att han hade ringt. Han som till och med hade telefonfobi och vissa perioder helt stängde av sin telefon. Det skulle bli intressant att träffa honom.

Tomas kom ut från duschen när hon hällde den färska pastan i vattnet.

- Du får skynda dig att klä på dig, maten är snart klar.

Maten smakade bra även om Matilde inte var helt nöjd med koktiden. Pastan hade kokat en halv minut för länge och var inte så perfekt al dente som hon önskade.

- Hur känns det med Klara? Har du tänkt något?
- Nej, egentligen inte. Men det lär väl ge sig när jag träffar henne.

Matilde förstod att han inte var det minsta sugen att prata om det. Hon fyllde istället på vinet i deras glas.

Kvällen fortsatte som de andra kvällarna. 24 tog slut och Tomas öppnade Frasier-boxen.

De hann med fyra avsnitt innan Matildes telefon ringde igen.

– Hej mamma! Det är vi.

Flickorna pratade i över en kvart innan de lämnade över luren till Sebastian.

– Har ni det bra däruppe på fjället?

Matilde berättade om deras katastrofala kondition i skidspåret och Sebastian skrockade.

– Okej, hälsa så mycket och ta hand om er.

De fortsatte sin kväll i Seattle hos familjen Crane. Klockan elva sov de som stockar i sina sängar.

Dagen efter blev identisk med föregående dag, med undantaget att de hade grotesk träningsvärk. Konstigt nog gick det ändå bättre i skidspåret. De gled fram sida vid sida och kunde till och med kosta på sig ett frustande leende mot varandra då och då. Sista kilometrarna blev dock lika jobbiga som de varit dagen före och Sven skakade på huvudet när han såg dem komma.

– Att ni gör det här frivilligt? Är det inte lite konstigt?

Ingen av dem orkade fixa middag och de åt upp den sista yoghurten och varsin smörgås. Redan halv tio masade Matilde sig upp till sängen. Hon hann ställa klockan på sju. Hon ville bevara den positiva rutinen hon fått de senaste dagarna. Just som hon kröp ner under täcket hörde hon hur Tomas telefon ringde. Det måste vara Klara.

– Jo, jag kommer till Oslo till helgen. Tja, vi har åkt en del skidor och ätit god mat. Nej, jag har inte det. Därför att det inte har kommit upp något bra tillfälle. Är det okej om jag sköter det själv? Och som jag sagt tidigare så tycker jag inte att just du och jag ska ha den konversationen, det känns inte bra. Hur är det med dig? Har du pratat något mer med den blivande fadern? Jaha, sa han det? Det låter ju bra. Men vi kan prata mer om det när jag kommer. Ja, det ska jag.

Matilde bestämde sig för att låtsas som om hon sov. Tomas verkade inte intresserad av att prata om någonting för tillfället utan skulle ändå bara skoja bort allt. Matilde visste att han ändå alltid berättade det mesta för henne till slut.

Matilde vaknade åter till alarmet och tog ett språng upp ur sängen. Hon hade drömt intensivt hela natten om hur hon gjorde kanonsuccé som författare. Med lätta fötter studsade hon ner för stegen och skyndade sig fram till datorn. Trots att hon i vanliga fall alltid började dagen med frukost började hon nu istället arbeta direkt. Tankarna virvlade i huvudet och fingrarna dansade på tangentbordet och hon var orolig över att väcka Tomas med oljudet. Hon skrev snabbare och snabbare och till slut insåg hon att det var dags att sätta punkt. Hon höll andan, och så gjorde hon det. Hon hade skrivit klart boken. Egentligen borde hon backa tillbaka och läsa igenom det hon just skrivit, men glädjen tog överhand och hon ställde sig upp och vrålade mot övervåningen:

– Tomas! Vakna! Jag är färdig med boken!

Tomas kom nerrusande och såg livrädd ut. Hon skrattade mot honom.

– Jag är klar! Jag har satt punkt. Jag trodde aldrig att det skulle ske. Kan du fatta? Jag är klar.

– Det visste jag väl. Shit, det här måste vi fira!

– Jag har inte ens ätit frukost än, så om du vill kan jag laga världens brunch. Vad sägs om mina russinscones?

Tomas kom ner för trappan med öppna armar och gav henne en lång kram. Matilde gav honom en smällpuss på kinden och gick in i köket.

– Lägg dig på soffan och slappna av nu så ska jag fixa frulle.

– Oj, ska datorn bli så här svart, Matilde, skynda dig! Datorn bara svartnar, skynda dig!

Matilde, som inte hade sparat det hon skrivit under morgonen, rusade skräckslagen ut till Tomas och stirrade på datorn.

– Lugn, jag bara jäklas. Men du kanske borde göra en backup?

Matilde boxade till honom på låret.

– Fan för dig, så där kan du inte göra. Jag höll på att bryta ihop.

– Förlåt, men jag kunde inte motstå.

Matilde sparade dokumentet i flera filer och i det extra minnet hon hade med sig. Hon återvände till köket med ett fortfarande skenande hjärta.

– Jag ringer och avbokar Sven idag. Jag pallar inte en dag till.

– Det är okej, om du lovar att vi kör i morgon.

Dagen blev en enda lång måltid. De åt frukost, såg på Frasier, åt resterna av frukosten, mer Frasier och strax före sex började Matilde laga middag.

– Vi måste äta riktig mat, det känns som om vi levt på mackor de senaste dagarna.

Tomas drog fram en flaska champagne ur kylen.

– Nu, min duktiga väninna, så tänkte jag att vi börjar med lite champagne. Idag ska vi verkligen fira din bok.

Korken flög upp i taket och Matilde lyckades fånga den på nedvägen.

– Skål, och jag önskar dig all lycka.

Tomas gav henne en kyss på kinden och Matilde fnissade.

– Gud, vad du pussas blött. Gör du alltid det?

– Bara på dem som smakar så gott som du gör.

Matilde vände sig generad mot spisen och rörde i det kokande vattnet och skyndade sig att ta en sipp till av champagnen.

Efter ytterligare en flaska och en mycket lyckad oxfilé med grön sparris satt de i soffan. Tomas lade sin hand på Matildes och hon log mot honom. Laddningen var uppenbar, men på något sätt vägrade hon erkänna den. Matilde tänkte envist hålla fast vid att de bara var vänner. Även om de tog en smula på varandra. Eller pussades.

Tomas tumme smekte hennes hands översida och sen insidan. Matilde som var snurrig av alkoholen lutade huvudet bakåt och lät det vara. Så somnade hon.

Hon vaknade med ett ryck och såg att klockan var halv fyra. Tomas låg med armen om henne och snarkade. Försiktigt snirklade hon sig ur hans grepp och gick in i badrummet och borstade tänderna. Hon smög uppför trappan och lade sig i den mjuka sängen. Egentligen borde hon ha varit schysst och väckt Tomas så även han kunde ha lagt sig i sin säng. Men hon vågade inte. Hon litade inte en sekund på sig själv i berusat tillstånd och definitivt inte på Tomas.

– Matilde! Du måste hjälpa mig! Jag kommer inte upp.

Matilde vaknade av Tomas vrål från undervåningen. Klockan var närmare elva och hon skyndade sig oroligt ner.

– Vad är det? Men Gud, vad har du gjort?

Tomas låg i en vansinnig ställning över soffan och såg förvriden ut. Hon kunde inte låta bli att skratta.

– Varför väckte du mig inte? Jag sa ju att man får nackspärr om man somnar i den här soffan.

Matilde skyndade sig att ljuga.

– Du, jag försökte väcka dig, men det var stört omöjligt. Du snarkade bara till svar.

– Vad du ljuger.

– Nej, det är sant.

– Jaja, du får hjälpa mig upp istället. Och du har minsann sovit på dunbolster hela natten och ser ut som en prinsessa.

Med stor ansträngning fick hon upp Tomas till sittande

ställning. Han gned sig över nacken.
– Du får massera mig i alla fall. Som straff.
– Jag lovar. Jag ska bara fixa lite frukost först.
Tomas suckade men såg ändå rätt nöjd ut. Han slet åt sig fjärrkontrollen samtidigt som han ropade in till Matilde:
– Och jag vill ha extra mycket sirap på min yoghurt.
– Jaja, sitt där och var tyst för en gångs skull nu.
De åt framför Frasier och Matilde gav Tomas den utlovade massagen. Hon tvingade sig själv att koncentrera sig på teven och inte tänka på vad hon gjorde. Även om hon var attraherad av Tomas så tänkte hon inte låta det gå ut över deras vänskap. Hon visste att det skulle innebära problem och hon var otroligt mån om att ha kvar honom som sin nära vän. Det var viktigare än någonting annat.

Sven hämtade dem strax före tio och Matilde var på Oslos flygplats klockan elva. Otåligt såg hon efter planet som skulle ta henne till Stockholm.
Hon ville hem för att få iväg manuset till förlagen. Och om hon skulle vara helt ärlig, för att ringa Adrian.
Tomas bar hennes väskor fram till gaten och gav henne en kram. Han var stor och varm och nu när Matilde såg honom bland en massa andra vanligt klädda människor såg han nästan ut som en parodi på en norsk gutt med sin toppluva och kofta. Hon gav honom en snabb puss på kinden.
– Tack för att jag fick följa med. Det var jättehärligt. Tänk att jag blev klar med boken, jag kan knappt tro att det är sant.

– Du ser! Nu är jag din musa, eller hur?
– Säkert! Hälsa Klara, och hoppas att allt löser sig. När åker du tillbaka till Stockholm?
– Jag får se. Jag kanske stannar i Oslo och tar en sväng på byn. Beror på hur Klara mår.
Matilde nickade.
– Jag ska ju till Oslo med tjejerna nästa helg på…
– Just jäklar, det är ju fest där nästa helg. Den ska jag också på. Men nu måste du skynda dig. De har redan boardat ditt plan.

Matilde vände sig om och vinkade och såg Tomas gå därifrån. Hans hållning såg en aning stukad ut och hon antog att han inte såg fram emot att träffa Klara. Själv visste hon inte hur hon skulle kunna vänta tills det var dags att ringa Adrian.

Datorn verkade trög och misstanken om att ett virus hade smugit sig in blev allt starkare. Efter tre timmars arbete lyckades hon hitta ett sådant och eliminera det.

Texten hon skrivit uppe i fjällen kändes lättsam och intressant, problemet var bara att det hon skrivit tidigare inte kändes lika bra, men hon orkade helt enkelt inte börja ändra igen. Hon hade gjort det så många gånger. Med en snabb rörelse stängde hon ner dokumentet och lovade sig själv att bara läsa igenom allt en gång till för att upptäcka språkliga fel. Hon hade ändå blivit blind för texten så det fanns ingen anledning att sitta och försöka sig på att redigera själv.

Eftersom hon suttit framför datorn hela dagen tyckte

hon sig vara förtjänt av en rejäl påse med godis. Med kapuschongen uppdragen över huvudet småsprang hon i snöblåsten till 7-Eleven och bunkrade upp med en stor påse lösgodis och Pågens kanelsnäckor.

Hon var inte nämnvärt sugen på någon mat så hon placerade sig framför teven. Till sin stora glädje såg hon att det var ett dubbelavsnitt av Gilmore Girls. Skörden av sötsaker tog henne knappt en timme att förtära. Magen stod som en spärrballong när hon slött såg sig igenom tevekvällen. Hon ringde flickorna för att säga god natt och Sebastian flikade stolt in att de hade lagat en trerättersmiddag till Bo och Per. Sebastians starkaste kort var just inte matlagning så hon förstod att det var en stor sak.

Matilde kände sig märkligt nog hungrig igen vid tiotiden och bredde två smörgåsar med leverpastej. Byxorna spände i linningen så hon lovade sig själv att ta en ordentlig promenad nästa dag.

Matilde sprang runt i huset som en vettvilling. Hon kunde inte fatta var hon hade lagt sin gröna cashmerekofta. Efter en kvarts letande och med svettpärlor i pannan hittade hon den hopknölad inne i Pims garderob. Den var helt nytvättad, men så skrynklig att hon var tvungen att ge den en dust med strykjärnet. För fem minuter sedan skulle hon ha mött Adrian på Slussen. Samtidigt som hon desperat väntade på att strykjärnet skulle få rätt temperatur såg hon mobilen på diskbänken.

– Ja hej, det är Matilde. Jo, jag är lite sen. Är det okej om jag är där om tio minuter? Jag är så hemskt ledsen. Jag lovar, jag skyndar mig.

Adrian försäkrade henne om att allt var i sin ordning och att det mest bara var härligt att stå en stund för sig själv ute i den friska januarisolen.

Laddningen som funnits de senaste gångerna mellan Matilde och Tomas hade förvirrat henne en hel del. Under flygresan hade hon övertygat sig själv att det handlade om att hon behövde ha sex. Senast hade varit med Adrian på Mallorca och det kändes i hela hennes system att det var länge sen. Alldeles för länge. Om hon gav Adrian en ny chans kanske det problemet gick att råda bot på. Det var i alla fall mindre riskfyllt än att ge efter för lustarna med Tomas. Hon ryste vid tanken på konsekvenserna om något skulle hända. Det skulle vara en mardröm att hantera efteråt. Manlig och kvinnlig vänskap var betydligt mer komplicerad än vad folk gav sken av. Därför kändes en träff med Adrian nästintill riskfritt i jämförelse.

Koftan blev slät och fin och gjorde sig bra ovanpå klänningen från Anna Sui. Stövlarna gjorde inget motstånd och hon drog på sig den nästan nya, gråa kappan från Filippa K, en designer Matilde tyckte slarvade alltför mycket med sina materialval, men gjorde en del fina saker. Den här kappan hade hon köpt på en utförsäljning av provkollektionen på huvudkontoret och visste att den endast fanns i ett exemplar. Eftersom termometern visade på minus tio grader drog hon på sig en stor grovstickad mössa i samma ton som kappan.

Tjugo minuter efter utsatt tid stormade hon ner för trapporna mot Djurgårdsfärjan.

– Förlåt, förlåt.

– Sluta. Jag har haft en studie i peoplewatching och känner mig nöjd för minst ett år framåt. Du är vacker som vanligt.

– Äsch! Ska vi gå ombord?

Adrian lät henne gå före och de skyndade sig ombord på färjan som skulle ta dem till Djurgården.

– Vad är det för utställning?

– Det är en god vän till mig som skulpterar. De kommer att bjuda på en massa gott vin. Hon som har galleriet har en man som importerar en massa dyra viner. Han är sommelier. Tror faktiskt inte att det finns någon i Sverige som är så kunnig på vin som han är.

Utställningen på Liljevalchs var temporär och pågick endast under tre dagar. Skulptrisen och sommelieren var Adrians bästa vänner och ett känt par som ofta syntes i offentliga sammanhang.

– Det var Lena och Robert som såg till att jag fick min lägenhet.

– Oj. Det var flott.

– Mycket. Jag var i min allra mörkaste period och hade separerat från Julia. Adrian skrattade till. Det var säkert av ren självbevarelsedrift eftersom jag bodde hemma hos Lena och Robert. De var nog väldigt trötta på mig. Så efter en månad av vältrande i min sorg och smärta stod de inte ut längre. De ordnade med en god vän så att jag fick ett förstahandskontrakt.

– Men på Kastellholmen? Jag visste inte ens att det fanns lägenheter där.

– Det är bara två hus egentligen. Och lägenheterna är väldigt små. Men det passar mig bra och jag trivs på min lilla vind.

Matilde tittade kisande på honom.

– Jag ser fram emot att se den vid tillfälle.

– Självklart.

Adrian såg henne djupt i ögonen och strök med ett finger över hennes hand. Matilde tyckte att det vibrerade i hela hennes kropp. Hon ryckte till när hon hörde en röst som frågade:

– Biljetterna, tack.

Adrian vände sig mot Matilde:

– Ska vi inte gå ut och ställa oss? Ljuset är helt fantastiskt. Och det varar inte många minuter till. Tror du förresten att du kan betala biljetterna? Jag har inga kontanter på mig.

Adrian log mot henne och Matilde tog fram sin plånbok med ett sting av irritation. Adrian verkade alltid vara utan just kontanter. Åtminstone var det så det lät varje gång det var dags att betala. Hon skakade av sig känslan och tänkte istället att det var uppfriskande med någon som tog jämställdheten på allvar. För vad var det egentligen som sa att männen skulle stå för hela kalaset? Med ett stort leende betalade hon för dem båda.

De ställde sig ute på däck och vinden bet i kinderna. Matildes ögon tårades av den kalla luften.

Färjan gled förbi Skeppsholmen och när de låg parallellt med Kastellholmen pekade Adrian mot den huslänga som låg närmast Djurgården.

– Längst ut på tredje våningen. De två fönster du ser alldeles uppe vid taket.

– Vem bodde där förut?

– En vän till Lena och Robert som haft den som ett slags pied-à-terre. Han hade den under alla sina äktenskap tills hans fjärde fru ställde ultimatum. Hon hotade att anmäla honom för en massa saker hon visste om hans verksamhet om han inte gjorde sig av med lägenheten. Den är oerhört påkostad. En massa exklusiv mosaik och köket är platsbyggt. Min åsikt är att det måste ha smärtat honom mycket att tvingas göra sig av med den. Förmodligen har han haft den som sin tillflyktsort genom hela livet. Det känns så i väggarna. Kanske är det därför jag trivs så bra. Jag fick även ta över hans energier.

– Hur stor är den?

– Tja, jag tror den är närmare 70 kvadrat, men det är bara ett enda rum. En klassisk ateljé, för att citera Lena. Hon är för övrigt väldigt nyfiken på att träffa dig.

– Jaså?

– Javisst.

Matilde var för feg för att fråga hur mycket och vad han berättat. Istället konstaterade hon hur oerhört attraktiv Adrian var när han stod lutad över relingen och såg ut över Strömmen.

De klev av och Adrian tackade för turen genom att nicka till konduktören och ställa ett par artiga frågor.

Liljevalchs var redan fullt med folk och Matilde var glad över sin klädsel. Besökarna var uppklädda på det där diskreta sättet som man alltid var inom kultureliten. Adrian hade en grå yllekavaj till sina jeans. Den svarta polotröjan under förstärkte hans käkparti och det manliga i hans utseende.

– Kom, så ställer vi oss en bit bort. Jag ska ordna något att dricka.

Adrian tog hennes kappa och hängde den över sin arm samtidigt som han vinkade till sig en flicka som serverade. Hon log stort mot honom och småsprang iväg för att blixtsnabbt komma tillbaka med två glas vitt vin. Adrian log mot den blossande servitrisen.

– Tack rara du. Du är lika rask som dina ögon är unika.

Flickans kinder djupnade ännu en nyans. Matilde log mot sin kavaljer:

– Samma charmör som alltid.

– Det sitter i ryggmärgen, även om jag måste medge att jag blir trött på min egen jargong ibland. Men se! Där har vi Lena.

En kvinna i femtioårsåldern med långt blont hår kom emot dem med öppna armar. Hon hade en attraktiv figur och Matilde undrade om hon var opererad eller hade goda gener, som Tomas alltid skämtsamt sa.

– Åhh, vad roligt att ni är här! Det här är Matilde, förstår jag. Jag är så nyfiken på dig och måste få höra allt. För ni kommer väl?

– Ehh?

Matilde tittade förvirrat på Adrian som precis svalt en klunk vin men som skyndade sig att säga:

– Oj, förlåt min oartighet, jag har inte hunnit prata med Matilde om det än. Vi är bjudna hem till Lena och Robert efter det här. Vad säger du?

Matilde log.

– Det låter trevligt.

– Vi bor bara ett stenkast härifrån. Och det blir inget storstilat. Då får vi tillfälle att prata lite mer. Ciao darling!

Den blonda kvinnan gav Adrian och Matilde varsin kyss på munnen.

Matilde visste inte riktigt vad hon skulle göra, men låtsades som om det var fullt naturligt och något som hände henne jämt. Adrian log överslätande.

– Hon är väldigt excentrisk och utagerande. Men jag tror att du kommer att gilla dem. Jag hoppas du inte tycker det var otrevligt av mig, men jag hade faktiskt glömt bort deras invit.

– Självklart går det bra. Det är alltid trevligt att träffa nya människor.

– Ska vi ta oss runt det här spektaklet och beskåda Lenas verk? Annars kommer hon att slå ihjäl oss på middagen, eller förgifta oss. Var beredd på att hon kommer att bombardera dig med frågor om hennes skulpturer. Hon är helt olidlig när det gäller att vilja ha bekräftelse för sin konst. Och oss emellan, så har hon ingen vidare talang. Hon har bara haft den goda smaken att skaffa sig en mycket förmögen man. Och titta, där har vi honom. Robert, det här är Matilde.

– Vilken skönhet! Och ni kommer ikväll hörde jag just av min hustru.

Robert gjorde en tydlig gest av uppskattning åt Matildes håll och hon visste inte om det var menat som en komplimang eller om han alltid gjorde på det viset. Hon förstod att kvällen skulle bli intensiv och undrade om det skulle komma fler gäster. Hon hoppades på det.

Metodiskt tog de sig runt den välbesökta utställningen och Matilde såg till att noga studera varje föremål och memorera vad den lilla skylten bredvid sa att det hette. Adrian såg ansträngt intresserad ut.

– Vad tycker du?

Adrian frågade först när de hade nått den sista skulpturen.

– Jag tycker de är vackra. Inte så anmärkningsvärt originella, men det vilar något graciöst över dem.

– Väl formulerat, Lena är gammal dansös och säkert inspirerad av dansens linjer. Hon kommer att bli mycket smickrad om du beskriver hennes konst så. Personligen tycker jag de känns en smula slätstrukna. De säger mig inget. Men det kanske är bra för försäljningen. Såna som Tomas gynnas av sån konst. Den är lätt att placera i människors hem eftersom den inte tar för mycket energi från rummet.

– Kanske det.

Matilde kände att hon sakta men säkert började härskna till över allt Adrian sa. Det var något så oerhört arrogant i hans ton. Hon kunde bara inte förstå vad det var som provocerade henne så mycket. Var det att han verkade banalisera Tomas jobb, trots att han var en av Europas främsta arkitekter eller bara det faktum att han lät dryg? Många hon kände kunde vara både kritiska och elaka i sitt uttryckssätt, men det berörde henne inte. Med Adrian blev hon som en osäkrad handgranat. Hon svalde en klunk vin och lovade sig själv att ignorera alla irritationssignaler hon kunde tänkas få under kvällen. Den här gången skulle hon ge Adrian en ärlig chans. Det skulle inte bli som nere på Mallorca förra våren.

Någon knackade Adrian på axeln och Matilde blev presenterad för två författarkollegor som gav ut sina böcker på samma förlag som han.

– Och vem är den här vackra damen?

– Det här, mina herrar, är Matilde. Vi var nere på Mallorca förra våren tillsammans.

Adrian lade armen om henne och såg stolt ut. Matilde log och skakade hand. Adrian hade pratat mycket om just dessa två kollegor och berättat att de var galna i kvinnor och hade en rad stormande kärlekshistorier bakom sig trots att de båda var gifta. Matilde såg roat på dem och förstod att säkert en uppsjö av unga kvinnor sprang runt benen på dem i hopp om att komma ett steg närmare en utgivning och få en inblick i den magiska skaparkraften. Kanske precis av samma anledning hon själv drogs till Adrian? Hon skakade av sig den obehagliga tanken och vände sig mot de båda författarna.

– Så, vad arbetar ni med just nu? Något nytt?

De började prata i munnen på varandra om sina nya böcker som var och en med samma eftertryck hävdade skulle bli den nästa stora svenska romanen.

Efter tio minuters orerande vände en av dem sig mot Matilde och frågade:

– Och vad arbetar du med? Jag tror inte att jag uppfattade det.

– Just inget särskilt. Jag arbetade på en reklambyrå som art director tidigare, men just nu har jag precis avslutat ett projekt som jag inte riktigt vet vart det kommer att leda.

– Matilde är mycket blygsam av sig. Hon har just avslutat sin första roman.

– Nej, men då får vi önska lycka till. Jag ska bara säga det, att när jag debuterade så såg branschen ut på ett helt annat sätt. Idag styrs förlagen av media. Det är fruktansvärt.

– Jag kan bara inte förstå hur bokhandlarna kan missta sig så oerhört på en sån punkt. Hur kan de göra en så katastrofal missbedömning? Ja, jag ska säga det att...

Matilde lyssnade vidare i ytterligare tio minuter tills hon förstod att de inte pratade med henne utan bara förde varsin monolog.

Hon lät blicken vandra runt bland de andra besökarna, och noterade ett ansikte hon aldrig tidigare sett i verkligheten, men vid flera tillfällen i diverse tidningar. Johan von Dies var en mycket attraktiv man strax över fyrtio. Han hade under sina första år som deckarförfattare skrivit under pseudonym, men sen valt att träda fram. Medias bild hade förändrats till det sämre efter avslöjandet och Matilde undrade om det berodde på att det enda man fokuserade på var hans förmögenhet. Alla artiklar hon läst om Johan von Dies handlade om att han inte var i det minsta behov av pengar utan mest såg skrivandet som en "kul grej". Något som omöjligt kunde stämma, tänkte Matilde, om man hade läst hans böcker. De var skrivna med en stor detaljrikedom och exakthet inom det kriminaltekniska området. Inte ens sen han tydligt förklarat att alla intäkter han någonsin gjort på sina böcker, vilka redan från första början varit avsevärda, gick till välgörande ändamål hade medias bild av honom förändrats. Hans böcker sålde fortfarande mycket bra, men Matilde trodde att han skulle ha tjänat på att hålla sig till sin pseudonym. Tyvärr, Johan von Dies var en mycket duktig författare och borde bedömas efter sin talang och inte efter sin förmögenhet.

Han var längre än hon tänkt sig och han höll armen om en betydligt kortare kvinna med mörkt hår. De såg kära ut och Matilde förstod att det måste vara hans fru. Hon kunde inte låta bli att le för sig själv, de såg så harmoniska ut tillsammans.

Adrian hade noterat hennes blickar mot Johan von Dies och harklade sig och gav Matilde en menande blick. Han vände sig mot sina författarkollegor:

– Ja, då får ni ursäkta oss. Matilde och jag ska dra vidare på en middag och taxin väntar nog på oss vid det här laget.

Han tog Matildes hand och hon brände av ett stort leende åt de två författarna. De noterade knappt att de avlägsnade sig utan fortsatte bara sitt malande om bokhandlarna, försäljningssiffror och hur de inte kunde förstå att så många författare med bristande talang kunde ta sig fram nu för tiden. Både kastade sura, menande blickar mot Johan von Dies och hans attraktiva fru. Matilde undrade om man kunde bli mer bitter än så.

– Jag hade inte orkat med en sekund till av deras självömkan. På varenda förlagstillställning så orerar de om sina stora talanger och hur det i övrigt bara går utför för den svenska litteraturen.

– Men den åsikten delar du väl med dem, till viss del?

– Till viss del. Men då mer nyanserat. Jag tycker det är förkastligt att det ofta är så talanglösa förmågor som lyfts fram i media. Se bara på den där deckarfjanten som du stirrade på där inne. Han har hur mycket pengar som helst att kasta ut på marknadsföring och pr. Då är det inte särskilt konstigt att han säljer.

– Så du menar att du inte kommer att marknadsföra dig nu när din nya bok ska komma ut?

– I största möjliga mån så kommer jag att undvika mediala sammanhang. Jag vill vara ett samtalsämne i de litterära salongerna, inte i glassiga kärringblaskor.

Matilde fick verkligen anstränga sig för att inte fullständigt explodera.

– Trots att den större delen av dina läsare faktiskt är kvinnor och mer än gärna läser såna tidningar?

– Jag tror det är svårt att bedöma min exakta målgrupp. Men jag vägrar att sälja mig under så billiga former. Det skulle kväva min konstnärliga kreativitet.

– Men Adrian, du måste skämta nu. När din förra bok släpptes så figurerade du i varenda tidning man öppnade. Tidningarna har ju faktiskt en del i den framgång du skördat.

– Det har ingenting med min talang att göra. Och jag bryr mig inte om att nå ut till den stora massan. Jag vägrar slänga ur mig något för att göra förlagets räknenissar lyckliga. Jag lämnar ifrån mig något när texten är mogen.

Matilde tänkte på vad hon lovat sig själv några minuter tidigare, att hon skulle ge Adrian en ärlig chans. Hon tog ett djupt andetag:

– Du har säkert rätt i det du säger. Bara du vet var dina gränser går.

Adrian nickade högdraget mot henne och bet ihop

sina käkar på det där sättet som Matilde visste att han trodde gjorde honom mer attraktiv och manlig. En rysning gick genom hennes kropp och hon förstod att det hade varit idiotiskt att tro att de skulle kunna börja om. Att hon dessutom hade gått med på att följa med hem till hans vänner var ett ännu sämre beslut. Samtidigt bannade hon sig själv för att hon reagerade så irriterat på minsta småsak. Det var nyttigt för henne att lära känna lite nya människor. Och Lena var en excentrisk person som hon kunde få inspiration av. Hon kom just då emot dem med självsäkra steg, insvept i en enorm kamelhårsfärgad sjal, tätt följd av Robert:

– Då så, kära vänner! Då var det dags. Bilen väntar på oss. Det kommer ytterligare sex gäster, men de tar nästa vända.

En svart limousine väntade utanför Liljevalchs och chauffören stod i givakt vid den öppna bildörren.

– God kväll!

– Hejhej, lille gubben. Hoppas du inte fått vänta alltför länge på oss. Du får lov att ta en sväng tillbaka och hämta resten av gästerna. Det är sex stycken till som ska eskorteras hem till villan. Jag sa till dem att du skulle vänta härute om tjugo minuter. Då hinner vi hem och fräscha upp oss en smula.

Matilde klev in efter Lena och de satte sig i den svart inredda bilen. Robert och Adrian satte sig bredvid varandra på andra sidan.

– Vilka är det mer som kommer ikväll?

– Adrian, du är alltid så nyfiken! Och tyvärr så tror jag inte att du kommer att bli helt nöjd med kvällens gästlista.

Johan von Dies och hans förtjusande fru Kristin är inbjudna. Både jag och Robert är faktiskt väldigt förvånade att de tackade ja, det sägs att de är så vansinnigt asociala. De andra paren är kunder till Robert som kom flygande från Frankrike och Australien så sent som i eftermiddags.

Adrian log ett hånfullt leende mot Lena:

– Och varför skulle jag inte vara nöjd över den gästlistan?

– Äsch, sluta Adrian, alla vet hur du ser på andra författare som säljer bra. Du är inte direkt skicklig på att dölja din arrogans. Han skriver ju dessutom deckare. Sen gör ju er historia sitt till.

– Historia?

– Vi har kanske inte helt lämpliga åhörare för den historien.

Matilde såg lätt road på Lena:

– Om det är mig du syftar på så behöver du inte oroa dig.

– Nu räcker det. Det är väl inget speciellt med mig och von Dies. Visst, vi råkade ha en dispyt över en kvinna, men herregud, det är ju över tio år sen.

– Ja, för Johans del är det säkert mer än okej. Med den frun har han inget att vara bitter över.

– Men det har jag menar du?

– Inte alls Adrian, haha. Du är för rolig att reta. Du kommer säkert att övertyga mig ikväll om att jag har helt fel i detta ämne, eller hur? Men ni måste väl hålla med om att karlen är snygg som en gud? Håller du inte med mig, Matilde?

Adrian daskade till Lena på låret och passade på att ta ett hästgrepp ovanför hennes knä. Lena svarade genom att kasta huvudet bakåt i ett hest skratt. Robert verkade fullständigt oberörd och såg bara svalt på Matilde.

– Det är bra att du verkar vara en kvinna som står pall för en sån som Adrian. Kan du tänka dig en sämre kombination än min hustru och den där mentalpatienten?

Matilde log som svar och nickade. Hela situationen kändes surrealistisk och hon undrade om hon hade hamnat i filmen Hotel New Hampshire. Bilen stannade. Eftersom rutorna var rejält mörka hade Matilde inte en aning om åt vilket håll de hade åkt.

Hon klev ur och fick en stödjande arm av Adrian. De befann sig framför ett av de större husen på Djurgården som låg mitt på det promenadstråk där tusentals stockholmare flanerade varje helg.

Lena gick med raska steg mot ytterdörren och ropade bakåt:

– Välkommen in, Matilde! Jag måste bara skynda mig in i köket och se att cateringen håller vad de lovat. Det är minst fjärde cateringfirman jag engagerar. Jag kan inte förstå vad som är så svårt med att hålla en hög kvalitet.

Matilde följde efter den högröstade Lena in genom en mindre träport. Hon hörde hur Robert och Adrian pratade förtroligt några steg bakom dem. Adrian gjorde klart att det som sades inte var för Matildes öron. Även Lena verkade ha uppfattat signalerna och tog Matilde i armen.

– Kom med här, Matilde. Jag har förstått på Adrian att

du är fantastisk på att laga mat. Åhh, vad jag önskar att jag kunde. Jag är en katastrof i köket. Fast jag vet ju å andra sidan hur jag vill att det ska smaka. Och det syns tyvärr! skrattade hon och klappade sig på sin platta mage. Hon slog upp en svängdörr med kraft och klev in i ett enormt kök.

– Jaha! Är allt klart?

En kvinna strax över trettio kom emot dem. Hon var iklädd snäv svart kostym med en figursydd vit skjorta under. Hennes hår var av den ljusaste nyansen på gränsen till vitt och det såg ut att vara så av naturen. Hennes ansiktsuttryck var lika svalt som resten av hennes uppenbarelse. Matilde tyckte att kvinnan kvalade in till att vara skurk i en Bond-film med sitt isiga utseende.

– Ja. Vill du att vi serverar fördrinken i salongen eller ute på punschverandan?

– Verandan blir bra. Och jag vill smaka på maten om det är klart.

– Visst.

Lena fick tre små assietter och Matilde stod bredvid och log lätt ursäktande. Lenas attityd var tydlig: om hon var det minsta missnöjd med det hon provade skulle hon inte visa något tålamod. Till Matildes och förmodligen även den kyliga cateringkvinnans lättnad brände hon av ett brett leende och ropade:

– Fantastiskt. Guud, så gott. Jag hoppas såå att det blir kvar tills i morgon. Vad glad jag är. Men så har ju också alla sagt att du är den bästa.

Lena klappade iskvinnan hårt på kinden och försvann

åt andra hållet genom svängdörren. Matilde skyndade efter.

– Kom Matilde, nu ska vi se på vår strålande utsikt och så vill jag veta exakt vad du tyckte om mina verk. Adrian går det inte att lita på när det kommer till konst. Han är bara sur och bitter numer. Tänk förr i världen när han festade som alla andra. Han var så härlig på den tiden. Det är tragiskt hur bristen på berusning kan förgöra en människa.

– Mmm...

Lena började förhöra Matilde om utställningen och hon var tacksam över Adrians tidigare varning. Hon svarade diplomatiskt och smickrande utan att behöva ljuga alltför mycket. Skulpturerna hade varit vackra att se på och mycket tillgängliga.

– Åhh, Matilde! Jag känner att du och jag kommer att bli så goda vänner. Du är så fantastisk. Jag förstår att Adrian inte har kunnat släppa dig. Och så säger han att du är rik också, stämmer det? Gud, så sexigt med en kvinna som både är vacker och förmögen. Jag slår vad om att du är rasande bra i sängen.

Matilde förstod att det var ett test och en brandfackla som Lena precis slängt ut.

– Angående mina kvaliteter i sängen så tror jag inte att jag är rätt person att uttala mig och vad gäller min finansiella situation så har jag så att jag klarar mig. Det går ingen nöd på mig.

Hon log ett ansträngt leende. Lena studerade henne ingående och verkade imponerad av Matildes svar. Hon slog ut med armarna i en yvig gest och sa skrattande:

– Själv har jag aldrig haft en krona, men min man har desto mer. Jag skulle aldrig stå ut med att leva ett fattigt liv. Gud, så tråkigt. Robert ger mig allt jag vill ha, ja, om man bortser från ett passionerat sexliv. Men sånt är lätt att ersätta. Haha! Men du har visst varit gift tidigare? Med Sebastian Bäckström, eller hur?

– Ja, det stämmer. Känner du Sebastian?

– Vi har träffats vid flera tillfällen. Vi köpte ju det här huset av honom. Eller rättare sagt av Diana som arbetar hos Sebastian. Ja, Diana är en av mina bästa väninnor.

Diana var en milt sagt excentrisk kvinna i samma ålder som Lena. Hon hade jobbat hos Sebastian sen han startade sin verksamhet. Hon kände allt och alla och hade enbart förmögna vänner. Att hon var vän med Lena och Robert var inte direkt förvånande. Matilde och Diana hade inte dragit riktigt jämt, men ändå valt att acceptera varandra. Ett slags terrorbalans.

– Kommer Diana ikväll?

– Hon var bjuden, men är i Frankrike. Oj, nu ringer det på dörren. Vi får talas vid mer sen, darling. Och du kommer att få Johan von Dies till bordet. Jag vet att det kommer att reta gallfeber på Adrian, så jag kunde inte låta bli. Snälla, se till att flirta jättemycket med honom så att det blir lite hullygully här ikväll.

Lena trippade energiskt på sina skyhöga klackar till ytterdörren och Matilde tittade efter Adrian och Robert. Hon undrade vart de hade tagit vägen och om hon skulle leta upp dem. Men för att inte riskera att det skulle verka som om hon sprang runt och snokade satt hon helt sonika kvar i den mjuka soffan och kikade nyfiket ut mot hallen där de nya gästerna stod och fick kindpussar av Lena.

Johan von Dies och hans fru var de första som kom in i salongen.

– Hej! Kristin.

– Hej, trevligt att träffas. Jag heter Matilde.

– Och det här är min man, Johan.

Han sträckte fram handen och hälsade artigt. Matilde fortsatte:

– Jag såg er på vernissagen.

– Är du vän till Lena och Robert?

– Nej. Jag är här med en... vän... och han är god vän med dem.

– Jaha. Så trevligt. Ja, vi känner dem inte alls särskilt väl, men vi bor bara en liten bit bort och vi har sprungit på varandra en massa gånger och sagt att vi måste äta middag någon gång.

Kristin verkade en smula avvaktande och studerade omgivningen noga. Så vände hon sig mot Matilde.

– Jaha, vilka fler är det som kommer?

– Ingen aning. Några affärsbekanta till Robert, och så jag och Adrian då.

– Adrian? Adrian Hillver?

Johan von Dies lystrade till och gav sin fru ett stort leende och hon gav honom ett tillbaka.

– Ja, Adrian Hillver. Känner ni honom?

Matilde bestämde sig för att inte låtsas om att hon hört talas om von Dies och Adrians gamla konflikt.

– Känner och känner, jag är också författare och vi har träffats i lite olika sammanhang kring det.

Kristin såg ut som om hon höll igen ett skrattanfall och såg lättad ut när iskalla cateringkvinnan kom in med en bricka fullt lastad med champagneglas.

– Jaha, och vad gör du? Är du också författare?

Kristin frågade över sitt glas.

– Nja, förut jobbade jag på reklambyrå, men nu har jag börjat med ett annat projekt, fast jag vet inte riktigt än vart det kommer att leda.

Matilde drog den harang som var väl inrepeterad.

– Spännande!

– Och du själv?

– Jag jobbar som koordinator.

– Var då?

– På ett auktionshus på Arsenalsgatan.

– Då känner du säkert till Tomas Jyll?

– Javisst. Han är ofta inne hos oss.

– Han är en barndomskamrat till mig, vi är båda från Oslo.

– Så trevligt. Jag har hört att hans nya kontor och lägenhet ska vara helt otroliga. Har du varit där?

– Ja, det är verkligen fint.

Kristin hade ett behagligt sätt och verkade uppriktigt intresserad av den hon pratade med. En uppmärksam lyssnare var inte direkt vanligt.

Lena kom in med de övriga gästerna och alla skålade. Än såg Matilde inte skymten av Adrian och Robert och började känna sig klart obekväm över att ha blivit övergiven. Kristin satte sig bredvid henne i soffan. Lena hade satt klorna i hennes man och Johan såg rätt besvärad ut med Lena nästan hängande över sig. Hon var typen som alltid stod alldeles för nära sin samtalspartner.

– Jaha, hur länge har du träffat Adrian?

– Ja alltså, vi träffas inte direkt. Vi umgicks en del för ett halvår sen och så möttes vi av en slump igen på nyårsafton. Ja… och ni? Hur länge har ni varit gifta?

– Hmm, vad är det nu? Snart fyra år. Men vi var ihop ett par år före det också. Vi gifte oss när vår andra son döptes.

– Hur många barn har ni?

– Två pojkar. Har du barn?

– Ja, två flickor. Men jag och deras pappa skildes för flera år sen.

– Aha. Ja, Johan och jag träffades genom min bästa väninna som är kusin till Johan. Precis när jag skilde mig från min förra man, men vi hade inte hunnit få några barn. Som tur var. Alltså, jag menar inte så, men vi hade inget vidare förhållande.

– Nej, det är inte lätt med skilsmässor när det är barn inblandade. Men jag och min exman är i alla fall mycket goda vänner och det underlättar. Även om det var svårt till en början.

– Kan tänka mig det. Vad är det för projekt du håller på med, eller det kanske är hemligt? Du får säga till om jag snokar.

– Jag försöker skriva en bok, men jag har valt att inte prata så mycket om det.

– Men oj, så modigt. Och jag förstod inte, jobbar du samtidigt?

– Nej. Jag sa faktiskt upp mig förra våren för att satsa på det här. Men eftersom jag inte har en aning om hur det kommer att gå så är det rätt nervöst.

– Det förstår jag verkligen. Vad är det du skriver om?

Känslan som hon fått tidigare under kvällen av att det började bli lättare att prata om boken återkom och orden kom lätt ur henne:

– Usch, det är lite svårt att förklara. Eller egentligen inte. Typ en roman med självbiografiska inslag. Jag gick en skrivkurs och det var där jag träffade Adrian. Han var där och föreläste och sen blev det så att jag följde med honom till Mallorca i en månad. Ja, mina föräldrar har en lägenhet där så det passade väldigt bra. Men det blev lite tokigt mellan oss och jag åkte hem tidigare. Så nu har jag försökt skriva den där jäkla boken i snart ett år och jag vet inte om det går framåt eller bakåt. Jag vet ju egentligen inte om jag har någon som helst talang. Men jag har drömt om det här så länge så jag var bara tvungen att prova. Ibland undrar jag vad jag håller på med för mesta delen av tiden när jag skriver så mår jag bara dåligt. Jag låter säkert hur knäpp som helst i dina öron.

Kristin viftade undan hennes ursäkt.

– Äsch, jag är ju gift med en författare så kan jag sätta mig in i din situation ganska bra. Johan kan vara vaken i flera nätter på raken och bara oroa sig och grubbla. Sen rätt var det är så släpper det och då kan han sitta flera dygn i sträck och knattra på tangenterna. Och det är samma ångest inför varje bok, och varje gång är han övertygad om att han inte kommer att klara det.

– Jo, det är väl så. Och när man gör det för första gången så är det säkert ännu värre. Men att jag sa upp mig var mest för att sätta press på mig själv att verkligen slutföra det hela. Och så trivdes jag väl inget vidare heller.

– Och vad ska du göra sen?

Matilde skrattade:

– Om jag misslyckas, menar du?

– Nej, men jag kan väl tänka mig att det blir en mellanperiod innan den publiceras. Eller du kanske börjar skriva på nästa bok på en gång?

– Jag vet, jag bara skojade. Jag har faktiskt ingen aning. Och jag är lite för nervös för att orka sätta igång några storstilade planer. Men jag har tänkt skicka in manuset i slutet av nästa vecka. Så sen är det bara att vänta.

– Usch, så nervöst. Och titta! Här kommer min man. Du ser trött ut, älskling. Hur är det?

Johan gjorde en diskret min åt Lenas håll och log ursäktande mot Matilde.

– Hon är rätt intensiv.

Matilde nickade. Johan och Kristin var klart sympatiska och det skönaste var att de verkade så säkra i sitt förhållande. Ingen antydan till svartsjuka eller märklig stämning dem emellan. Bara en varm trygghet.

I dörröppningen dök plötsligt Robert upp med Adrian i släptåg. Matilde rynkade pannan och såg på klockan att de hade varit borta i nästan en timme. Det var utan tvekan oförskämt av Adrian och det såg ut som om han var helt omedveten om det. Hon tog ett djupt andetag och tvingade fram ett välkomnande leende. Hon var trots allt inte tillsammans med Adrian och hon kunde i princip kliva rätt ut genom dörren utan att det skulle bli några allvarligare följder. Tanken lugnade henne och hon ägnade istället sin energi åt paret vid sin sida. Johan tittade på klockan och frågade sin fru:

– Du har inte hört något än?
– Skulle jag inte ha sagt något då? Det är lugnt.
– Har du kollat telefonen då?
– Ja. Sluta oroa dig, de ringer om det händer något.
– Har ni barnvakt?
– Ja, fast det är inte det. Johan undrade om hans kusin, hon som vi träffades genom, har ringt. Hon är på gång att föda sitt första barn och när vi åkte hemifrån hade värkarna satt igång. Men eftersom det är första gången så tror i alla fall jag att det kommer att ta ett bra tag.

Matilde nickade förstående. Kristin klappade sin man ömt på armen.

– Vill du att jag ska gå och ringa henne?
– Ja, gör det. Kolla hur det går.

Kristin skrattade och tog fram sin mobil samtidigt som hon gick ut mot hallen. Johan log ursäktande:

– Jag kommer strax tillbaka. Jag måste följa med och tjuvlyssna.

Adrian dök snabbt upp vid Matildes sida.

– Värst vad du smörar för den där typen då!
– Så kan det gå när man inte ser om sitt revir. Var sjutton höll ni hus? Ni var ju borta i nästan en timme!

– Det tror jag inte. Men det är smickrande att du klockar mig.

– Snarare väldigt oartigt av dig. Brukar du göra så mot alla dina damer?

– Jag hade viktiga saker att prata med Robert om. Jag ber om ursäkt ifall du kände dig övergiven. Jag ska se till att gottgöra dig.

Adrian strök med fingret längs hennes bara arm. Hans ögon såg misstänkt blanka ut och Matilde fick en olustig känsla i magen. Hon sänkte rösten:

– Har du tagit något?

– Va? Vad pratar du om?

– Har ni tagit några droger?

– Snälla Matilde, vi har suttit och pratat affärer. Vad tror du om mig egentligen?

– Jag vet inte, jag fick bara den känslan.

– Jag tänker inte höra på såna dumheter. Du kan inte sitta här och kasta ur dig anklagelser för att du känner dig försmådd. Förstår du hur mycket det sårar mig?

Adrian reste sig irriterat upp och ställde sig demonstrativt en bit bort för att prata med Lena.

Matilde kände sig förvirrad, hon förstod inte varför hon fått det infallet, men något i Adrians blick hade varit så borta. Hon skruvade på sig och kände sig oerhört dum. Adrian skulle med största säkerhet undvika henne resten av kvällen.

Robert kom ut från köket och slog sig ner bredvid henne. Med ens förstod hon att hennes misstankar var befogade. Roberts blick var glasartad och han stirrade ut i rummet utan fokus. Han hade definitivt tagit droger och säkert inga små doser heller. Matilde såg på honom och en rysning gick genom hela kroppen.

Johan och Kristin kom emot henne.

– Vet du, vi måste åka. Hon åkte in för en timme sen och nu är det redan klart!

– Nej, men är det sant?

– Javisst. Det blev en flicka.

Båda såg tårögda ut.

– Eva står oss väldigt nära. Men det var trevligt att träffas, vi ses säkert snart igen. Lycka till med...

Kristin tecknade att hon skrev och log. Johan vinkade bakom hennes rygg och Matilde såg hur de ursäktade sig för Lena. Matilde suckade och tittade på Adrian. Han hade tittat åt hennes håll, men vägrade möta hennes blick. Hon bestämde sig blixtsnabbt. Hon reste sig och tog Kristin lätt i armbågen.

– Är det okej om jag åker med er in till stan?

Kristin såg förvånat på henne, men fann sig snabbt och nickade.

– Självklart, vi har redan ringt efter en taxi. Inga problem.

Matilde drog Lena med sig åt sidan och förklarade att hon inte mådde bra.

– Jag är hemskt ledsen, jag måste ha ätit något.

– Men vad är det som händer? Jag har aldrig varit med om värre! Tror du det är cateringen som serverat dig en dålig kanapé? Ska alla lämna min fest? Jahaja, så kan det bli, men då måste du i alla fall lova mig en lunch.

Matilde nickade:

– Definitivt. Jag bjuder dig på en lunch för att gottgöra. Men det är lika bra att jag ursäktar mig nu innan något pinsamt händer.

Matilde klappade sig beklagande på magen och skyndade ut i hallen för att ta sin kappa. I ögonvrån såg hon Adrian som vägrade titta åt hennes håll och hon log för sig själv eftersom hon visste hur chockad han skulle bli när han insåg att hon hade lämnat festen. Han trodde säkert bara att hon gått på toaletten.

Taxin väntade och hon hoppade in i baksätet tillsammans med Kristin.

– Men vad var det som hände?

– Äsch, jag insåg plötsligt därinne att jag var på väg att göra om ett stort misstag.

– Jag antar att det har med Adrian Hillver att göra.

– Ja. Ja, ni vet. Gammal skåpmat är...

Kristin fyllde i:

– Gammal skåpmat! Och du bara gick?

– Ja. Jag fick en så konstig känsla och senast jag fick det så slutade kvällen rätt olyckligt.

– Jag förstår. Men Johan, var det inte så att han var rätt svartsjuk? Eller vad var det du berättade?

Johan harklade sig från framsätet.

– Ja, han var väldigt konstig. Jag träffade en tjej för många år sen nu som han fortfarande var kär i och det blev en massa problem. Jag var kanske inte guds bästa barn vid det tillfället, men jo, han var svartsjuk. Och hade ett jäkla temperament. Men det var på den tiden han drack en del. Och så tror jag han hade en förkärlek för andra saker också. Men det har han visst slutat med nu.

– Hmm. Jag är inte så säker på det.

– Oj då. Då gjorde du nog rätt som åkte med oss. Håller han på med droger fortfarande så skulle jag inte vilja ha med honom att göra. Han förföljde den där tjejen jag träffade och ringde och höll på. Jäkligt obehagligt faktiskt.

Matilde nickade.

– Jag får låsa dörren i natt.

– Ja, men ärligt. Det ska du nog göra. Och jag undrar lite om den där Robert och Lena också. Vad lever de av egentligen? Jag försökte fråga Robert lite försiktigt, men jag fick inget riktigt svar. Sånt blir jag alltid misstänksam över.

– Han har en vinagentur.

– Jaha, men hur han råd med det där huset? Så mycket pengar drar man inte in på att importera viner. Inte längre i alla fall.

– Vi kanske inte ska vara såna, Johan. Vi tackade ju ändå ja till deras inbjudan.

– Ja, men det var ju bara för att vi var så nyfikna. Tur att Eva bestämde sig för att föda så lägligt. Jag skulle aldrig ha stått ut där hela kvällen.

Alla tre skrattade.

– Vart vill du åka?

– Jag kan hoppa av vid Dramaten.

– Bor du där?

– Nej, jag bor på Söder. På Mariaberget.

– Men, vi kan köra förbi dig.

– Nej nej. Kör till sjukhuset ni. Det är verkligen inga problem för mig att ta en ny taxi. Stanna utanför Riche bara, så haffar jag en bil där. Och tack snälla ni. Ni måste tycka att jag är riktigt knäpp.

– Absolut inte. Du hade varit knäpp om du hade stannat.

– Hälsa kusinen så mycket och gratulera.

– Det ska vi göra, och det var trevligt att träffa dig. Vi ses säkert igen.

Matilde hoppade ur och vinkade. Hon hörde hur hennes mobil ringde i väskan och tog med bävan upp den. Till hennes förvåning visade displayen inte Adrians nummer utan Tomas.

– Haha! Och vad har du varit på för dåligheter?

– Vadå? Vad menar du?

– Vänd dig om!

Matilde vände sig förvirrat om och såg Tomas stå inne på Riche och vinka till henne med stora rörelser. Hon skrattade och gick in.

– När kom du tillbaka? Hur gick det med Klara?

– Jag landade för ett par timmar sen. Klara mådde mycket bättre. Var har du varit?

– Det kan du aldrig gissa.

– Jo, det kan jag. På middag med Adrian i en stor villa på Djurgården.

– Hur visste du det?

– Han ringde och bjöd dit mig.

– Va? Och han som helt glömde berätta om middagen för mig tills vi kom fram till vernissagen. Och varför tackade du nej?

– För att jag inte gillar värdparet. Jag tål varken Lena eller Robert. Hemska människor. Men den intressanta frågan är hur det kommer sig att du träffade Adrian?

– För att jag är dum i huvudet.

– Länge sen sist, eller?

Tomas gjorde snuskiga tecken med händerna och Matilde daskade till honom med väskan.

– Aj, slog du honom igen?

Matilde slog till honom ännu hårdare och Tomas skrattade så att han vek sig.

– Vem är du här med då?

– Jag väntar på Vanessa. Men hon verkar inte komma.

– Va? Håriga damen?

– Ja. Men hon skulle ha varit här för en timme sen och jag börjar misstänka att jag har blivit stood up.

– Jag förstår henne. Du är helt hemsk.

– Äsch, du är bara bitter. Och svältfödd, då blir man sur. Vad vill du ha? Vitt eller rött?

– Jag vill inte ha något vin.

– Champagne? Nej, vänta... Ska vi ta något sliskigt med paraplyer?

Matilde hann inte hejda den ivrige Tomas som vinkade till sig en som vanligt brunbränd Anders Timell i baren.

Matilde tog upp telefonen och tittade efter om hon hade några missade samtal, men till hennes förvåning var displayen tom. För säkerhets skull stängde hon av ljudet, ifall Adrian helt plötsligt skulle sätta igång att hetsringa.

Hon tänkte på att hon faktiskt hade valt att träffa Adrian delvis för att hon inte skulle få för sig att strula till det med Tomas. Och nu stod hon här i en bar med honom i alla fall. Hon fick verkligen se till att ta det lugnt, även om de fick i sig en del alkohol. Tomas vände sig åter mot henne.

– Men nu måste du berätta vad som hänt? Varför är du inte på middagen?

– Usch, jag skulle verkligen ha hållit mig ifrån Adrian från början. Men det började i alla fall med att vi skulle gå på en utställning. Ja, hon Lenas vernissage. Och så visade det sig att han smygplanerat att vi skulle dit på middag. Helt enkelt blev allt bara konstigt redan i limousinen på väg hem till dem. Lena berättade att Johan von Dies och hans fru skulle komma och de har tydligen haft en gammal grej om en tjej. Jag vet inte om det var det som fick honom att flippa.

– Är det han författaren?

– Ja. Jag åkte med honom och hans fru hit. De åkte från middagen för Johans kusin hade fått barn. Väldigt trevliga båda två. Hon sa förresten att hon träffat dig, hon jobbar som koordinator på auktionshuset på Arsenalsgatan.

– Jaha, är det hans fru? Ja, hon är väldigt charmerande.

– Jag fick för mig att Adrian hade tagit något. Han var borta med Robert i nästan en timme och sen kom han tillbaka och var först svartsjuk för att jag pratade med von Dies och hans fru, sen såg han plötsligt alldeles skum ut på ögonen. Och när jag frågade blev han skitsur, helt iskall och bara totalt ignorerade mig. När Robert kom tillbaka och var överpåtänd var det ingen tvekan om vad de hade hållit på med. Så jag bara åkte. Ja, jag sa till Lena.

– Men inte Adrian? Du är för rolig.

– Jag vill inte ens vara i närheten av någon som håller på med droger. Han var konstig när vi var tillsammans nere på Mallis, men då tog han i alla fall ingenting. Jag har ingen aning om hur han blir då, men jag har ju förstått att han kan bli helt knäpp.

– Och tyvärr är det sant. Adrian var hos mig i London för några år sen och det slutade riktigt illa. Men de senaste två åren verkar han ha varit rätt så skötsam. Fast jag började misstänka något när han berättade att han återigen börjat umgås en hel del med Robert och Lena. Det går ju en del rykten om Roberts verksamhet så... Men det är jäkligt synd om Adrian har fallit dit igen. Det verkade ju som om allt gick i rätt riktning för honom. Har han ringt nu då?

– Nej. Men Johan berättade att han tydligen hade varit helt galen mot en tjej som han hade fått någon hang up på. Hotade henne och en massa konstiga saker. Känns ju inte kul att vara hemma ensam då.

– Du får sova hemma hos din vän Tomas. Haha, att du alltid ska hamna i trubbel. Oj, vilka kulörta drinkar. Tack tack, Timell.

Drinkarna smakade hemskt, men det gjorde inte så mycket. Matilde kunde inte tänka sig ett bättre sällskap och var tacksam över att Vanessa verkade ha fått förhinder.

– Så ni träffas igen då?

– Vadå? Jaha, jag och Vanessa, menar du? Nej, men hon ringde och tyckte att vi behövde prata. Och det var lördag och jag hade inget bättre för mig, så... Nej shit, hon kommer där. Fan också. Vi måste gömma oss.

– Är du galen? Varför ska vi gömma oss? Det är bättre att jag går, så kan ni prata.

– Är DU galen? Är jag den som tycker om att prata och reda ut saker?

– Men du hade ju inget annat för dig?

– Sluta nu! Det var förut, det. Nu är ju du här. Skynda dig. Vi smiter in där bakom. Vi kan gömma oss inne på en av toaletterna.

Tomas föste Matilde framför sig i samma sekund som hon såg Vanessa kliva in genom entrédörren. De småsprang in på en av de små toaletterna. Tomas andades ut när han stängt dörren och låst.

– Du är verkligen störd. Det kan inte finnas någon annan som är så konflikträdd som du är. Hur länge tycker du att vi ska stå härinne då?

– En stund bara. Sen sms:ar jag henne och säger att jag blivit magsjuk och var tvungen att gå hem. Oj shit, nu ringer hon. Vad ska jag göra?

– Tja, svara kanske?

– Ja, det är Tomas. Nej Vanessa, jag är hemskt ledsen. Jag måste ha ätit något, jag var tvungen att gå hem. Va? Gör det? Nej, men jag är på väg hem. Det är nog därför det låter som om jag är nära. Ja, gör det. Be Anders i baren hjälpa dig att få en bil. Spara kvittot så tar jag det sen. Jag är ledsen.

– Hörde hon att du var här?

– Jag vet inte. Men hon skulle ta en taxi tillbaka hem till Midsommarkransen och undrade om jag stod för den. Hon lät rätt sur. Vi väntar en liten stund till, så går vi ut sen. Jag ringer Timell och kontrollerar att hon gått.

De drack upp den sliskiga drinken och Tomas fick bekräftat från baren att Vanessa tagit en taxi hem.

– Vad ska vi göra nu då? Kvällen är ung. Har du ätit?

– Nej. Vi kan väl äta här?

– Nä, kan vi inte gå på något crazy ställe där man aldrig är annars? Så slipper vi stöta på en massa folk. Adrian kommer säkert att komma hit sen...

Matilde svarade blixtsnabbt:

– Det har du rätt i. Vi åker på en gång? Men vart?

– Koh Phangan? På Skånegatan, eller är det Bondegatan, jag lär mig aldrig?

– Hmm, det är rätt trevligt, men så jäkla mycket barnfamiljer. Finns det nåt annat?

– Gondolen?

– Perfekt! Tveksamt om Adrian och hans följe kommer dit, men det finns inga garantier.

– I så fall får vi gömma oss på toaletten, det konceptet verkar ju funka.

Det stod en hel rad taxibilar utanför Riche och Tomas höll upp dörren till en av dem.

– Gondolen, tack!

Erik Lallerstedt tog själv emot dem när de klev ur hissen som tagit dem till en av Stockholms högst belägna restauranger. Den låg i anslutning till Katarinahissen och hade utsikt över hela Stockholm. Erik hade tagit över restaurangen för ett antal år sen och höjt ställets status rejält. Gondolen var ett måste för varje stockholmare och turist. Maten var klassisk och vällagad och personalen kompetent. Priserna varierade, i baren fanns en matsedel som passade även den mindre plånboken.

– Var vill ni sitta? I baren eller matsalen?

– Matsalen, va?

Det tog nästan tio minuter för Matilde att bestämma sig för vad hon skulle äta och Tomas trummade till slut med fingrarna över bordsduken för att få henne till ett beslut.

– Det är för fasen bara en middag. Råkar du få något du inte gillar kan vi beställa något nytt. Guud, va knölig du är.

Matilde suckade.

– Jag vet. Men jag tar oxfilén.

Champagnen kom in. Erik hade själv valt ut den och hällde upp den i varsitt nedkylt glas.

– Förresten, ska du fortfarande åka till Oslo nästa helg?

– Ja, jag har lovat flickorna det och jag tror den där festen kan bli rätt trevlig. Var ska du bo?

Tomas brukade aldrig bo hos sin mamma. Tidigare hade han och Klara haft en lägenhet i Oslo, men där bodde Klara nu ensam.

– Continental. Rummen är gräsliga, men det är så skönt att ha Teatercaféen i huset.

Teatercaféen var restaurangen som var ett klassiskt tillhåll för norska konstnärer. En hel del skandaler satt i väggarna, iscensatta av både den äldre och den yngre generationen. Även om Oslo hela tiden fick nya trendiga ställen var det ändå till Teatercaféen man återvände, precis som det var med Operabaren i Stockholm.

– Jag kan tänka mig det. Du höll ju hela hotellet vaket senast du bodde där. Jag hörde minsann skvallret på stan av Josefine. Är det sant att de där som jag inte tänker nämna namnet på hånglade på ditt hotellrum? Båda är ju gifta. Jag fattar inte att folk vågar hålla på så där.

– Jaja, Josefine skvallrar om allt hela tiden, men på den punkten hade hon rätt. Och att de hånglade var väl inte direkt någon nyhet, det talas ju om att de har haft ett hemligt förhållande i över ett år. Du vet hur det är när människor har för mycket pengar och makt, de blir uttråkade till slut. Se bara på oss, haha! Ska inte du bo på Continental? Du kommer att missa allt om du bor hemma hos dina päron. Jag förstår inte att du står ut med att bo hemma när du är där.

– Det är jättemysigt för flickorna och jag skulle inte orka ta den konflikten med mamma och pappa. De skulle ställa till världens liv. Och så tycker jag att det är trevligt. I alla fall till en början, fast jag blir lättad varje gång vi åker hem igen. Men jag vill ju vara med flickorna också, vi får sova i min gamla säng alla tre och så får vi frukost på sängen när vi vaknar. Aldrig att jag byter bort det mot Continental. Jag får ju ändå reda på allt smaskigt skvaller av dig så småningom. Det ska bli lite spännande nu efter alla turer med huset. Både Åse och Josefine har renoverat sina lägenheter. Mamma sa att det har blivit jättefint. Jag kan inte fatta att jag inte varit hemma sen i somras. Så länge har det aldrig gått mellan gångerna förut.

– Hur är det med Åse, är hon fortfarande lika galen? Gud, kommer du ihåg när hon marscherade genom hela Oslo iförd bara en bikini mitt i vintern när hon demonstrerade mot att folk använde päls? Det tog dina föräldrar rätt hårt, va? Fast hon verkar inte riktigt lika arg längre. Vad gör hon nu, förresten?

– Hon sa upp sig igen i höstas, hon kan bara inte foga sig under en chef. Så nu försöker hon frilansa igen.

– Som fotograf?

– Ja, hon håller på en hel del. Jag är övertygad om att hon skulle kunna bli extremt duktig om hon bara lär sig att hantera frilanslivet. Det är tufft till en början, men tyvärr tror jag att hon har för dåligt självförtroende för att nå hela vägen.

– Det stämmer säkert till viss del. Men många kreatörer har dåligt självförtroende och har istället vänt det till en drivkraft. Så det beror nog på hur man väljer att hantera det.

Matilde nickade och undrade hur hon själv skulle klara av det. Hon började alltmer misstänka att hon inte heller var särskilt lämpad för ett konstnärligt frilansliv. Ångesten kröp som vanligt på henne när tankarna runt skrivandet kom upp.

– Hur gör du? Fastnar du aldrig eller oroar dig över att bli utskämd?

– Hela tiden, men man lär sig leva med ångesten. Det finns perioder när jag bara går runt på kontoret och muttrar åt alla och undrar varför hela världen är emot mig. Och så ringer en ny kund och gör en jättespännande beställning. Så är man tillbaka på banan igen. Sen kommer ångesten istället, för att man är rädd att leverera något som inte gör kunden nöjd. Men när man gått igenom alla processer tillräckligt många gånger så lär man sig hur man fungerar. Det är väl klart att du är nervös över hur din bok ska mottas av förlagen. Det är ju första gången du skriver något. Det är otroligt modigt att du provar utan att ha några garantier. Så oavsett hur det går så får du ju ut något av det, eller hur?

– Det där intalar jag mig varje dag. Men tyvärr räcker inte det för mig. Jag kommer inte att se ett nederlag på det sättet.

– Det är du tvungen att göra. Annars kommer du aldrig att klara dig. Du måste försöka och försöka tills du hittar just ditt sätt, din stil.

– Jo, men om de tackar nej kan jag ju inte tvinga dem att ge ut boken.

– Nej, det var inte så jag menade. Jag menar att du måste kämpa vidare tills du hittar något som gör att du är nöjd i alla fall. För du kan ju knappast gå tillbaka till ditt gamla jobb, då kommer du att bli så bitter.

– Jag vet inte. Jag kanske tycker det är trist till en början, men sen kanske jag ser nya möjligheter i det. Jag ska i alla fall skicka det till sex olika förlag, jag har ringt och förvarnat dem. Men de lät rätt blasé, de får ju in hur många som helst varje vecka. Jag vet bara inte vad det är som gör att det känns så laddat.

– Du håller på med något som du drömt länge om att göra. Det är väl klart att du är stressad. Men du ska se att du mår bättre när du har skickat iväg det och flickorna kommer tillbaka.

– Ja, gud vad jag längtar nu. Jag mår inte bra av att vara borta så länge från dem.

Middagen var god, men Matildes humör hade dämpats en aning. Hon tyckte inte att maten smakade och hon hade svårt att koncentrera sig på vad Tomas sa, men humöret tog fart igen när kaffet kom in. Tomas såg på henne och log.

– Jag trodde nästan du skulle få för dig att åka hem där ett tag, men du verkar mycket piggare nu. Ska vi ställa oss i baren?

Matilde tog en sväng in på damrummet och bättrade på cremerouget och läppglansen. Med nya krafter trippade hon ut till baren och fann Tomas stå omringad av ett stort sällskap.

Matilde fick hälsa på alla och Tomas förklarade att de var gamla vänner från London.

Två av kvinnorna i sällskapet envisades med att stå mycket nära Tomas och Matilde hörde hur de frågade hur han mådde efter sin skilsmässa. Tomas svarade artigt och hon förstod att han inte var bekväm med utfrågningen. Alla i sällskapet var utlandssvenskar som jobbade i finansbranschen och var i Stockholm på en blixtvisit. En av männen var mycket lång, hade vågigt blont hår och framtänder som skulle behöva stramas till av en tandställning. Han läspade en aning när han pratade och det kom små stänk av saliv när han skrattade. Matilde försökte att inte rynka på näsan, men fann honom högst motbjudande. Tomas log mot henne och höjde på ögonbrynen samtidigt som salivmannen berättade om sin framgångsrika hedgefond i London. Till slut var hon så trött på hans skrövlande att hon sa:

– Vet du, jag förstår verkligen ingenting av det du pratar om. Har du några intressen förutom ditt arbete?

Salivmannen såg förvånat på henne, tog ett djupt andetag och började prata om sin Lidingösläkt med tjusiga anor. Matilde orkade inte ens låtsas intresserad så hon gick därifrån mitt under den pågående monologen och ställde sig bredvid Tomas. En av kvinnorna hade nu börjat böja sig fram mot Tomas så fort hon skulle säga något och svepte med det långa, blonda håret. Tomas svarade med att luta sig bakåt alltmer. Matilde gjorde en gest för att fråga om han ville ha en till drink och Tomas nickade ivrigt. Hon ställde sig bakom honom i baren och beställde två glas vin. Plötsligt kände hon hur en hand trevade efter hennes. Tomas tryckte den försiktigt och Matilde log och tryckte tillbaka. Som med ett eget morsespråk stod de så en lång stund medan Tomas försökte vara artig mot den påstridiga kvinnan.

– Men ni måste följa med hem på en sängfösare. Vi bor på Källhagen allihop.

Tomas skakade på huvudet.

– Tyvärr, jag har en del att göra i morgon. Men vi får se till att ses nästa gång jag kommer till London.

Han fick allas visitkort trots att de jobbade på samma

företag och Matilde vinkade när de försvann mot hissen. De hade släppt varandras händer i samma stund som sällskapet förklarat att de skulle gå.

– Puh, där slapp vi undan med blotta förskräckelsen. Han var på dig en del den där långe. Jag kommer aldrig ihåg vad han heter.

– Anders någonting. Shit, vad han spottade.
– Det gör han jämt.
– Euh, tänk att hångla med honom. Fyy.
– Fast du tycker ju att jag pussades blött så...
– Du gör ju det. Men du spottar åtminstone inte när du pratar. Vem var hon den blonda?

– En gammal flamma. Eller egentligen inte. Hon är gift med en av de andra i sällskapet och jag har förstått att hon varit intresserad, men det har aldrig hänt något. Ja, lite hångel någon gång, men aldrig mer än så. Hon är inte riktigt min typ.

– Fast jag har nog svårt att avgöra vem som är din typ. Klara och Vanessa är ju inte direkt lika.

– Det är väl något drag man söker, det är svårt att sätta fingret på. Du kan ju inte säga att Sebastian och Adrian är lika heller.

– Nej, det är sant. Man dras till olika typer beroende på vilken fas man är i, men jag skulle ju aldrig vara så galen att till exempel skaffa barn med någon som Adrian.

– Kommer du att skaffa fler barn?
– Aldrig. För det första för att jag är nöjd som jag är och för det andra för att det skulle kännas som om jag bedrog Ella och Pim.

– Men så kan du väl inte säga?

– Kanske inte. Men så är det i alla fall. Tror du att du kommer att skaffa barn?

– Ingen aning. Jag hoppas att jag någon gång kommer till den punkten, men jag finner det inte troligt. Jag tror att kvinnor resonerar om mig precis som du gör om Adrian, jag är inte killen man skaffar barn med.

– Du har nog rätt i det. Du är för mycket av ett wild card för det.

– Ska vi åka nu? Jag känner mig orolig för att det där sällskapet inte ger sig utan kommer tillbaka och tvingar oss att ta en sängfösare. Va? Vad säger du om det? En blöt sängfösare med salivmannen?

– Sluta! Men du, på allvar, är det okej att jag sover hos dig på soffan? Jag vill verkligen inte sova ensam om Adrian får värsta rycket.

– Självklart. Annars kan jag sova över hos dig om det känns bättre? Jag kan lova att vi får stopp på honom om det är jag som öppnar hemma hos dig.

– Det kanske är en bra idé. Är det okej för dig då?

– På ett villkor, att du bjuder mig på din frukostspecial i morgon bitti.

De bestämde sig för att gå den sista biten hem. Det var skönt att sträcka på benen och trots att det var flera minusgrader så var luften torr och frisk.

– Har du fortfarande kvar din hushållerska?

– Hon är ingen hushållerska.

– Vad kallar du henne då?

– Marta, bara.

– Ibland är du verkligen en sån hycklare. Jag fattar inte riktigt vad det är som driver dig att köra så hårt på den där bohemstilen. Och nu pratar jag inte om din klädstil utan bara att du verkar ha ett sånt behov av att låtsas vara en struggling artist.

– Vad du tjatar om det. Inte vet jag. Jag kanske känner mig komplexfylld och gärna skulle vilja vara en författare och då ingår det väl i bilden att man ska vara fattig på gränsen till svältande och bara gå runt med ångest. Och att jag inte skyltar med pengar är väl inte så konstigt. Pengar kan ta slut och jag har liksom inte behovet.

– Jag retas lite bara. Ta det inte så hårt.

Tomas hade en poäng i det han sagt, men hon var faktiskt uppfostrad att hålla i pengarna och att det var fult att strö dem omkring sig. Därför skämdes hon över att ha Marta hemma som städade och fixade åt dem. Men hon visste samtidigt inte hur hon skulle klara sig utan hennes hjälp. Hon var så van vid upplägget att det var främmande för henne att klara av Martas uppgifter helt själv.

– Herregud, vad varmt du har. Vi måste öppna lite, annars kommer jag att dö härinne.

Tomas slog upp dubbeldörrarna mot den lilla snöklädda trädgården på vid gavel.

– Vill du ha ett glas vin?

– Gärna. Vad är klockan? Va, bara elva? Det känns som om den vore fem på morgonen.

Matilde nickade och tog fram en flaska Brunello di Montalcino.

– Vill du ha en bit gruyèreost?

– Hemskt gärna. Det är så underbart att vara här, du har alltid så mycket goda saker att bjuda på. Jag har liksom ingen fantasi att köpa såna trevliga saker när jag är i affären. Mmm, vinet var bra. Mycket knuff i. Ska jag tända en brasa?

– Om du inte tycker det blir för varmt. Vi kan tända några ljus istället. Här, ta braständaren.

De satte sig i soffan och lät den kyliga vinterluften svepa genom vardagsrummet.

– Jaha, när ska du berätta för mig om det där hemliga då?

– Vadå?

– Det där som Klara frågade om du hade berättat och som du vägrade göra och sa att du inte ville prata med henne om. Jag hörde faktiskt att hon frågade dig när vi var i stugan också.

– Jag misstänkte att du inte sov. Så typiskt dig! Men tyvärr, jag kan inte prata om det.

– Varför då? Vad är det som är så svårt? Jag berättar ju inte för någon.

– Jag vet, men jag vill inte.

– Men det har med Vanessa att göra?

– Vanessa? Nä, har jag sagt det?

– Du har inte sagt någonting, jag bara gissar. Men du kan väl i alla fall säga vem det är hon tycker du borde prata med.

– Nej.

– Åhh, vad du är jobbig. Du får ju veta allt om mig.

– Jag lovar att du blir den första jag berättar det för. Promise!

Matilde såg på Tomas och för en kort stund såg han väldigt allvarlig ut. Hon undrade plötsligt om det kunde ha med hans föräldrar och kanske pappans död att göra. Det var nog inte läge att pressa honom mer i så fall.

Hon lutade sig bakåt i soffan och drog en djup suck. Tomas tog åter hennes hand och smekte ovansidan. Matilde visste att hon var ute på den allra tunnaste isen nu. I baren hade det känts ofarligt, men här hemma i soffan blev det så påtagligt och betydligt mer laddat. Hon reste sig bryskt upp.

– Ska vi inte ta och sova nu? Så kanske vi kan sticka ut på en långpromenad i morgon efter frukosten?

– Visst. Måste jag ta Ellas eller Pims säng? Jag är alldeles för lång, senast hade jag nackspärr i flera veckor...

Matilde tänkte efter. Att låta honom ligga i en av flickornas sängar vore grymt, trots att hon var rädd för vad som skulle kunna hända om de sov i samma säng.

– Okej, du kan få sova i min säng. Om du håller dig på din sida.

– Jag lånar din tandborste, förresten.

– Det gör du inte. Usch, vad du är äcklig, så där höll du alltid på när vi var små.

– Uhu, ja oj, så farligt. Killbaciller!

Matilde borstade tänderna och räckte demonstrativt över en sprillans ny tandborste direkt från förpackningen till Tomas som stod och inspekterade hennes vinställ. Hon vaskade av ansiktet och lyckades få bort all mascara utan att hälften i vanlig ordning hamnade på den nytvättade frottéhandduken. Hon funderade på hur hon skulle få Tomas att inte närma sig henne, men kände att det hela bara skulle bli ännu jobbigare om hon satte ord på det. Hon fick hålla sig på sin sida av sängen och vänligt men bestämt avvisa honom om det blev aktuellt. Så pass mycket karaktär borde hon väl ändå ha.

Marta hade bytt lakan samma dag och de nymanglade lakanen var svala och lena.

– Har du en t-shirt jag kan låna?

– Du kan väl ta ett av mina nattlinnen.

– Och du är alltid så himla rolig. Vill du att jag ska sova här? Annars kan jag lämna dig åt ditt öde så kan Adrian komma hit och terrorisera dig hur mycket som helst inatt.

– Jaja, jag tror det ligger något du kan ha i nedersta lådan i den där byrån.

Tomas plockade upp en ärtgrön t-shirt med trycket "Don't be a nasty bitch" och krängde den över huvudet. Han log mot henne och pekade mot texten:

– Ifall Adrian kommer, menar jag. Du! Kan vi inte lyssna på radion innan vi somnar? Så kan vi låtsas att vi är ett par gamla pensionärer som har svårt att somna om kvällarna.

Matilde knäppte leende på radion.

– Vilken station ska vi ta då?

– Typ P2 eller något sånt. Det kan inte vara någon reklamkanal. Helst ska det vara något svårt musikstycke.

P2 sände en konstig monolog ackompanjerad av en

cello. De fnissade hysteriskt till slut och Matilde sträckte sig över Tomas för att ratta in P4 istället. Hennes hand snuddade vid hans axel och hon ryckte till enbart av beröringen. Hon harklade sig och försökte verka fullständigt oberörd och lade all sin koncentration på att lyssna på radion. En allvarsam man pratade om relationer på olika arbetsplatser.

Hon höll precis på att slumra in när hon hörde att telefonen surrade. Hon hade stängt av ljudet, men satt på vibrationssignalen. Det var Adrian.

– Vad ska jag göra? Ska jag svara?

– Ja, gör det. Säg att du sover och inte vill prata.

Matilde tryckte på den gröna knappen.

– Ja, det är Matilde.

Först hörde hon bara ett hest flåsande, det lät som om Adrian gick i en uppförsbacke.

– Jaha, där har vi dig. Så trevligt.

– Adrian, jag ligger faktiskt och sover. Jag mår inte så bra. Vi får höras i morgon.

– Du, vi behöver inte höras alls. Inte alls.

Han hade lagt på och Matilde såg på Tomas.

– Hörde du?

– Ja, han kommer att ringa igen. Ska du stänga av telefonen?

– Men tänk om de ringer nere från Mallis och det har hänt flickorna något.

– De kan väl ringa på hemtelefonen.

– Jo, det är sant. Jag stänger av då. Men du tror inte att han kommer hit istället om jag inte svarar?

– Låt honom komma! Vi tar det då. Stäng av den!
Matilde lade ner huvudet mot kudden och suckade.
– Fasen vad onödigt av mig att träffa honom.
– Tyst nu. Jag måste höra vad gubben säger.
– Här ligger jag och pratar om allvarliga saker och du måste lyssna på en gammal gubbe på radio som...

Tomas vände sig mot henne, lade handen på hennes kind och kysste henne. Han smakade en blandning av tandkräm och vin. Hans läppar var mjuka och hon kom på sig själv med att kyssa honom tillbaka. Hon hann tänka att hon nog var en smula mer berusad än hon trott samtidigt som hon fick en impuls att dra handen genom hans tjocka hår. Det var redan för sent att värja sig. Tomas drog henne mot sig och hans platta mage mötte hennes. Hans tunga var varm och mjuk mot hennes och han kysste henne försiktigt på halsen. Han smekte henne över brösten. Någonting sköljde över henne och hon visste knappt hur hon skulle kunna behärska sig. När Tomas drog ner hennes trosor under det mjuka nattlinnet skakade hon till. Hon hade sett Tomas naken vid ett oändligt antal tillfällen, men aldrig i det tillståndet. Hon fick av honom kalsongerna och drog sitt eget nattlinne över huvudet. Tomas kastade sig över hennes nu helnakna kropp och slickade på hennes bröstvårtor. Hon smekte honom ner över magen och tog tag i hans stånd. Han var stenhård och Matilde förstod att Vanessa hade svårt att släppa tanken på honom. Tomas lem var behagligt böjd uppåt och Matilde sökte sig neråt. Han smakade tvål och rent vilket gjorde det ännu svårare för henne att kontrollera sig.

Tomas suckade och drog henne upp mot sig. Han satte henne på sin mage och smekte henne. Hon drog sig med skötet över hans lem fram och tillbaka. Tomas försökte dra henne ner över sig men hon hejdade honom. Hon lade sig mot honom på sidan och fick honom att lugna sig. Med ett bestämt tryck lade han ner henne på mage och gick ner mot benen. Försiktigt särade han på henne med läpparna och sög tag. Han använde fingrarna och sökte sig inåt och utan att kunna behärska sig kände Matilde att hon kom runt hans fingrar. Tomas stannade inte till utan sökte sig istället upp och lade sig på rygg. Drog Matilde över sig och hon fick röra sig i sin alldeles egen takt. Två gånger sköt han henne ifrån sig innan han frustade att han nog inte kunde hålla ut mycket längre. Matilde stannade upp och skiftade ställning, hon drog Tomas över sig och tryckte upp höfterna mot honom och såg till att han hamnade precis i rätt läge inuti henne. Tomas andades häftigt och ljudet av hans upphetsning fick henne att återigen känna blodet pulsera och strax efter att han kommit i henne så fick hon ytterligare en segdragen orgasm i hans spasmer.

Tomas tystnade plötsligt och det enda som hördes var deras snabba andning. De verkade båda chockade över det som nyss hänt och ingen av dem var förmögen att säga något.

Matilde smög upp och Tomas såg efter henne och bröt till slut tystnaden.

– Du är faktiskt ännu snyggare naken. Ännu snyggare än jag mindes.

– Så du har tänkt på mig naken?
– Ja. Har du inte förstått det?

Matilde log och skyndade in på toaletten. Hon var inte skyddad, men kände sin cykel så väl att hon visste att detta var en säker period. Kroppen kändes behagligt avslappnad och hon njöt av den välbekanta känslan av att vara fullt tillfredställd. Att hon komplicerat relationen med sin bästa vän var en sak hon fick ta itu med senare. Hon tvättade av sig och gick tillbaka till sängen insvept i sin morgonrock.

Tomas låg på rygg och tittade upp i taket. Han vände sig mot henne och log.

– Du, det där var helt otroligt.

Matilde skruvade på sig och visste inte riktigt vad hon skulle säga.

– Känner du dig obekväm?

Hon harklade sig.

– Nej, egentligen inte. Det kom lite hastigt bara.

Tomas strök henne över håret och drog en lock på plats bakom örat. Han gav henne en mjuk puss på munnen och drog henne intill sig.

Matilde drog in doften från hans bröst och slöt ögonen. Det var härligt att ligga så nära någon och känna kroppsvärme. Tomas var så trygg och varm. Han kysste hennes panna och strök henne försiktigt över ryggen. Han var fortfarande naken och hon kunde inte annat än le för sig själv när hon kände att han var redo igen.

Hans kyssar blev mer intensiva och trots att hon var helt slut så kände hon hur hon drogs med i upphetsningen.

Den här gången trängde han i henne från sidan och Matilde kunde helt styra hur hon ville känna honom. Det blev mer långdraget den här gången och när Matilde kom hörde hon hur Tomas drog en djup suck och rörde sig långsammare. Han öppnade ögonen och i samma stund som han kom med intensiv puls sa han:

– Åhh, vad jag älskar dig.

Matilde höll på att helt avbryta, men låg bara chockad kvar. Hon vågade inte blunda, men klarade heller inte av att titta in i Tomas ögon. Till slut såg hon upp och Tomas låg på rygg med slutna ögon. Efter ett par minuter hörde hon hur han andades djupt och verkade ha somnat. Det han alldeles nyss sagt måste bara ha slunkit ur honom i stundens hetta. Det kunde inte ha varit menat som allvar. Det skulle i så fall vara väldigt olikt Tomas.

Hon passade på att krypa närmare honom. Det var så länge sen hon hade haft en kärleksfull kroppskontakt med någon så hon tänkte passa på. Med sitt huvud mot hans bröst somnade hon till den malande radiorösten.

Matilde vaknade av att hon kände en arm slingra sig över hennes mage. En iskall känsla for igenom henne när hon insåg att det var Tomas. Med ljusets hastighet flög hon upp ur sängen och kastade sig in i badrummet, låste dörren och drog på vattenkranen. I ren panik satte hon på duschen också och hoppades att det varma vattnet skulle lugna henne en aning.

Att ligga med sin bästa vän var det sämsta tänkbara alternativet. Det var idiotiskt och hon förstod att det inte skulle funka att låta det passera obemärkt, hur gärna hon än önskade det. Fasen att hon inte hade kunnat stå emot. Hade hon varit nykter hade det aldrig hänt. Det var hon övertygad om. Men utan sex under en för henne lång tid och med alkohol i kroppen så var det dömt att gå fel. Och det hade varit en speciell laddning mellan henne och Tomas sen han hade separerat från Klara. Fast de borde bara ha låtit den passera.

Hon skakade förvirrat på huvudet som kändes tungt och hon ville bara trycka på en knapp och få den jobbiga situationen att försvinna.

Att ha sporadisk sex hade fungerat med den unge Clarke, men bara av den enkla anledningen att det hade varit förutsättningen från början och att ingen av dem heller avsåg att fördjupa det hela. Plötsligt bankade det på dörren. Tomas klev in fullt påklädd och Matilde ryckte åt sig handduken för att skyla sig.

– Ta det lugnt. Ska jag stänga av den där? Tomas pekade på den fullt påskruvade handfatskranen. Jag skulle bara säga att jag åker hem. För jag antar att vi skippar din specialfrukost?

Matilde log stressat.

– Ja, vi gör nog det.

– Vi kan väl höras när det känns lite mindre obekvämt? Du kan ju ringa?

Matilde nickade övertygande.

– Absolut! Jag ringer sen. Jag ska bara vakna till lite så... hehe, det blev väl lite för mycket för mig i går.

Tomas nickade lugnt tillbaka och gick ut. Matilde torkade sig snabbt som sjutton, smörjde frenetiskt in ansiktet med två olika krämer och borstade håret så hårt att det trasslade till sig och hon var tvungen att klippa bort en hel tuss för att få loss borsten.

Huset var tomt och bara den obäddade sängen vittnade om vad som hade hänt under natten.

– Fasen, jäkla skit! Fan, fan, fan! Matilde svor högt för sig själv och konstaterade att det inte fanns någon hon kunde ringa. Om Josefine fick reda på vad som hänt så skulle i stort sett alla de kände i Oslo veta det inom ett par veckor. Om hon berättade för Åse så fanns risken att hon istället skulle få sig en lång harang om hur idiotisk hon var. Matilde visste inte om hon orkade ta den risken. Eller rättare sagt få det konstaterat, för det var verkligen idiotiskt.

Matilde bestämde sig för att i alla fall vänta med att berätta tills hon kom till Oslo och kunde läsa av Åses dagsform. Freddie hade hon inte pratat med på så lång tid att det skulle kännas jättekonstigt att ringa om en sån sak, som kändes så tonårsmässig och så in i bängen onödig.

Resten av dagen bestod enbart av att försöka dämpa den krypande känslan i kroppen och att undra över vad som skulle hända med Tomas och hennes vänskap. Hon skulle inte stå ut med att det blev ansträngt. För ingen vän hon någonsin haft kunde få henne att må så bra som Tomas.

Hon ringde honom inte den eftermiddagen. Inte under kvällen heller. Tystnaden skulle definitivt uppfattas väldigt talande, men hon kunde inte hjälpa det. Trots sin förtvivlan visste hon inte hur hon skulle hantera situationen. Eller kanske just på grund av den.

Dagen efter kom Marta för att storstäda inför flickornas ankomst. Hon kokade en kopp te åt Matilde som satt som en zombie i soffan. I vanliga fall brukade Matilde inte vara hemma när Marta städade eftersom det fick henne att känna sig obekväm, men den här dagen var det tryggt och skönt att Marta fanns i huset och pysslade om henne. Matilde frågade om hon ville stanna och äta en bit mat och Marta erbjöd sig snabbt att laga sin speciallasagne. Kvällen blev trevlig och de jobbiga tankarna lindrades av att ha någon att småprata med.

Matilde hade lovat att hämta hela gänget på Arlanda sent på kvällen och hon släppte av Marta på vägen dit. Sebastian skulle till jobbet morgonen efter och hade tyckt att det var en bra lösning att hon hämtade flickorna direkt på flygplatsen.

Planet var till hennes förvåning i tid och det tog knappt en kvart från det att tavlan för anlända flygplan blinkat till att flickorna kom utstormande från tullen.

– Mamma, mamma! Vi har köpt presenter till dig. Massor!

– Mamma, vet du vad? Pappa pruttade på planet så att det luktade jätteilla. Och så fånade han sig och sa att det var vi.

Sebastian skrattade och slog ut med händerna. Matilde kramade om honom.

– Hur gick flygresan, sov de något?

– Inte en sekund. De har terroriserat hela kabinpersonalen inklusive piloterna, så de lär sova som stockar när ni kommer hem. När åker ni till Oslo?

– Jag vet inte riktigt, onsdag eller torsdag. Jag ska äntligen lämna in det där jäkla manuset. Och jag vill göra det innan vi åker.

– Wow! Det är klart nu, alltså?

– Nästan. Men jag känner att jag inte kan sitta och pilla med det mycket längre till. Någon gång måste man ju släppa det.

– Mamma! Får vi sova i din säng?

– Det har jag räknat med att ni ska. Marta har bytt lakan. Mysigt va?

– Mamma! Får jag sitta fram?

– Nej, där ska ju pappa sitta. Vi ska köra hem honom först. Kan ni gå och hämta varsin sån där bagagevagn?

Ella och Pim verkade inte det minsta trötta, trots den sena timmen, och hoppade iväg till raden med bagagevagnar.

– Hur känner du dig? Har du pratat något med Jenny?

– Nej. Vi bestämde att det inte är någon större idé. Hon kommer med största säkerhet att flytta tillbaka till Habo och starta mäklarbyrå där. Men, och nu säger jag inte det här för att förneka något, jag tror inte det kom som någon större chock för någon av oss.

– Det kan jag inte avgöra, men om du säger det så. Vad har du sagt till tjejerna?

– Som det är. Att Jenny kommer att börja jobba nere i Habo och att vi bara är kompisar.

– Vad sa de?

– De frågade bara om de får skicka julkort till henne och Ella frågade om hon kunde ringa hem till henne.

– Va? Julkort?

– Ja, fråga inte mig. Men hon kommer säkert att hålla viss kontakt med dem. Hon avgudade ju både Ella och Pim. Särskilt Ella fick hon någon alldeles speciell kontakt med. Om det är okej för dig, menar jag.

– Men det är väl självklart. De tycker ju att hon är fantastisk. Men vad skönt då, att ni verkar ha rett ut allt det där. Hur var Mallis annars då?

– Härligt. Och Bo och Per är helt maniska med att inreda hela huset igen. Jag tror att de har bytt inredning fem gånger de senaste två åren. De kommer hem i februari eller mars.

– Hur känner Per sig efter att ha slutat på Karolinska?

– Lättad, tror jag. Han stressade bara hela tiden. Tiden får utvisa vad han ska göra sen.

– Det verkar som om alla går igenom identitetskriser just nu.

– Det är bara jag som kör på i samma gamla spår. Och trivs med det.

De skrattade och tittade på flickorna som nu hade racertävling med bagagevagnarna i den helt tomma ankomsthallen.

– Du förresten. Jag var på en helt skruvad middag i helgen hos en väninna till Diana. Lena...

– Lena och Robert? Ojojoj, då förstår jag att den var skruvad. Jag har träffat dem genom Diana och vi sålde huset till dem där ute på Djurgården. Jag tror faktiskt jag och Diana var på deras inflyttningsfest. Vad hände?

– Ingenting. Förutom att jag åkte därifrån innan middagen började.

– Haha, det hade jag velat se. De är väl goda vänner med den där Adrian. Nej, säg inte att du var där med honom? Har du börjat träffa den där knäppisen igen?

– Jo, alltså nej, det var därför jag åkte därifrån. Vi skulle bara träffas och gå på en utställning och så helt plötsligt hade han lurat dit mig. Men du behöver inte oroa dig, jag tänker inte träffa honom igen.

– Nej, det kan nog vara klokt. Jag tror inte att Robert har helt rent mjöl i påsen. Men det ska jag låta vara osagt. Vi sålde ändå huset till dem.

– Om vi skulle känna för att stanna kvar ett par dagar extra hos mina föräldrar, är det okej för dig eller...?

– Självklart. De är säkert rätt trötta på mig nu i alla fall. Och jag har extremt mycket att göra.

– Jag ringer på onsdag så ser vi hur det ser ut. Tjejerna har ju ändå jullov hela nästa vecka också. Men du ser pigg och frisk ut.

– Tack. Själv då? Känns det okej att lämna ifrån dig manuset nu då?

– Nej. Eller jo, det gör det nog. Jag vet inte riktigt vad det är med mig, jag har känt mig så himla konstig ett tag. Men nu när jag fick se flickorna känns det mycket bättre. Jag kanske bara längtat så mycket efter dem.
– Och Tomas då? Hur är det med honom?
– Ehh, jodå. Det är nog jättebra. Jaha, ska vi ta och gå till bilen då? Tjejer, kan ni komma hit med vagnarna så åker vi?

Sebastian verkade inte ha noterat hennes nervositet kring Tomas.

Båda flickorna somnade i bilen strax innan de kom till Norrtull.
– Ska jag hjälpa dig att bära in dem? Så kan jag ta en taxi hem sen?
– Det kanske vore bra. Vad schysst.

Hon styrde bilen fram på Sveavägen och körde förbi Riddarholmen upp mot Slussen. Det fanns knappt en bil på Hornsgatan och på Bastugatan låg den nyfallna snön helt orörd.
– Trivs du fortfarande bra på Söder? Förälskelsen har inte lagt sig?
– Nej, faktiskt inte. Just här på Mariaberget är det helt magiskt. Det känns som att bo i en egen liten stad. Och så älskar jag huset.
– Ja, det förstår jag. Det gör flickorna med. Jag tror inte de är så värst förtjusta i min lägenhet på Norr Mälarstrand. Jag har faktiskt funderat på att flytta nu under våren.
– Va? Har du? Vart då?

– Jag vet inte. Det vore ju praktiskt att hitta något här, för flickornas skull. Och så är det nära till kontoret. Men det beror lite på vad som kommer ut på marknaden. Jag hörde rykten före jul om att det var någon som skulle sälja en stor sekelskiftesvåning med utsikt, men jag har inte hört något mer om den.

– Men Gud, det vore ju så himla skönt. Även om jag verkligen inte borde lägga mig i vart du flyttar. Ja, så länge du bor kvar i Stockholm.

– Fast berätta inget för Bo, han flippar ur då. Han kommer att terrorisera mig med inredningstips om han får höra att jag tänker flytta.

– Det är säkert skönt att flytta nu också, om du ändå inte trivs, menar jag. Med Jenny och allt det där.

– Jo, fast som jag sa förut, så har vi faktiskt inte bott ihop.

– Nej nej. Tar du Ella?

– Sitt kvar i bilen så ställer jag in deras väskor först. Och så får du ursäkta att det mesta är smutstvätt.

– Äsch, jag fixar det.

Eller rättare sagt så skulle Marta få fixa det.

De bar in de sovande flickorna och lade ner dem i Matildes nybäddade säng.

– Jag sticker nu! Taxin står redan där och väntar. Men vi hörs på onsdag. Hälsa flickorna från mig i morgon när de vaknar. Och du, lycka till med boken.

Sebastian vinkade och pulsade genom det mjuka snötäcket ut mot taxin. På himlen sken en fullmåne och Matilde fick kisa för att inte bli bländad av det starka skenet.

Aha, tänkte hon. Det var förklaringen till att hon känt sig så extra konstig de senaste dagarna. Hon blev alltid starkt påverkad av fullmåne.

Försiktigt kröp hon ner mellan sina flickor. Deras varma kroppar höjdes tungt upp och ner och det knöt sig i hjärtat när hon fick ha dem intill sig. All stress och oro försvann och hon kunde inte tänka sig en härligare plats på jorden att vara på än precis där. Mellan världens mysigaste flickor. Saknaden hade varit stor under den här tiden, större än hon tillåtit sig att känna.

– Mamma, mamma! Vi har ju presenter till dig! Mamma, vakna! Ella! Vi måste ju ge mamma hennes presenter!

Ella grymtade nere i sin kudde och ville inte vakna. Matilde slog upp ögonen och såg på Pim som klarvaken satt upp i sängen med håret rakt upp. Hon satte fingret för munnen och viskade:

– Schhh, jag tror att Ella behöver sova lite till. Kom så smyger vi upp och hämtar din morgonrock.

I trappan vände sig Pim om mot Matilde:

– Bar du in oss själv i går? Somnade vi i bilen?

– Pappa hjälpte mig. Ni somnade strax innan vi kom in i stan. Ni måste ha varit jättetrötta.

– Ja, vi sov ingenting på flygplanet. Var är min morgonrock?

– Jag vet inte. Marta har tvättat den så jag tror att den kan ligga hopvikt i din garderob.

– Här är den.

Den rosa lilla morgonrocken hängde på en krok på

baksidan av Pims dörr.

– Ska vi baka nu? Snälla mamma, får jag hjälpa dig att baka? Ella sover ju.

– Det är klart. Så kan vi ge henne frukost på sängen.

– Ella har varit jättesur på Mallis.

– Va? Vadå sur?

– Sur mot mig.

– Usch då. Har ni pratat om det?

– Nej. Det verkar mest som om hon vill vara ifred och så.

– Har ni bråkat eller har hon bråkat med pappa? När är hon sur?

– Nej, hon har bara varit sur mot mig när vi har varit ensamma.

Matildes mage knöt ihop sig av oro. Hade Ella varit orolig för att hon varit borta hemifrån, hade hon inte känt sig trygg eller hade det varit något annat?

– Vad har hon sagt då?

– Att jag inte borde finnas. Och att hon hatar mig.

– Nej Pim, sluta nu. Du får inte ljuga om sånt här.

– Men det är sant. Hon sa så. Hela tiden.

– Men usch, det här måste vi prata med Ella om. Så får hon verkligen inte säga. Vad sa du till henne då?

– Ingenting. Jag blev jätteledsen.

– Men någonting sa du väl tillbaka?

– Ja, kanske. Att hon var en mongounge. Men det sa jag bara en gång.

– Men ni brukar väl aldrig vara så där mot varandra?

– Nej. Men när vi skulle åka hem så var hon gladare.

Hon kanske längtade efter dig, mamma.

Magen knöt ihop sig igen och Matildes ögon svämmade över. Hon vände sig snabbt bort för att Pim inte skulle notera tårarna. Med baksidan på handen lyckades hon torka bort dem och harklade sig.

– Kom nu gumman, så går vi ner och bakar. Och så dukar vi fram världens mysfrukost till Ella. Och jag lovar att jag ska prata med henne. Så där vill jag inte att ni säger till varandra. Kom så får jag kramas lite. Jag kommer att behöva kramas en massa nu när jag varit borta från er så länge.

Hon höll Pim intill sig länge, länge och snusade in den välbekanta doften från hennes hår.

De gick ner och Matilde ställde fram mjölet och det andra så att Pim själv kunde blanda ihop sconesdegen.

– Mamma! Är du kär i någon?
– Va? Nej, inte just nu i alla fall.
– Nähä.
– Varför undrar du det?
– Har du varit kär i någon sen du var kär i pappa?
– Oj, det var svårt att svara på. Men nej, jag har tyckt om någon lite grann, men jag har nog inte varit kär.
– Men är du kär i pappa fortfarande?
– Nej, det är jag inte. Jag älskar er pappa precis som jag älskar dig och Ella. Men jag är inte kär i pappa. Förstår du skillnaden?
– Som att jag är kär i Lukas på fritids.
– Precis. Men du tycker ju om mig och pappa på ett annat sätt, eller hur?

– Ja. Fast Lukas tycker inte om mig.
– Hur vet du det?
– Äsch, han vill mest vara för sig själv och så där. Eller leka med Viggo.
– Varför tycker du om honom då?
– Han är så söt. Och så ser han så ensam ut.
– Tycker du om honom för att han ser ensam ut?

Pim funderade medan hon fördelade smöret i degen.

– Nej. Jag är kär i honom för att han gör så fina armband. Han gjorde ett som jag fick en gång.

Ett ljud hördes inifrån sovrummet och Ella kom upp. Yrvaken och inte direkt på något topphumör.

– Hej älskling! God morgon! Vi håller på att göra frukost till dig.
– Jag vill inte ha någon frukost. Jag är inte hungrig.
– Men du kanske blir? Vi är inte klara än så det dröjer ändå ett tag. Kom så kan du få sitta i mitt knä en stund och berätta om Mallis.
– Jag vill inte. Jag vill vara ifred, säger jag. Jag vill vara för mig själv.

Matilde tittade förvånat på sin nioåriga dotter och undrade om någon hade bytt ut henne under natten mot en trulig tonårstjej. På Arlanda hade hon ju verkat alldeles strålande glad.

– Men du, vad är det som har hänt?
– Ingenting har hänt. Jag vill bara inte ha någon frukost.
– Jag hörde det. Men jag hörde också att du varit rätt sur mot din lillasyster på Mallis.

– Hon sa mongounge till mig.
– Det hörde jag också, men ni brukar väl inte bråka, vad är det som har hänt?
– Ingenting.

Matilde funderade och bestämde sig för att låta sin dotter vara en stund. Det kanske skulle lätta när hon fått varva ner. Pim verkade inte ha märkt sin systers agerande utan var fullt fokuserad på att forma runda bröd på plåten.

– Mamma, får jag ställa in plåten i ugnen?
– Ja, men då måste du sätta på dig grillvantarna först.

Hon sneglade åt Ella som hade satt sig i soffan och stirrade in i väggen.

Pim balanserade in plåten och tillsammans dukade de fram alla frukosttillbehör på det gamla träbordet.

– Ställ inte koppen där, gumman, det är en spricka precis där. Här, vi får dra stolen hitåt istället.

Bordet hade köpts på en auktion när hon och Sebastian varit på landet. Det hade varit fallfärdigt redan då, men Matilde kunde inte slita sig ifrån det. Det hade en svagt ljusblå avskavd färg och sprickorna på själva bordsskivan blev allt djupare och svårare att undvika.

– Vad tycker ni om kopparna? Visst är de fina?
– De är jättesöta.

Matilde hade köpt nya frukostkoppar eftersom hon ville ha exakt rätt storlek. De här var mittemellan gigantisk engelsk tekopp och vanlig kaffemugg. Mönstret bestod av ljusblå små blommor och Matilde tyckte att de såg ut som en klunga förgätmigej.

Ugnen plingade och Matilde tog ut plåten med de gyllenbruna bröden. Pim stod och hoppade bredvid för att titta på sina skapelser.

– Vad fina de ser ut! Kan jag smaka en nu på en gång?

– De är jättefina, men vi måste vänta en liten, liten stund. De är för varma. Ella, kom och sätt dig nu. Frukosten är klar och din syster har bakat jättefina scones till oss. Och så har jag köpt ditt favoritte...

– Jag vill inte ha, har jag sagt. Sluta tjata.

– Men gumman, vad är det? Varför är du så arg?

– Jag är inte arg.

– Okej, men varför är du så sur då?

– Jag vet inte. Jag vill bara vara ifred. Du kan väl äta frukost med Pim istället!

– Jag vill äta frukost med er båda tillsammans. Är du ledsen över att inte vara med pappa?

– Nej, det är inte det.

– För i så fall kan vi ringa honom.

– Det är inte det, okej!

– Är det mig du är arg på?

– Nej. Du är bara så jobbig.

– Men det är ingenting jag har gjort eller sagt?

– Nej.

Ella satte sig demonstrativt med armarna i kors och tittade åt motsatt håll.

Matilde suckade och slog sig ner vid bordet där Pim satt som på nålar och väntade på att få prova sina scones.

– Åhh, vad goda de är! Pim, det här var nog de godaste scones jag har smakat i hela mitt liv.

Pim strålade med hela ansiktet och proppade munnen

full med det varma brödet. Matilde strök henne över kinden och försökte att inte titta bort mot sin andra dotter. Hon var tvungen att låta Ella var ifred en stund. Om hon fortsatte pressa henne just nu skulle det bara bli värre, även om det enda hon ville göra var att ruska om henne och tvinga henne att berätta vad som var fel. Plötsligt kom hon att tänka på vad Sebastian sagt kvällen före. Vad Ella hade frågat när han talat om att det var slut med Jenny.

Hon avslutade sin frukost och läste högt ur de delar av tidningen som Pim bad om. Så hade de alltid gjort på helgerna och det var en av flickornas favoritsysselsättningar. Ella satt fortfarande längst bort i soffan och tycktes göra allt för att inte verka intresserad.

Pim hjälpte till att plocka av och Matilde böjde sig ner och viskade i hennes öra:

– Kan du tänka dig att gå upp på ditt rum och leka bara en liten stund? Eller om du vill kan du få leka med mina smycken, om du är försiktig. Jag skulle behöva prata lite med Ella. Är det okej?

Pim nickade och skyndade in i badrummet där Matildes smyckeskrin fanns. Flickorna fick bara leka med det vid väl valda tillfällen och aldrig mer än en åt gången. Pim tog det tunga skrinet och bar in det till mattan bredvid dubbelsängen och stängde försiktigt sovrumsdörren efter sig.

Matilde smög sig fram till soffan och satte sig ner på en meters avstånd till Ella.

– Du, jag förstår om du känner dig ledsen. Man gör det

ibland. Finns det något du vill att jag ska göra för att du ska känna dig bättre?

Ella skakade våldsamt på huvudet och fortsatte titta åt andra hållet.

– Vi kan ringa Jenny om du vill, så får du prata med henne.

Ella vände sig förvånat mot sin mamma och stirrade på henne.

– Hur vet du att...?

– Pappa berättade i går att han talat om det för er. Och jag vet hur mycket du tycker om Jenny. Vi kan ringa henne om du vill. Hon blir säkert jätteglad.

– Tror du? Men... nej.

Ella tittade åt andra hållet igen och knep ihop sin mun så hårt det bara gick.

– Gumman, kom hit. Det är okej. Jag förstår dig så väl. Men bara för att pappa och Jenny inte kommer att träffas mer så betyder inte det att ni inte kan prata med varandra. Er relation är inte deras relation.

– Nej, kanske inte, men det hör ju ihop, eller hur?

Läppen började darra och Matilde såg hur dotterns ögon blev blanka, och hur hon höll igen. Sen började axlarna skaka och gråten släpptes fram.

– Kom, det är okej. Ta det lugnt. Jag förstår att du är ledsen.

– Men varför är det så där? Jag tyckte ju jättemycket om Jenny och så...

Hulkandet tog överhand och Matilde strök sin dotters panna.

– Jag vet inte, gumman. Livet är så konstigt ibland.

De satt så en lång stund och Matilde funderade på om hon skulle ringa Sebastian och be honom komma över.

– Vill du att vi ringer pappa och ber honom komma hit?

– Nej. Vad ska han göra?

– Egentligen inte så mycket. Men det kanske kan vara skönt att prata med honom?

– Nej, jag vill inte.

– Men vill du att vi ska ringa Jenny då? Jag tror jag har hennes nummer.

– Men vad ska jag säga då?

– Som du känner. Att du är jätteledsen över det som har hänt och att du gärna vill träffa henne ändå. Eller ringa eller så. Hon ska väl flytta tillbaka till Habo och då blir det kanske svårt att ses så ofta. Men ni kan ju ringa varandra.

– Blir du inte arg på mig då, för att jag är ledsen?

– Varför skulle jag vara arg på dig?

– För att jag är ledsen över pappa och Jenny.

– Absolut inte. Jag tycker också att det är tråkigt att pappa och hon inte är tillsammans längre. Vill du kanske att jag ringer henne och pratar först så kan du prata med henne sen?

– Mmm.

Ella nickade och snörvlade.

– Men du ska veta att jag aldrig någonsin blir arg på dig för att du är ledsen. Oavsett vad du är ledsen för. Jag älskar dig så mycket. Kom nu så äter vi frukost, och så ringer vi sen. Eller vill du kanske ringa först?

Ella nickade och Matilde gick för att hämta sin mobil. Jennys mobilnummer var inprogrammerat och det hann gå fram tre signaler. Hon kände en plötslig nervositet över hur Jenny kunde tänkas reagera på att de ringde, men hon bestämde sig för att lita på sin intuition, att Jenny skulle ta det på rätt sätt.

– Jenny Samuelsson.

– Hej Jenny, det här är Matilde.

– Men hej. Hur är det med dig?

– Jo, det är bra. Jo, det är så att Sebastian har varit nere på Mallis med flickorna och så berättade han att ni splittat och så där...

Matilde drog efter andan och kände hur fånigt det hela plötsligt lät. Hon skyndade sig att fortsätta eftersom Ella stod bredvid och tittade på henne med allvarliga ögon:

– Jo, och Ella tycker ju så väldigt mycket om dig och ja, vi har pratat här under morgonen och hon skulle vilja säga ett par ord till dig. Är det okej?

Först hörde hon ingenting och sen ett par tysta snyftningar.

– Det är klart. Tack snälla för att du ringde.

– Vänta då så kommer Ella, och du Jenny, om det är någonting jag kan hjälpa till med eller så, så tveka inte att höra av dig. Ja, här kommer Ella.

Matilde räckte över telefonen och viskade att hon skulle gå in till Pim så att Ella fick prata ifred. Ella tog allvarligt emot den och tårarna rann nerför kinderna på henne när hon hörde Jennys röst.

Inne i sovrummet var allt misstänkt tyst och Matilde kunde inte se Pim någonstans. Sen såg hon sin yngsta dotter ligga utslagen på dubbelsängen med alla Matildes smycken på sig. Ringar, halsband och armband. Hon sov med öppen mun och gav då och då ifrån sig små snarkningar. Matilde fnissade till och kunde inte motstå frestelsen att lägga sig bredvid den utslagna primadonnan. Ella pratade fortfarande med Jenny och Matilde kunde höra att de nu övergått till ett mer lättsamt samtal. Efter vad hon hade förstått så hade Jenny ingen familj att tala om och hon hoppades av hela sitt hjärta att Ella och Jenny skulle kunna behålla sin fina kontakt. I alla fall i en övergångsperiod. Det smärtade Matilde att hennes dotter var så känslig för separationer, men hon var samtidigt glad över att Ella öppet visade sin sorg. Pim hade aldrig blivit lika fäst vid Jenny och hade förmodligen inte tagit det lika hårt.

Matilde höll själv på att slumra till när hon hörde Ellas steg in mot sovrummet. Pim sov fortfarande och Matilde skyndade sig upp från sängen.

– Hur gick det? Kom så går vi ut. Pim tycks ha kraschat. Hon vaknade ju jättetidigt imorse.

– Jenny sa att hon skulle komma till Stockholm nästa vecka och att vi skulle träffas då. Hon sa att om jag fick för dig så kunde jag få sova över hos henne. Snälla mamma, får jag det?

Ett pyttelitet sting av svartsjuka kändes i Matildes bröst. Snabbt skakade hon bort det och log stort mot Ella:

– Självklart! Det var väl bra att vi ringde?

Ella nickade och verkade fortfarande tänka på vad de

hade pratat om. Hon verkade ännu inte benägen att berätta mer än så och det var okej. Matilde litade på Jenny till hundra procent och förstod hur gott detta gjorde Ella.
– Vad säger du? Ska vi äta lite frukost nu?
– Gick det att äta Pims scones?
– Ja, de var jättegoda. Inte som senast när hon hade i för mycket salt. Kom så fixar jag ditt te. Vill du ha en filt över axlarna?

Matilde kokade nytt vatten och tog även själv en kopp. Det var ett grönt te med ytterst lite koffein i vilket gjorde att även flickorna kunde dricka det. Ella mumsade på brödet och höll med om att det smakade bra.

– Vad vill du göra idag då? Jag måste fixa det sista med boken och jag tror att det tar högst en dag. Sen ska jag skriva ut alla sidorna och skicka in dem till olika förlag. Men det skulle ni kunna hjälpa mig med. När det är klart så kan vi åka till mormor och morfar. Fast om du bara vill vara hemma så kan vi strunta i det. Ni kanske inte alls har lust att åka dit direkt efter Mallis?

– Joo, jag vill åka till mormor och morfar. Kan vi åka dit redan idag?

– Nej, inte idag, men om jag skyndar mig på så kanske vi hinner med sista planet i morgon.

– Ja, ja! Ska du gå bort på fest då, när vi är där?
– Ja, på lördag.
– Ska du ha en sån där fin lång klänning?
– Ja.
– Då kommer du att vara sötast av alla. Och så får vi vara hemma själva med mormor och morfar.

– Och äta precis hur mycket godis ni vill hela kvällen. Jag vet nog vad ni går för.

Matilde gick fram och lyfte upp sin dotter i knäet. Trots att hon blivit lång var hon fortfarande hennes lilla baby. Ella tog en smörgås till och åt den tätt intill sin mamma.

– Vill du att jag ska läsa ur tidningen nu?
– Nä, jag kan läsa själv om det är något.

Matilde log och kittlade henne i sidan. Hon var glad över att hennes älsklingar var hemma igen.

Nästa morgon kände hon sig efter en sista snabb genomläsning äntligen färdig att lämna ifrån sig sitt verk.

Tjejerna hjälpte henne att printa ut sex exemplar och lägga ner manusen i vadderade kuvert och Matilde skrev dit adresserna med spritpenna. Sen var det bara att pressa ner dem i en postlåda på väg ut mot flygplatsen.

Packningen stod redan färdig i hallen eftersom Marta varit där och hjälpt till med tvätten.

Enligt inbjudan var det frack som gällde på lördagens fest. Hon valde klänningen hon hade köpt på rea hos Lars Wallin. Den var skarpt lila och lämnade hela ryggen bar. Någon hade viskat bland provhytterna att den egentligen var uppsydd åt en utländsk celebritet som sen valt en annan färg, men Matilde visste inte om det stämde. Klänningen satt i alla fall som klippt och skuren på henne och den var sval och behaglig mot huden. Inte alls en självklarhet när det gällde långklänningar.

Mamma Myse och pappa Tor stod och tittade efter dem när de kom ut från flygplanet.

Flickorna sprang så fort att Pim ramlade och skrapade sönder strumpbyxorna i sin iver att krama mormor och morfar.

Färden in mot Oslo tog längre tid än vanligt och Matilde slogs av hur mycket mer Stockholm kändes som hemma för henne. Kanske var det inte så konstigt eftersom hon bott där så länge.

– Hur är det med vår stora flicka då? Ska du äntligen tala om för oss vad det är du har sysslat med hela året? Eller ska du fortsätta vara hemlig?

– Mamma har skrivit en bok och vi har postat den idag.

– Jaha, det var väl det vi misstänkte! Och nu är den färdig? Du ska se att den blir en succé.

Tor vände sig mot sin dotter i baksätet och klappade henne på kinden, så vände han sig tillbaka mot hustrun som satt vid ratten:

– Hörde du, Myse? Tillis har skrivit en bok.

– Ja, jag hörde det. Jaha, vad handlar den om? Är jag med i den?

– Haha, det är precis den typen av frågor som gjort att jag inte berättat något för er. Men ni får väl läsa den själva om nu något förlag skulle vilja ge ut den.

Myse lade i en lägre växel och körde om en långtradare innan hon fortsatte:

– Jaja, den är säkert fantastisk. Dina lärare har ju alltid sagt att du är så duktig att skriva. Men nu vill jag höra mer om hur mina små flickor mår, hur hade ni det på Mallorca?

Matilde förstod att mamman inte kände sig bekväm med att hennes dotter skrivit en bok som hon inte hade den minsta aning om vad den innehöll.

Bilresan tog slut strax efter det att Matilde började må riktigt illa i baksätet mellan sina döttrar. Så länge hon kunde minnas hade hon varit åksjuk och hon lärde sig aldrig att ta sina piller i tid.

Illamåendet höll i sig medan hennes mamma berättade att Josefine hade lovat att ordna med middagen så att det bara skulle vara för dem att sätta sig direkt till bords.

– Båda dina systrar är äntligen färdiga med sina renoveringar. Herregud, vilket liv det har varit i det här huset det senaste halvåret. Alla dessa hantverkare som har sprungit in och ut. Men nu mina flickor, ska vi få lite mat i magen!

Ett rop hördes:

– Men gud, vilken fin klänning! Är det Anna Sui? Precis den där höll jag på att köpa i höstas. Har du köpt den i Stockholm? Hej förresten!

Åse med sin slanka figur, stora blåa ögon och kraftiga rågblonda hår kom ner för trappan från sin lägenhet en trappa upp. Hon såg ut som urtypen för en norsk jänte.

– Hej! Nej, jag köpte den på Net-a-Porter.

– Du skämtar? Jag slår vad om att det var du som köpte den sista i storlek medium precis innan jag skulle göra det. Den är jättefin.

Matilde fick en stor kram av sin lillasyster som sen

snabbt vände sig mot Ella och Pim.

– Hej tjejer! Kommer ni ens ihåg er moster Åse? Det var miljoner år sen vi sågs.

– Såja! Nu ska flickorna få något i magen. Kom nu med mormor här och sätt er.

Myse tog sina barnbarn i handen precis innan de hann ge sin moster en kram. Mormor Myse var Ellas och Pims idol och hon kunde få dem till i stort sett vad som helst. Även om det ofta involverade stora mängder godis.

– Jaha, då var man utmanövrerad igen då. Hur är det med Tomas förresten? Träffas ni lika ofta? Hur mår han efter skilsmässan? Jag har ju bara läst en massa skvaller om honom och Klara i tidningarna.

– Ehh, jo… han mår nog rätt bra. Han har haft det lite stressigt, men nu är både hans lägenhet och kontor färdigbyggda så jag tror allt kommer att lugna ner sig lite. Men du vet hur han är. Alltid något på gång och miljoner visioner. Har det skvallrats mycket?

– Så där. Jag trodde det skulle bli mer, men det senaste jag läste var att hon är gravid med någon annan.

En hög röst hördes utifrån köket och ett runt ansikte dök upp bakom väggen.

– Vem då? Vem är gravid?

– Klara, Tomas ex.

– Jaså, det. Det är ju gammalt. Jag trodde det var något nytt smaskigt skvaller. Hej förresten. Vi får kramas sen, jag måste ösa steken innan den torkar ihop helt. Mamma blir galen då, det var på nåder jag fick uppdraget att fixa maten ikväll.

Äldsta systern smet tillbaka till spisen med ett leende och Matilde tyckte att hon såg gladare ut än senast de sågs. Josefines tre söner hade fullständigt kört slut på sin mamma och deras pappa hade inte lagt många strån i kors för att avlasta henne. Förra julen hade korthuset rasat och kommenderad av mamma Myse hade Josefine skaffat en barnflicka på heltid som bodde i extralägenheten i källaren. Matilde hade förstått att det hade räddat systerns äktenskap och uppenbarligen fått henne att bli piggare.

Under middagen kände Matilde hur det susade i öronen, och hon blev inte av med sitt illamående. Med största ansträngning lyckades hon svara på tilltal, annars fick hon använda alla sina krafter till att lyfta besticken. När Åse gick upp till sig för att hämta desserten erbjöd hon sig att följa med bara för att få sträcka på sig.
– Hur är det med dig? Du ser rätt blek ut.
– Jag mår jättekonstigt. Är jag varm?
Åse lade en sval hand på hennes panna.
– Ja, oj! Du kokar ju.
– Har du en febertermometer?
– Kolla i badrumsskåpet. Nedersta hyllan.
Matilde höll den mot örat och de digitala siffrorna visade 39,6 grader.
– Shit! Du är ju supersjuk. När jag hade så där hög feber senast så yrade jag och kunde knappt gå rakt. Gå och lägg dig på en gång.
– Usch, och jag som har tjejerna. Så trist, jag som hade tänkt ha så mysigt med dem här hemma.

– Du ska se att du är bättre i morgon om du går och lägger dig nu på en gång. Och tjejerna lär det inte gå någon nöd på, alla slåss ju om att få krama dem där nere.

Matilde gick ner och meddelade att hon var tvungen att gå och lägga sig.

– Mamma, får vi sova bredvid dig ändå?

– Det är väl klart. Men jag antar att ni vill vara uppe ett tag till?

– Ja, får vi det?

– Ni får vara uppe så länge ni vill om ni lovar att borsta tänderna utan att jag behöver säga till.

Flickorna nickade och Matilde visste att Ella skulle hålla sitt löfte, men log åt Pim som med största sannolikhet skulle låtsas att hon gjort det genom att svälja en klick tandkräm. Pim hade sen hon fått sin första tand hatat tandborsten och Matilde fick övervaka henne varje kväll.

Tillbaka på rummet drack Matilde två glas vatten och antog att ingen skulle bry sig nämnvärt om hennes frånvaro.

Gästrummet som en gång i tiden varit hennes flickrum var nu smakfullt inrett med en dubbelsäng och två puderrosa Howardfåtöljer. Rummet vette mot trädgården och på sommaren prunkade stora cerisa rosor under fönstret.

Myse hade sett till att sängen blivit bäddad med de rosa lakanen. Det var deras alldeles egna lakan och även om rummet ibland beboddes av andra gäster fick de aldrig sova i just dem.

Matilde huttrade när hon klädde av sig och drog flanellnattlinnet över huvudet. Kuddarna var svala när de tog emot hennes huvud och hon skyndade sig att dra upp dunbolstret ända upp mot hakan. Det knackade på dörren och Åse stack in sitt huvud.

– Hur är det med dig?

– Tack, jag klarar mig.

– Ska jag inte gå upp och hämta några huvudvärkstabletter?

– Nej tack, jag mår så illa så jag tror inte att jag skulle klara av att behålla dem.

– Vänta bara, så ska jag öppna fönstret så att du får in lite frisk luft.

Matilde somnade nästan omedelbart och märkte knappt när Ella och Pim kröp ner på varsin sida om sin feberheta mamma.

Med ett ryck vaknade hon av att det var plaskblött i hela sängen. Först trodde hon att någon av flickorna råkat kissa på sig, men förstod snart att det var hennes egen svett. Klockan visade kvart över fyra och hon reste sig med en kraftansträngning. Som tur var sov flickorna längst ut på sängens kanter och Matilde hittade ett nytt lakan i garderoben som hon lade på det fuktiga. Det blöta nattlinnet hängde hon över badkaret och drog istället på sig en t-shirt som hon fick upp från väskan. Åse hade ställt fram två tabletter och ett glas vatten och eftersom illamåendet avtagit svepte hon det i ett drag. Huttrande hoppade hon tillbaka i sängen.

De närmsta timmarna reds hon av maran och svetten fullkomligt rann från henne. Drömmarna gick ut på att

Tomas konstant gick runt och skrek åt henne. Sebastian hävdade att hon inte var en god mor åt deras flickor och hennes egen mamma höll med honom.

– Mamma, mamma, vakna! Du är jätteblöt.

Ella skakade henne försiktigt och Pim tittade oroligt på.

– Oj, vad är klockan?

– Snart åtta. Är du jättesjuk? Du ska väl inte dö?

– Nej, nej. Jag har bara lite feber. Vi får gå upp och byta lakan.

Matilde försökte sätta sig upp, men var tvungen att lägga sig ner eftersom hela rummet snurrade. Hon ansträngde sig för att inte låta konstig och bad Ella gå upp och hämta moster Åse.

En timme senare kom familjens egen läkare och konstaterade att Matilde fått en allvarlig förkylningsinfektion och behövde antibiotika omedelbart. Yrseln berodde förmodligen på dubbelsidig bihåleinflammation.

Febern gick ner något under eftermiddagen men tilltog igen under natten. Flickorna ville ändå ligga hos sin mamma och fick därför sova på den ena sidan av sängen.

Dagen efter hade antibiotikan fortfarande inte gjort någon verkan och läkaren kom tillbaka för att kontrollera Matildes värden.

– Blodtrycket ser bra ut så vi låter penicillinet jobba ett tag till. Går inte febern ner i morgon sätter vi in en annan sort och en något högre dos.

Febern gick inte ner utan steg istället ytterligare, till

över 40 grader, och hela familjen började oroa sig. Ingen ville visa Matilde hur bekymrade de var, men hon förstod ändå. Flickorna var fullt sysselsatta med aktiviteter som deras mormor och morfar tog med dem på och Matilde var enbart tacksam att hon faktiskt var hemma hos sina föräldrar som tog hand om henne och tjejerna.

Åse såg till att de som bjudit in Matilde till den tjusiga festen på Camilla Colletts vei fick hennes återbud. Den skulle hållas i ett penthouse i kvarteret som såg ut att ligga i London, gamla rustika tegelhus med murgröna och små trädgårdar framför.

En ännu starkare antibiotika sattes in och efter ytterligare ett dygn släppte äntligen febern.

Klart medtagen orkade Matilde i alla fall sitta upp och läsa norska skvallertidningar. Hon såg bilder på paret som hade hånglat i Tomas svit på Hotel Continental och ett par mingelbilder på sina föräldrar.

Josefine kom in och frågade hur det var med henne.

– Det är så typiskt dig, Tillis, komma hem och ställa till dramatik.

Ungefär samtidigt som hon började kunna stå på benen utan att flåsa var det dags att åka hem till Stockholm. Flickornas jullov var slut och de skulle börja skolan igen.

För första gången på flera år åkte Matilde från sitt föräldrahem utan att vara fullständigt utmattad. Hennes ihärdiga förkylning hade gett henne tid att prata med Åse och bara ta det väldigt lugnt. Hon hade bestämt sig för att inte nämna sitt snedsteg med Tomas. Det var ännu alltför färskt. Myse och Tor hade utnyttjat varje sekund till att vara med sina barnbarn. Josefine och hennes man hade åkt till skidstugan de sista dagarna för att åka lite skidor. I själva verket trodde Matilde att de åkte för att Josefine var rädd att de alla skulle bli smittade av henne, vilket var förståeligt. Tre sjuka killar, fyra med hennes man inräknat, var nog inget drömscenario.

Återkomsten till Stockholm blev tyngre än hon kunnat ana. Flickorna kändes oroliga när hon lämnade över dem till Sebastian och det dröjde inte länge förrän han ringde och berättade att även de insjuknat och fått hög feber.

Att inte ha flickorna hos sig när de var sjuka var vidrigt. Hon visste hur ynkliga de kände sig och hon kunde inte göra något. Sebastian var hemma från jobbet trots att hon sagt flera gånger att hon gärna löste av honom om han behövde gå till kontoret.

Istället satt hon mest hemma och väntade. På vad visste hon inte riktigt. För första gången på över tjugo år kände hon att hennes liv höll på att rasa. Hon förstod att det inte enbart kunde bero på att flickorna var sjuka utan även på att hon själv var i obalans.

Trots att hon visste att det skulle dröja kikade hon flera gånger om dagen i brevlådan efter brev från något av förlagen.

Inte ens turen ner på stan för att köpa den nya väskan hon utlovat sig själv var särskilt uppiggande. Förvisso var väskan snygg, men den upprymda känslan efteråt infann sig inte.

Hon åt en snabb lunch för sig själv inne i Birger Jarlspassagen och tog en promenad hem trots att det snöade kraftigt. Ett brev från det förlag som Adrian gavs ut på väntade i brevlådan när hon kom hem.

"Vi ber att få tacka för att vi fick möjligheten att läsa ditt manus, men tyvärr måste vi meddela att vi inte kommer att..."

Hon sänkte huvudet ner i händerna och hörde hur hjärtat dunkade inne i kroppen. Besvikelsen gled runt som en äcklig slemklump som bara växte.

Efter en lång dusch och två koppar te lyckades hon fortfarande inte förtränga refuseringsbrevet. Hon ringde Åse och Jossis som stöttade henne och sa att det var väl inte hela världen att ett av förlagen tackat nej. Hon hade ju skickat till ytterligare fem.

Mobilen ringde och hon såg till sin glädje att det var Freddie. De hade ringt om varandra under en längre tid och bara kommunicerat via varandras telefonsvarare. Freddie ville komma förbi och undrade om Matilde hade tid att ta en promenad. Även Lussan, deras projektledare på byrån, hade lyckats slita sig från jobbet och skulle följa med.

– Men Freddie, vad du har magrat!

– Usch, jag vet. Den här jäkla amningen tar musten ur mig.

Matilde skrattade.

– Tänk vilka lyxproblem.

– För dig ja, jag håller på att förtvina och du skrattar. Men du ser jättefräsch ut, har du solat?

– Nej, fuskat lite. Jag har en ny brun utan sol. Jag blev så himla medtagen när jag var hemma i Oslo förra veckan så jag var tvungen att göra något. Får jag se på underverket nu. Jag lovar att inte gå för nära ifall jag skulle ha några baciller kvar.

Det lilla knytet hade samma korpsvarta hår som sin mamma.

– Ska hon heta något mer än Hildur?
– Cornelia.
– Åh, precis som huvudpersonen i min bok.
– Just det, vi har inte pratat alls om det. Hur går det?
– Jag skickade iväg den förra veckan. Ett förlag som lovade att specialgranska det har redan tackat nej. Men jag har ju fem kvar som jag väntar på svar från.

– Vad blev det till slut? Du var ju inne på dikter ett tag, eller hur?

– Jo, fast det blev en roman. Men när jag skulle skicka med en presentation till förlaget så kändes storyn så banal så det var inte sant.

– Men så är det nog alltid. Alla historier kan göras banala om man gör dem tillräckligt korta. Ska du fortsätta med någon skrivkurs?

– Aldrig i livet. Jag har gjort mitt på den fronten. Jag träffade Adrian nyligen och han är verkligen galen.

– Fast man behöver ju inte involvera sig med alla skrivkursledare...?

– Inte, jag trodde det var ett krav?

De fnissade och såg en pigg figur komma emot dem. Lussan var närmare trettio år och hade börjat på reklambyrån som sommarvikarie redan när hon var sexton. Alla hade omnämnt henne som flickan som fått jobbet bara för att hennes pappa var en av byråns största kunder. Hon var enda barnet och uppvuxen i Saltsjöbaden. Lussan visade sig dock vara en klippa och fortsatte rycka in under loven. När hon strax efter gymnasiet började på ekonomlinjen avancerade hon från receptionen till att vara produktionsassistent parallellt med studierna. Idag var hon byråns främsta projektledare och under de senaste åren hade Matilde, Freddie och Lussan varit ett väloljat team.

De hade umgåtts mycket privat och skojade alltid om sina olikheter, men cirkeln hade rubbats en del när Matilde slutade och Freddie blev med barn. De hade svårt att hinna ses så ofta som de skulle vilja.

Promenaden blev en återresa till den gamla jargongen. De fnissade och skvallrade om de andra kollegorna. Matilde berättade om den kaotiska kvällen med Adrian. Hon berättade inte om natten med Tomas eftersom hon ännu inte själv kunnat förlika sig med att det hade hänt. Freddie anförtrodde dem under största hemlighetsmakeri att hon var gravid igen. Och att hon var livrädd för att hon inte skulle orka. Och att hon inte längre stod ut med att ha sex med Gunnar. Matilde lovade att det skulle bli bättre när barnen blev lite större, och hoppades att Freddie inte skulle märka att hon ljög. Sexlusten efter barnen hade tagit betydligt längre än ett par år på sig att komma tillbaka. Men varför göra Freddie orolig i onödan?

Senare på kvällen lade sig Matilde tillrätta i soffan. Hon tog fram mobilen och slog numret till Tomas. Hon hade inte klarat av att ringa tidigare, men hon förstod att hon inte kunde vänta längre.

– Hej, det är jag.
– Hallå! Vad gör du?
Till Matildes lättnad lät Tomas helt normal.
– Kollar på teve. Jag har varit ute hela dagen med Lussan och Freddie.
– Lussan, är det hon den söta unga tjejen?
– Just det, hon som du alltid frågar efter.
– Men hon är *väldigt* söt. Kanske lite väl mycket pappas flicka, men... Vill du hitta på något?
– Visst.
– Jag kan komma förbi.
Matilde lade på med ett leende. Tonen mellan dem kändes precis som vanligt och hon kanske trots allt inte hade förlorat sin vän. Att de hade haft sex behövde ju inte göra det så himla komplicerat. Hon gick in och borstade tänderna och satte på sig en ren blus eftersom hon lyckats spilla morotsjuice på sin tröja.

Tomas knackade på redan efter en kvart.
– Är det okej att jag kommer in?
– Visst.
Plötsligt var det något i Tomas röst som vittnade om att det inte alls var som förut. Den lättsamma tonen han haft i telefonen var som bortblåst. Han var annorlunda. Matilde såg oroligt på honom.

– Vad är det?

Tomas satte sig ner i soffan och drog handen genom håret.

– Varför har du inte ringt mig?

– Varför har inte du ringt?

– Därför att det var du som tydliggjorde att du ville vara ifred efter den där natten.

– Det gjorde jag väl inte?

– Jo.

Matilde svalde uppjagat med hjärtat hoppande inne i bröstet.

– Men du, det var inte meningen. Jag blev bara så himla stressad över det som hände.

– Jo, jag kan tänka mig det. Men jag antar att du förstår nu?

– Vadå förstår?

– Att jag är kär i dig. Det var hela hemligheten.

– Nä, sluta.

– Nej, jag tänker inte sluta. Det var det som Klara tyckte att jag skulle prata med dig om.

Matilde blev mållös. Så här allvarlig hade hon aldrig sett Tomas. Förvirrat sa hon:

– Jamen, hur då? När hände det här?

– Jag har känt det ända sen i somras när du var hos dina föräldrar och vi umgicks en hel del bara du och jag, och så har det förstärkts under hösten. Jag vet faktiskt inte riktigt själv vad som hänt. Bara att jag vet vad jag känner.

– Har du inte bara fått en fix idé nu?

– Matilde, jag förstår om du inte känner på samma sätt,

men jag vill inte att du sårar mig, och det gör du om du kallar det här för en fix idé. Jag vet att det är komplicerat för att vi är vänner, men det är sanningen. Och på din reaktion så förstår jag att du inte har de känslorna för mig.

– Men känslor? Du är ju min bästa vän och...

– Jo, jag vet.

De blev tysta och Matilde kände att hon började må illa. Hon harklade sig:

– Du, jag är jätteledsen, men jag är nog lite chockad. Kan vi inte bara låta allt det här vara ett tag så kanske det lugnar ner sig lite? Jag menar inte att inte ta dina känslor på allvar, men jag behöver nog smälta det här ett tag. Är det okej?

– Självklart. Jag kommer att jobba extremt mycket den närmaste tiden, så du får ringa när du känner för det.

Tomas reste sig och gick mot dörren. Matilde nickade stilla adjö. Hon skyndade sig in i badrummet och trodde att hon skulle kräkas, men det gick över.

Tomas hade uppenbarligen känslor för henne men tyvärr hade hon inte det för honom. Inte på det sättet. Såren efter skilsmässan satt fortfarande kvar och Matilde undrade om hon någonsin skulle få dem att läka så pass bra att hon skulle kunna bli kär igen. För tillfället var hon skeptisk.

Den kvällen tog hon ett beslut. Hon hade gjort ett misstag när hon haft sex med Tomas. Han ville ha mer av henne, något hon inte kunde ge. Det fick inte påverka henne. Om hon bara lät det bero så var hon övertygad om att det skulle gå över. Om hon undvek Tomas så skulle de med all säkerhet kunna bli bara vänner igen. Hon hoppades det i alla fall.

Oron över boken sammanslaget med Tomas-problemet skulle bli för mycket att tänka på, så hon bestämde sig för att inte älta det mer just då.

Flickorna skulle snart komma hem igen och hon kunde ju knappast gå runt och vara olycklig över precis allt som hände.

Hon somnade efter att ha vridit och vänt sig flera timmar i sängen. Bilderna på den sorgsna Tomas i hennes soffa dök ideligen upp och hon fick kämpa för att få bort dem från näthinnan.

Mars

Vädret var precis lika trist som hon kände sig trots att våren borde ha gett sig tillkänna denna första vecka i mars. Gråa moln hängde över Stockholm och snön vägrade försvinna. De enda gångerna hon steg upp ur soffan var för att hämta något att äta eller gå på toaletten. Den gamla välbekanta känslan av att vara totalt proppad med mat infann sig och hon funderade ett ögonblick på att stoppa ner fingrarna i halsen. Men hon hade lovat sig själv att det aldrig mer skulle hända. Istället värmde hon en bulle till, skopade upp glass i en skål och ringlade tjockt med kolasås över. I kylen fanns en burk med sprutgrädde som hon tryckte över det hela för att toppa. Efter en kort tvekan tog hon med sig glassburken, kolasåsen och grädden till soffbordet. Bullen tuggade hon i sig så snabbt att det till och med gjorde ont att svälja den.

Telefonen ringde och hon såg att det var Åse. Hon ringde säkert för att berätta hur det gick med beställningen av hennes nya soffa och Matilde tänkte att det fick vänta. Åse skulle med all säkerhet ringa igen inom den närmaste timmen. Efter ytterligare en kvart ringde Josefine.

Det var tydligen väldigt viktigt eftersom båda systrarna terroriserade henne samtidigt. En plötslig ilning drog genom kroppen. Hon tog mobilen och ringde upp Åse.

– Hej! Jag hann inte svara. Vad är det som har hänt? Har det hänt mamma och pappa något?

Åse lät förvånad.

– Nej, varför tror du det?

– Därför att du och Jossis ringde nästan precis efter varandra. Jag trodde att ni slutit en gemensam terrorpakt, eller att det hänt något.

– Nej, jag tänkte bara ringa och höra hur det är med dig. Hur känner du dig?

– Det är okej.

– Säkert? Du låter verkligen helt sänkt och har gjort det ända sen du var här för två månader sen. Du behöver inte vara superkvinnan hela tiden, utan det är okej att säga om du mår dåligt. De senaste veckorna har du verkat helt ur gängorna.

– Det är bara det att det har hänt så mycket. Ja, eller egentligen ingenting, beroende på hur man ser på det. Jag har fortfarande inte hört något från de andra förlagen och jag har strulat till det med ett par andra saker och ja, jag vet inte. Jag har väl någon jäkla fyrtioårskris, kanske.

– Jag kan komma till Stockholm om du vill. Eller så kan du komma hit och bo hos mig ett tag.

– Jättesnällt, men det är jag som behöver rycka upp mig bara. Och jag skulle aldrig stå ut med att bo i samma hus som mamma och pappa. Jag fattar inte att ni fixar det.

– Men vi träffas aldrig. Vi har olika ingångar och det är egentligen bara när du är hemma som vi äter gemensamma middagar.

Matilde suckade.

– Det låter ändå jobbigt att ha dem så nära inpå.

– Har du hört något från Adrian förresten?

– Hua, ja, han ringer titt som tätt på nätterna. Men jag stänger alltid av signalen innan jag går och lägger mig.

– Usch, känner du dig inte rädd?

– I början tyckte jag att det var otäckt, men han verkar inte göra något mer än att ringa när han är ute och festar. Han är nog rätt ofarlig. Han har i alla fall inte dykt upp här som jag var rädd för i början.

– Och Tomas då? Hur mår han?

– Jorå, han jobbar nog mycket så jag har inte sett honom på länge, sa Matilde undvikande och skyndade sig att avsluta samtalet och stängde av signalen. Hon tog bort skålen med glass och tillbehören. Så snabbt det gick skyfflade hon in disken i maskinen och kastade kolasåsen och grädden i soporna.

Hon visste att hon var på väg in i ett farligt mönster.

Ute i badrummet konstaterade hon att ansiktet fortfarande var svullet, byxorna spände efter allt skräp hon ätit och hon borde ta en dusch.

Duschstrålen gjorde underverk mot de ömma axlarna och tandborsten fick arbeta hårt.

Hon torkade håret omsorgsfullt och smörjde ansiktet med olika krämer för att få bort fnasigheten kring näsan och munnen. Det sved, men såg bättre ut med en gång.

Kläderna hon burit de senaste dygnen kastade hon i smutskorgen och tog fram nya ur skåpet.

Hon fick en impuls att ringa Tomas och be honom komma över och kolla på en film, men kom på att det inte gick.

Att det skulle vara så svårt hade hon aldrig kunnat föreställa sig. Inte ens tiden runt skilsmässan hade hon mått så här dåligt. Kanske borde hon ringa sin psykolog.

Matilde drog på sig kläderna och letade i mobilen efter psykologens nummer, men när hon ringde visade det sig att det saknade abonnent. Hon ringde 118 118 och fick reda på hemnumret.

– Ja, det är Gunilla.

– Hej, jag heter Matilde Bäckström. Har jag kommit till Gunilla Ljungheds mottagning?

– Ja hej, Matilde, du har kommit hem till mig. Jag är inte verksam längre.

– Va? Har du stängt din mottagning?

– Ja, jag gick i pension förra året. Men om du vill att jag rekommenderar någon av mina kollegor så...

– Så du tar inte emot dina gamla patienter ens?

– Nej, tyvärr. Men om du har papper och penna så ska jag ge dig numret till en mycket kompetent kollega, han heter...

Matilde skrev pliktskyldigt upp numret, men visste att hon aldrig skulle ringa. Hur kunde man bara upphöra som psykolog? Fanns det inte något slags lag om att man var tvungen att följa upp sina tidigare patienter, eller något? Terapeuten hade dessutom låtit så klinisk. Inte alls så varm och tillmötesgående som hon hade varit när Matilde gått hos henne två gånger i veckan och ältat sin skilsmässa. Kanske var det någon psykologregel, att man inte fick vara för personlig mot sina patienter när man inte längre var verksam.

Matilde slängde sig åter ner på soffan. Ute hade plötsligt solen börjat skina och det var svårt att se bilden på teven. Hon sneglade mot köket och flippade igenom kanalernas utbud. Jäkla Psyko-Gunilla. Matilde kunde inte riktigt släppa att hon inte erbjudit henne en specialvariant. Det hade väl ändå varit på sin plats att hon hade låtit Matilde komma ut till henne om hon nu förstod att hon mådde dåligt, kände hon verkligen inget ansvar?

Efter en timmes tvekan gick hon ut i köket, rotade fram kolasåsen från soporna och slevade upp en portion glass till. Hon åt den stående i köket.

Kanske borde hon gå och hyra en film? Då kunde hon passa på att köpa lite middag också.

I videobutiken fanns det inte en människa. Alla verkade vara ute i det vackra vintervädret. Hon sökte sig till köphyllan och log när hon tänkte på Tomas och alla dvd-boxarna han hade köpt inför deras fjällresa.

Eftersom hon inte var särskilt benägen att följa serier på teve hade hon en hel del att välja på. När hon gick fram till kassan hade hon två säsonger av serien CSI Miami med sig. Hon hade sett några få avsnitt av systerserien som utspelade sig i Las Vegas. Det borde vara ett säkert kort.

Mataffären vid Mariatorget var nästan lika tom som videoaffären. De anställda stod och märkte upp nya varor och småpratade med varandra.

Allt som hon kunde tänkas bli det minsta sugen på slank ner i korgen, det var ju bra att ha hemma också. Den bekanta känslan av att ursäkta sina matinköp tryckte hon snabbt undan och skyndade sig istället att betala och stoppa ner alla varorna i platskassar.

Väl hemma igen slog hon en signal till Sebastian och fick prata med Pim. Ella var hos en kompis på kalas.

– Hej, mammas älskling. Hur har ni det?

– Det är bra. Vi ska åka till landet när Ellas kalas är klart.

– Ja, just det, vad mysigt. Och ni som har studiedag på måndag. Vad gör du och pappa då?

– Vi spelar Fia. Jag vinner hela tiden. Pappa är verkligen urdålig på spel.

– Haha, jag vet. Men du får vara snäll mot honom. Och så kan du väl hälsa Ella att jag har ringt.

– Puss och kram.

Det korta samtalet hade lättat upp henne och med gott mod satte hon in dvd-skivan och programmerade in första avsnittet.

Hennes mobil surrade. Det var dolt nummer.

– Matilde.

– Det är Adrian.

– Jag trodde jag hade gjort klart att jag inte vill ha någon kontakt med dig?

– Är du ensam eller är den där ormen Tomas hemma

hos dig? Har du legat med von Dies också?

– Sluta nu! Jag lägger på nu, och du får inte ringa mer! Jag ringer polisen om du inte slutar!

– Säkert!

Matilde tryckte på den röda knappen.

Telefonen ringde igen och återigen var det dolt nummer. Eftersom signalen var avstängd låg den bara och blinkade och surrade. När hon hade sju missade samtal började hon bli orolig. Hon borde nog ringa någon som fick komma över. Fast Tomas kunde hon inte ringa och om hon ringde Sebastian skulle han istället bli orolig över flickorna och kanske inte låta dem komma hem. Med all rätt. Hon var tvungen att lösa problemet med Adrian innan det hann gå för långt.

Telefonen fortsatte att blinka frenetiskt. Med en snabb rörelse tog hon upp den och lade den i en av kökslådorna.

CSI fortsatte och hon lyckades återigen koncentrera sig på det duktiga polisteamet. Eftermiddagen försvann och när lördagskvällen närmade sig söndag såg hon bara en utväg på problemet. Hon fick ta en sömntablett för att klara av att somna efter Adrians terror. Hon hittade sömntabletterna längst ner under gasbindorna i medicinskåpet. Efter att ha läst beskrivningen tog hon tre stycken och hällde upp ett stort glas vatten.

Medan hon svalde de sträva tabletterna kikade hon ner i lådan där hon lagt mobilen. Hon undrade om det fanns någon gräns för hur många missade samtal hennes telefon kunde registrera. Enligt displayen var det nu 47. Lådan stängdes med en smäll och medan hon borstade tänderna lyssnade hon noga efter konstiga ljud. Redan innan hon fått upp täcket mot hakan kom dåsigheten. Oron över allt omkring henne försvann och hon välkomnade sömnen.

Ett ljud nådde henne. I drömmen bankade någon på ett biltak samtidigt som hon åkte genom en öken i hög hastighet. Bankandet blev allt ihärdigare och hon tvingades upp från sin tunga sömn. Hon ryckte till när hon förstod att det var Adrian som nu gett upp hoppet att nå henne per telefon. Hjärtat hoppade i halsgropen och hon andades häftigt.

– Tillis, Tillis! Du måste öppna, jag vet att du är därinne! Öppna nu, annars hämtar jag en låssmed.

Matilde rynkade pannan medan hon drog på sig morgonrocken. Det där var inte Adrians röst.

Hon kikade försiktigt ut genom draperiet och såg förvånat Åse stå utanför med två resväskor. Hon öppnade dörren.

– Vad sjutton gör du här? Är inte du i Oslo, vi pratade ju nyss i telefonen?

– Det var i går. Det är faktiskt söndag nu. Jag tänker inte låta dig bli så där sjuk igen. Och eftersom du inte tänker erkänna att du mår dåligt tänker jag bo här tills du blir frisk. Dessutom så tycker inte jag att du ska vara ensam med Ella och Pim när du mår så där. Du behöver hjälp, helt enkelt. Titta bara hur du ser ut! Det syns ju lång väg att du inte mår bra.

Åse pratade fort samtidigt som hon gick in och ställde

ifrån sig väskorna mitt på golvet. Matilde sa ironiskt:

– Så du ser dig själv som en samarit som kommer hit och ska rädda mig? Mary Poppins på crack? Nej, jag känner mig inte alls klappad på huvudet.

– Sluta. Ska vi slå vad om att det ligger minst tre förpackningar med godis i soporna som du slängt för att du fick ångest över att äta dem?

Åse satte sig resolut i soffan med armarna i kors.

– Och hur kom du hit, om jag får fråga?

– Jag flög, som man brukar göra.

– Och du hittade ett flyg så tidigt en söndagsmorgon? Det tror inte jag på.

– Okej, okej. Jag åkte med Tomas.

– Med Tomas?

– Ja, han erbjöd sig.

– Är det han som har dragit igång allt det här?

– Nej, det är jag.

– Men du har pratat med honom om det?

– Nej, faktiskt inte. Varför skulle jag ha gjort det?

Matilde blev plötsligt generad och tänkte att det ju faktiskt inte var en självklarhet att de skulle vara i maskopi.

– Men hur kom det sig att Tomas erbjöd dig skjuts då?

– Därför att jag höll på att ringa och boka flyg när han åkte förbi för att lämna något till mamma från hans mamma. Vad är det med Tomas nu då? Har ni något ihop, eller? Säg inte att ni har…

Åse höll plötsligt händerna för munnen.

– Aha, nu förstår jag!

– Vi har absolut ingenting ihop.

– Sluta, du är så dålig på att ljuga! Men Tomas är desto bättre, måste jag säga. Fast jag har ju alltid trott att han har varit kär i dig. Men lite konstigt är det. Ni är ju nästan som syskon.

– Men släpp det! Vi har ingenting ihop. Okej, vi råkade ha sex strax innan jag kom till Oslo. Men vi kommer inte att funka ihop på det sättet och det kommer inte att bli någonting.

– Men han vill, eller hur?

– Han påstår det. Även om jag av någon anledning har svårt att tro honom, men han blir jättearg när jag säger det. Hur som helst så var det en jättekonstig kväll. Ända sen han och Klara bestämde att de skulle skiljas så har det varit lite spänt mellan oss, men jag har inte tyckt att det var så särskilt konstigt. Du vet, det kan ju vara så där ibland och så går det över. Men så hade vi sex och han sa att han är kär i mig. I början bestämde jag mig bara för att låta det vara, men jag tycker faktiskt att det är skitjobbigt. Vi har ju varit så himla nära och så plötsligt pratar vi inte ens med varandra.

Åse vankade av och an i rummet och skakade på huvudet.

– Lite chockad är jag faktiskt. Har du pratat med din psykolog förresten?

Matilde tittade förvånat på sin lillasyster. Kunde hon ha buggat hennes telefon?

– Ja, det har jag faktiskt.

– Och?

– Hon har slutat med sin praktik och gav mig numret

till någon kollega hon tyckte att jag skulle ringa istället. Men jag har ingen lust att börja om från början med en ny psykolog. Jag orkar faktiskt inte det.

– Okej. Men vad ska du göra då?

– Med vad?

– Att du mår så här dåligt? Och jag menar inte bara det här med Tomas, utan hela du. Tomas är ju bara ett av problemen.

– Jag tror att du uppförstorar det här en aning. Jag mår lite dåligt, okej, gör inte alla det ibland?

– Jo, men inte alla har haft en dödlig sjukdom som de lätt kan falla tillbaka i om de inte tar itu med sina problem. Ärligt, Tillis. Så som du är nu var du inte ens när du och Sebastian skilde er.

Matilde tystnade och såg ner i golvet. Åse fortsatte:

– Det märks så tydligt på dig också. Alla vi hemma märkte att det inte bara var förkylningen som fick dig att må dåligt senast. Det var faktiskt jag och pappa som bestämde att jag skulle åka. Vi berättade för mamma och hon tyckte först att vi överdrev, men sen höll hon med. Jag tror att hon försöker dölja våra problem så långt det går, hon klandrar ju sig själv så fort vi mår dåligt. Men nu får vi sätta igång. Vad var det du fick göra senast på det där behandlingshemmet?

– Men herregud, Åse. Det är ju snart tjugo år sen och jag är inte så sjuk. Och vad har det med det här att göra?

– Det hänger säkert ihop och du har faktiskt gått upp en del i vikt. Bara sen du var hemma i Oslo måste du ha gått upp flera kilo. Det är väl bättre att du tar itu med det nu så det inte går längre? Har du haft något sånt här återfall förut?

– Nej, inte sen dess.

– Vill du att jag ska ringa dit och se om vi kan få komma? Eller ska du försöka komma ihåg hur du gjorde då, så kan vi prova själva först? Men bara om du erkänner att du mår dåligt.

– Okej, okej. Jag kan bara inte fatta att jag fallit tillbaka i den här skiten nästan tjugo år senare.

– Vi hjälps åt. Det kanske inte är så allvarligt. Jag är ju här för att hjälpa dig nu.

Matilde såg på sin annars så upproriska lillasyster och började gråta.

På behandlingscentret hade de sagt till Matilde att hon under tiden hos dem fått alla redskap hon behövde för att hantera sin sjukdom. De hade också sagt att de allra flesta fick återfall någon gång i livet, exempelvis när något gick dem emot som de inte hade räknat med. Det kunde vara en liten struntsak. Men verktygen hon fått skulle hjälpa henne ur de kriserna. Hon var alltid välkommen att ringa dem, men de hade rekommenderat henne att prova själv först. Precis som Åse hade föreslagit. Med hennes hjälp kanske det skulle gå.

De började med att rensa kylen från allt skräp hon köpt dagen före. Matilde tog en snabb dusch innan de gav sig av till affären för att köpa riktig mat.

När allt var inlastat i köket byltade de på sig varma kläder och tog en lång promenad. De gick Söder Mälarstrand fram, rundade Långholmen och tog samma väg tillbaka. Matildes andning var tung och den senaste tidens brist på motion gjorde att det sved ordentligt i lungorna.

– Men hur går det med din renovering nu då?

– Den är klar. Jag har inget att göra hemma i alla fall. Och jag ser jättemycket fram emot att träffa Ella och Pim. Det blir alltid maktkamp om dem när ni är hemma i Oslo. Mamma och pappa ger mig inte en chans att ens prata med dem.

Matilde som alltid tagit för givet att Åse inte var särskilt intresserad av flickorna förstod plötsligt att det kanske inte var så enkelt. Hon kunde räkna på ena handens fingrar de gånger Åse hade träffat Ella och Pim utan deras föräldrar närvarande.

När de kom hem hjälptes de åt att hacka upp grönsaker till woken och Åse hällde upp var sitt glas vin.

– Ja, du ska ju inte tro att du slipper undan att berätta exakt vad som hände med Tomas.

Det kom så plötsligt att Matilde började fnittra helt hysteriskt.

– Gud, vad du är jobbig. Kan man ha en jobbigare lillasyster än jag har?

– Försök inte slingra dig, berätta nu.

Matilde berättade om historien med Adrian, om middagen hos Lena och Robert och hur allting hade spårat ur.

– Men hade du fortsatt ha kontakt med honom för att du trodde att han skulle hjälpa dig att få din bok utgiven?

– Nej. Han hade bara något som jag drogs till samtidigt

som jag hatade honom. Och jag menar verkligen hatar. Jag blir arg bara han öppnar munnen.

– Jag tror att du är kär i Tomas, men inte kan erkänna det. Och jag kan förstå det. Han är inte direkt känd för att vara seriös med kvinnor. Det är bara en naturlig försvarsmekanism.

Sen är det väl klart att ni nästan är som syskon. Lite konstigt vore det om ni blev tillsammans.

– Men vi ska inte bli tillsammans. Vi hade sex, det var ett misstag. Det kommer att gå ett tag, sen har vi glömt det hela.

– Jag fattar inte att du alltid ska vara så envis. Vad det måste vara jobbigt att vara du. Som om du är rädd för att må bra.

– Men jag är ju inte kär i honom.

– Och vad händer med boken?

– Jag har fått ett svar, från Adrians förlag. De tackade nej. De återkom så snabbt bara för att jag skickade det personligt till hans förläggare som jag träffat flera gånger. Men det var väntat. Det är två andra förlag som jag tror mer på.

– Har du ringt dem och frågat hur lång tid det kan ta?

– Alla säger samma sak. Att jag får räkna med tre månader, men att det kan gå fortare. Men nu vill jag nästan inte ha svar. Så länge jag lever på hoppet känns det fortfarande som det kan gå. Tänk om jag får nej av alla.

– Det får du inte. Så klart att någon kommer att nappa. Du måste tänka så.

– Men om jag får nej då, vad gör jag då?
– Då går du vidare och hittar på något annat att göra.
– Vadå?
– En sak i taget. Du är ju medveten om att chanserna att lyckas är små, det har du ju vetat sen du började med det här.
– Jo, jag vet. Men hittills så har det mest varit en dröm och nu känns det så verkligt och hårt på något sätt.
– Men hade det varit bättre att helt strunta i din dröm och aldrig ha provat på att skriva en bok?
– Jag vet inte. Ibland tror jag det. Då kanske jag inte hade mått så här dåligt. Jag kan knappt förklara hur stressad jag känner mig. Och jag förstår inte riktigt varför.
– Kanske för att du aldrig klarat av ett misslyckande. Du var ju så jämt när vi var små. Fasen, det finns ju ingen sämre förlorare än du. Men försök att inte tänka på vad som kan gå fel nu. Nu måste du fokusera på vad du kan göra istället om det här skulle misslyckas. Finns det något annat du kan tänka dig att göra? Något som skulle få dig att känna dig åtminstone nästan lika tillfredsställd som om din bok ges ut? Spela teater, filma, bestiga berg? Finns det något annat du drömmer om?
– Nej.
– Vadå nej? Något annat måste du väl komma på?
– Nej.
– Då får du se till att komma på något då. Annars kommer du ju att ta livet av dig om du blir refuserad.
– Tack för de uppmuntrande orden.
– Nej, men allvarligt. Du måste tänka ut något.

– Själv då? Vad har du för dröm som ersatt den om att bli hyllad fotograf?

– Jag har fortfarande inte släppt den.

Matilde kände hur hon ilsknade till.

– Men så kan du ju inte säga. Du säger till mig att jag ska komma på något annat. Bestiga berg och allt vad du sa. Att du fortsätter med fotodrömmen är ju samma sak som om jag skulle fortsätta skicka in manus efter manus. Varför säger du åt mig att hitta på en ny dröm om du inte själv kan tänka dig det?

– Okej, om jag måste välja något annat så skulle jag vilja ha en familj. Jag vill ha två underbara barn, precis som du.

Matilde blev tyst och såg förvånat på sin syster. För första gången såg hon Åse med andra ögon. Hur kunde hon inte ha känt till den sidan hos sin syster? Hon hade alltid sett sin syster som den eviga rebellen som aldrig ville stadga sig av ren princip. Hon skämdes.

Åse tog fram wokpannan och satte den ovanpå lågorna på gasspisen. Den uppsluppna stämningen var borta och hade ersatts av allvar. Matilde lade handen på Åses arm.

– Du, jag är ledsen. Det var inte meningen att lägga över mina egna problem på dig. Och du ska veta att jag är så otroligt glad över att du kommit hit.

– Äsch, det är okej. Nu äter vi lite mat.

Kvällen fortsatte utan att de berörde några djupare ämnen. De var försiktiga och höll sig borta från diskussioner som kunde leda in på det de tidigare diskuterat.

– Vill du sova uppe hos någon av tjejerna, eller nere hos mig i dubbelsängen? Du får gärna det. Jag kan verkligen inte rekommendera att sova däruppe. Tomas sov här en gång, i Ellas säng. Hans ben hängde ut över sänggaveln och han hade världens nackspärr när han vaknade. Och så hängde hennes mobil med en massa rosa fjärilar och killade honom på näsan hela natten. Han såg så himla rolig ut.

De fnissade åt tanken på Tomas i en säng som knappt var hälften av hans längd och med fjärilar i ansiktet. Åse tittade allvarligt på sin storasyster och sa:

– Jag menar inte att lägga mig i ditt liv, men jag tror faktiskt att du och Tomas skulle kunna bli väldigt lyckliga.

Matilde log mot henne och ryckte på axlarna.

– Du är snäll som säger så, men jag tror tyvärr inte det. Jag tror jag vill leva ensam ett tag till. Jag känner mig inte särskilt sugen på en relation. Jag har ju tjejerna. Det räcker ett bra tag för mig.

– Fast du kan ju inte skydda dig bakom dem i all framtid.

– Du är nog lite överanalytisk nu. En sak i taget. Nu går vi och sover. Behöver du en extra kudde?

Matilde vaknade först och började med en snabb dusch. Åse hade ställt fram frukost när hon kom ut i köket.

– Vi tar en sväng ner på stan, va?

– Gärna. Vi går mot Odengatan och tittar. Vad tror du om att gå på ett träningspass vid fem? Du kan få låna träningskläder av mig om du inte har några med dig.

De promenerade ner förbi Slussen och när de passerade Skeppsbron vinkade de åt Sebastian som stod inne på sitt kontor och pratade i telefonen. Han verkade stressad, så de gick vidare.

– Sebastian pratar om att han ska flytta. Han hade fått nys på någon lägenhet nära mig.

– Va? Trivs han inte i sin fina lägenhet?

– Så där, tror jag. Jag tror han är ute efter en äldre stil. Och så vore det ju hur skönt som helst för flickorna om vi bodde lite närmare varandra.

– Eller om ni bodde ihop.

– Men lägg av! Försöker du få ihop mig med varenda karl, eller?

– Nej. Jag bara kollar hur du reagerar. Är du fortfarande kär i Sebastian?

– Va? Näej, verkligen inte. Men jag älskar honom såklart fortfarande. Han är far till mina barn.

– Jaja, dra inte den där harangen för mig nu. Men det kanske är det som allt det här bottnar i, att du inte är redo att binda dig för att du inte släppt Sebastian ännu.

– Varför skulle jag då ha skilt mig?

– För att du inte kände att han lyssnade på dig. Du var uttråkad. Men nu när du sonderat terrängen så har du insett att det ändå är ni två.

– Håller du på så här hela tiden? Eller är det bara med mig?

– Haha, nej, jag bara testar dig lite.

– Du är bara frustrerad över din egen situation. Hur kommer det sig att du inte träffar någon?

Matilde visste att det inte var en rättvis vändning, men kunde inte hålla sig. Till hennes förvåning svarade Åse lugnt och ärligt:

– För att jag inte tycker så mycket om mig själv. Jag blir jobbig när någon kommer mig nära. Jag försöker skjuta dem ifrån mig samtidigt som jag blir en klängranka. En ganska jobbig kombination. Och så tar jag illa vid mig för minsta lilla kommentar, även om min hjärna kan förstå att den inte var menad som kritik. Jag söker liksom konflikter.

– Har det blivit bättre sen du träffade den där psykologen?

– Nej, inte särskilt. Jag mår bra så länge jag inte träffar någon, då fungerar jag. Men så fort jag gör det blir jag så där konstig.

– Men vad beror det här på? Att vi är så konstiga? Är det mammas fel?

– Ja, kanske.

– Är det å andra sidan inte lite tröttsamt att man alltid ska skylla på sin mamma så fort man mår dåligt?

– Jag skyller inte på henne. Men jag tror att det i alla fall för mig beror på att jag inte känt mig särskilt älskad av henne.

– Men det stämmer ju inte för mig. Jag har alltid känt mig älskad.

– Jo, på den punkten skiljer vi oss åt en aning. Men du måste väl hålla med om att våra föräldrar var borta en hel del när vi var små? Hur många gånger blev vi nattade av dem eller fick sova i deras säng? Inte en enda gång vad jag kan komma ihåg i alla fall. Jag klandrar dem inte, de uppfostrade oss efter vad de trodde var rätt. Men för mig blev det inte så bra. Och jag var ju ett så besvärligt barn, som mamma alltid brukar uttrycka sig.

Matilde hade funderat en hel del på sin barndom, men inte analyserat den så ingående som Åse verkade ha gjort. Kanske för att hon kände att hon varit älskad ändå.

– Vad tror du till exempel var anledningen till att du fick anorexi?

– Jag vet faktiskt inte. Alla människor har problem och man väljer själv hur man handskas med dem. Jag inser att mitt sätt inte fungerar och att jag måste bryta mönstret. Men jag har svårt att se att det bara har med mamma och pappa att göra.

– Min psykolog hävdar att vi intar olika roller i syskonskaran för att hävda oss. Du är den som alltid kommer att hålla mamma och pappa om ryggen för att vara deras älskling. Jossis har alltid varit för sig själv och jag är den som revolterar mot allt.

– Det stämmer säkert. Men även om vi är syskon så har vi ju alla tre helt olika förutsättningar. Kan vi inte skita i att älta allt det här? Jag förstår att du vill väl, men man kan överanalysera ibland också. Vad gäller dig och relationer så är min teori att du faktiskt inte har träffat någon som förstår dig. Jag tror att Oslo är för litet för dig. Alla har redan en åsikt om dig och du har alltid varit en utmärkande person. Tomas pratar till exempel fortfarande om den där gången när du demonstrerade i bikini. Han är säkert inte ensam. Alla har liksom redan bestämt sig för

vem du är, vare sig ni har träffats eller inte.
 – Så vad föreslår du?
 – Flytta.
 – Vadå flytta? Vart då?
 – Inte vet jag. Ha! Titta på dig, du ser helt livrädd ut. Egentligen skulle man ju kunna säga att du faktiskt aldrig har flyttat hemifrån.
 Åse stannade och såg ut som hon skulle klippa till sin storasyster. Sen sa hon:
 – Okej! Jag flyttar hit då! Till Stockholm.
 – Va? Hit?
 – Ja, varför inte? Då känner jag ju i alla fall dig och Tomas.
 – Tja, varför inte som sagt? Var ska du bo då?
 – Jag får väl köpa något?
 – Och lägenheten i Oslo?
 – Den kan vara kvar. Vi kan dela på den när vi vill åka hem och hälsa på så slipper du bo nere hos mamma och pappa med flickorna i ditt gamla flickrum.
 – Okej, men du kan inte bo hemma hos oss. Vi skulle slå ihjäl varandra efter en vecka. Och det är för litet när tjejerna är hemma. Är du verkligen säker på det här? Du behöver ju inte flytta bara för att jag utmanade dig.
 – Nej, men vad har jag att förlora? Jag kan ju testa i alla fall.
 – Men vad ska du göra? Vad ska du jobba med?
 – Inte vet jag. Vad ska du göra?
 – Förhoppningsvis skriva böcker.
 – Och om det nu mot all förmodan inte skulle gå?

– Ja, då vet jag inte.

– Nej, exakt. Det är ju precis samma sak som att jag sitter i Oslo och inte jobbar med något. Och jag har ju faktiskt bott här förut, även om jag var liten då, men det känns ju inte helt galet skrämmande.

De två systrarna tittade på varandra och började skratta.

– Det slutar väl med att hela familjen flyttar hit igen. Undrar vad mamma och pappa kommer att säga? De kommer att tro att det är jag som har övertalat dig.

– De får tro vad de vill. Jag bryr mig inte. Vi måste ringa Sebastian och be honom kolla efter en lägenhet.

– Det löser dig. Var tror du att du vill bo?

– Jag ska bo på Östermalm. Och så ska jag bli som alla de där tanterna med massor med smink och päls som färgar håret blått och går på Bukowskis varje dag.

– Allvarligt, Östermalm?

– Yep! Inte tänker jag vara en söderråtta som du i alla fall. Förresten så hittar jag bäst på Östermalm, det blir enklast då.

Matilde kände sig plötsligt varm om hjärtat. Åse i Stockholm skulle bli jättemysigt.

– Kom, jag tror jag måste ge dig en kram.

– Va? Är du helt galen?

– Sluta, kom hit. Jag måste väl få ge min lillasyster en kram. Välkommen till Stockholm.

De stod stilla mitt i trafikruset på Hamngatan. Båda kände sig lite generade när de släppte varandra.

– Nu får vi skynda oss om vi ska hinna shoppa före Friskispasset.

De tog långa benet före och var rätt snart vid Odengatans början.

– Jäklar, vad det här området har blommat upp.

– Jag vet. Jag pratade med Tomas om det förut.

De gick in i nästan varje butik, först på ena sidan gatan och sen på den andra.

– Kul att det öppnar lite olika typer av ställen. Att det inte bara smälls upp kedjor överallt. Inte för att det är så värst mycket spännande klädaffärer här, men det är befriande att gå in i affärer som har diverse onödiga småprylar och inte bara märkesprylar.

– Oj, vilka hycklare vi blivit nu då!

– Äsch, vi åker ju ändå ner till Schuterman-kvarteret sen. Men du måste hålla med om att det här är ett skönt avbrott från alla råtrendiga modebutiker?

De hade precis kommit ut från en affär som specialiserat sig på amerikanska delikatesser och produkter när de gick förbi ett hörn där det stod: UTFÖRSÄLJNING, AFFÄREN UPPHÖR!

– Gud, så konstigt. Här hade de jättefina saker förut. Undrar varför de ska stänga? Vi går in och ser om vi kan hitta något billigt.

Affären var fylld av människor som också var ute efter att fynda. Matilde hittade ett par ljusstakar i tenn och Åse en hel hög med dukar. De fick stå en lång stund i kö till kassan.

– Varför ska ni stänga? frågade Matilde när de kom fram till disken.

– Lokalen är för stor. De som hyr ut den vill att man

ska hyra även lokalen här bredvid som precis blivit tom och gör man inte det så blir hyran högre. Så vi ska flytta några kvarter bort.

– Så bra, då kommer ni att finnas kvar i alla fall.

De betalade, fick varsin blommig påse och gick ut. Det hade börjat snöa, och snön var av den tungt blöta sorten.

– Vi tar en taxi hem. Jag tror inte vi hinner till Friskis & Svettis annars, föreslog Matilde. Vi får ta alla lyxiga klädaffärer en annan dag.

De vinkade åt en taxi som bara körde förbi i full fart. Även nästa nonchalerade dem. Efter ännu mer vinkande stannade till slut en ledig bil och körde dem upp till huset på berget.

Friskis & Svettis var välbesökt och de fick vänta en bra stund för att få sina biljetter till fempasset. Matilde väste:

– Det är Karin som ska köra. Hon är supertuff.

Karin började med att presentera sig för de drygt hundra deltagarna som stod i en cirkel i gymnastiksalen.

– Och från och med idag så tänkte jag göra det här passet till ett rockpass. Jag kommer bara att spela en massa rockklassiker. Några frågor? Då kör vi igång!

Musiken startade och det var den gamla hårdrocksgruppen KISS som fick dem att springa runt, runt. "I was made for loving you baby, you were made for loving me. And I can't get enough of you baby, can you get enough of meeee?"

Matilde och Åse skrålade med i låten tills det var dags för hopp på stället och de fick använda all sin kraft till att hoppa.

Strax efter halv sju stapplade de ut från gymnastiksalen.

– Herregud. Jag hade glömt hur jobbigt sånt här är. Hur ofta går du hit?

– Jag försöker gå två gånger i veckan. Ibland tre när jag inte har tjejerna.

De var för trötta för att orka laga någon avancerad middag, istället värmde de en burk tomatsoppa och fixade varsin knäckemacka med ost.

De tittade på Desperate Housewives och skrattade åt Lynette, fyrbarnsmamman som var seriens egentliga behållning. De andra karaktärerna var för skruvade för att kunna ta till sig.

– Fast Bree Van De Kamp är härlig. Läskig, men härlig.

– Du menar som vår mamma. Har du tänkt på hur lika de är?

– Ja, faktiskt. Både hårfärgen och allt det andra stämmer. Fast är mamma verkligen så där kall?

– Bree är inte kall, hon bara döljer sitt passionerade inre. Precis som mamma.

Matilde skrattade åt sin syster och skulle precis byta kanal för att kolla om reklamen var slut, när telefonen ringde. Displayen visade dolt nummer och hon hajade till. Adrian hade inte ringt eller sms:at sen Åse anlänt.

– Ja, det är Matilde.

– Hej, det är jag.

Det var Tomas och han lät fullständigt förstörd.

– Vad är det som har hänt?
– Klara fick missfall i natt och jag är med henne på sjukhuset.
– Nej, gud så hemskt! Vad var det som hände?
– Ingen aning. Hon satt bara hemma och såg på teve när hon kände att något var fel. När hon skulle resa sig för att gå på toaletten började det forsa blod. Läkarna sa att även hon själv var i fara. De håller på att ta reda på vad som har hänt.
– Och hennes kille? Eller ja, alltså, pappan till barnet?
– Han har varit i London och är på väg hem. Han verkade helt förkrossad.
– Hur mår hon nu då?
– Hon sover fortfarande. Läkarna sa att hon nog kommer att sova ända tills i morgon. Jag har varit inne hos henne och hon ser rätt blek ut.
– Usch, det är så hemskt. Finns det något jag kan göra?
– Nej, det är lugnt. Jag stannar här tills hennes kille kommer, så flyger jag hem sen. Jag har massor med jobb som väntar så jag måste åka så fort det går.
– Säg bara till om du vill ha hjälp med någonting.
– Vet du, det känns som om det var mitt barn. Även om jag vet att det inte var så… Jag kan bara inte släppa det. Tänk om hon aldrig mer kan få barn. Det är ju fruktansvärt.

Matilde hörde desperationen i Tomas röst och förstod att han var chockad. Säkert hade även hans separation från Klara blivit tydlig i och med detta.

– Du kan väl ringa innan du åker så kommer jag och hämtar dig på Bromma.

– Nej tack. Jättesnällt, men jag tar en taxi. Det känns bättre så.

– Är du helt säker?

– Ja, men tack för erbjudandet.

De lade på och Matilde återvände till soffan och Wisteria Lane.

– Det var Tomas. Klara har precis fått missfall och han var på sjukhuset med henne.

– Vad säger du? Det är ju fruktansvärt.

– Jag vet. Hon verkade vara rätt dålig själv också. Hoppas verkligen inte att det är något allvarligt. Jag menar, det är ju allvarligt nog att hon har fått ett missfall, men att hon inte är sjuk, eller något.

– Hur var det med Tomas då?

– Han lät helt knäckt.

De gick och lade sig efter ytterligare en timmes slötittande och Matilde tänkte på stackars Klara innan hon somnade. Det första hon skulle göra nästa dag var att skicka ett stort fång blommor till henne.

Matilde vaknade strax före sex och kände sig piggare än hon hade gjort på flera månader. Kroppen var en smula öm efter gårdagens träning, men hon hade inte de där konstiga känslorna i bröstet som funnits där den senaste tiden.

Inte ens det ångestfyllda matsuget kändes av och hon tyckte minsann att Juicy-byxorna satt en aning lösare.

Kanske var det bara inbillning. Åse verkade fortfarande vara i drömmarnas värld. Hennes syster såg så söt ut där hon låg och sov.

Hon klev i sina gummistövlar och konstaterade att snön som kommit dagen före visserligen låg kvar, men hade förvandlats till en grå sörja. Morgontidningen stack upp ur brevlådan och hon knep den nästan i farten när hon såg att det fanns något mer att hämta. Hon fick en kall klump i magen och kikade ner. En massa kuvert låg där och hon insåg att hon hade glömt att hämta in gårdagens post. Hon satte ner handen och tog upp den stora skörden. Två kuvert var i A4-format. Med klappande hjärta skyndade hon in i huset, kastade av sig gummistövlarna som av misstag hamnade i soffan.

Fingrarna darrade när hon lade kuverten framför sig och såg att ett av dem hade en förlagslogga. Hon började må illa och hon hade sönder innehållet i sin iver att få fram det.

"Hej! Vi har nu läst och tagit del av ditt manus. Tyvärr..."

Hon orkade inte läsa alltihop utan kastade papperet rätt ut i luften.

– Helvetes jävla skit! Fans jäkla pissråtta! Åhhhh!

Hon var tvungen att slå i soffan. Illamåendet kom upp från magen och en otäck ilning spred sig genom hela kroppen. Åse kom uppspringande.

– Vad är det som har hänt?
– Läs! Läs där! Jag visste det! Fans jäävlar!

Matilde tog tag i resten av posthögen och bläddrade. Ett

kuvert som var helt vitt slet hon upp, men det visade sig vara en påminnelse om boendeparkeringsavgiften.

– Men du, ta det lugnt. Du har väl skickat till flera förlag?

– Ja, jag skickade till sex stycken.

– Och det här är ditt andra svar? Då har du ju fyra stycken kvar.

– Jag orkar inte med den här väntan! Jag klarar det inte.

– Men ring dem då!

– Va?

– Ring upp de andra förlagen och fråga var de ligger i processen. Det kan inte skada. Det är ju över två månader sen du skickade in manuset så det är inte konstigt om du ringer och frågar hur det går. De kanske bara tycker att du är framåt som engagerar dig.

– Det tror jag inte. Efter vad jag förstått av Adrian så är det bland det värsta förlagen vet när folk ringer och tjatar.

– Men strunta i det, du har rätt att fråga om ditt manus. De kanske bara inte har haft tid att skicka svaret. Du har absolut ingenting att förlora. Det är ju inte så att om de bestämt sig för att ge ut din bok, så ändrar de sig bara för att du ringer och frågar hur det går.

– Nej, du har rätt. Jag tar själv kommandot istället för att sitta och vänta. Det kanske är bra.

Vad är klockan? Shit, halv sju. När öppnar kontoren? Nio va?

De åt frukost och Matilde försökte att inte snegla på

klockan. Men när den närmade sig nio kunde hon inte hålla sig utan ringde nummerupplysningen och fick numret till de fyra andra förlagen. Hon började med Norstedts där hon blev kopplad till den som ansvarade för manushanteringen.

– Petra Johnsson.

– Hej! Mitt namn är Matilde Bäckström och jag skickade in ett manus till er för två månader sen och jag tänkte höra hur det går. Jag är ledsen att störa er, men...

– Ett ögonblick så ska jag se. Ja, där har vi det. Tranans dans, ja. Vi skickade ett svar till dig i går, men tyvärr så har vi beslutat att inte ge ut den.

– Står det någon förklaring i brevet?

– Nej, det är tyvärr bara ett standardbrev. Vi har inte möjlighet att kommentera de manus vi refuserar. Men vi önskar dig lycka till i framtiden.

– Men kan du inte säga någonting?

– Nej, tyvärr. Det här är vårt standardförfarande. Började vi göra undantag skulle vi få starta skrivskolor här på förlaget.

Petra Johnsson var proffstrevlig och Matilde hade inget annat val än att lägga på luren. Ett år av hennes liv hade blivit refuserat och hon hade inte ens fått en förklaring. Åse tittade på henne och lade en hand på hennes arm.

– Kom igen nu! Kör på nästa! Även om alla tackar nej så är det lika bra att ta allt på en gång. Så slipper du fundera på det och gå och hoppas.

Två förlag till hade samma standardsvar att ge. Det

fjärde, ett lite mindre förlag som blivit en uppstickare i branschen, representerades i alla fall av en betydligt gladare och mer personlig redaktör.

– Vad bra att du ringer. Vi har så mycket att göra att vi inte haft tid att höra av oss. Vi kommer tyvärr inte att ge ut din bok, men vi skulle gärna läsa något mer av dig. Har du skrivit något annat? Något kortare kanske?

– Nej. Som vadå menar du?

– Jag har egentligen ingen aning. Bara det att vi pratade om ditt manus, och så sa vi att ditt språk är bra, eget och en smula melankoliskt. Tyvärr så tyckte vi att själva historien saknade driv. Din starka sida kanske inte är att berätta en historia utan något annat. Men har du själv någon idé om vad det skulle kunna vara?

– Nej. Alltså, jag har ju bara skrivit den här boken och det var själva historien som drev mig att skriva. Så jag ser nog att det kan bli svårt med något annat. Eller så förstår jag kanske inte riktigt vad du menar?

– Ja, förlåt om jag är otydlig. Vi kan i alla fall inte ge ut det manus du skickat. Men om du kommer på något i framtiden, något annat, så kan vi vara intresserade.

– Tusen tack! Och jag lovar att höra av mig i så fall.

Åse stod och hoppade bredvid henne.

– Vad sa de, vad sa de?

– De sa att språket var vackert, men att historien saknade driv. Och att jag gärna fick höra av mig om jag skrev något annat. Att min starka sida kanske inte var att berätta en historia.

– Låter inte det lite konstigt? Det är väl språket som är hela poängen?

– Ähh, jag vet inte. Men jag kanske får tänka om. Jag tänker i alla fall aldrig mer utsätta mig för det här. Jag passar helt enkelt inte för den här typen av jobb. Det är bara att inse sina begränsningar.

Matilde satte sig tungt på soffkanten och Åse smög iväg och lämnade henne ifred en stund. Hon kände hur det välbekanta suget efter något att stoppa i munnen kom tillbaka. I huvudet hörde hon mantran från behandlingshemmet och hon skyndade sig att dricka ett stort glas vatten. Suget fanns kvar, men hon tänkte inte både vara en misslyckad författarwannabe och en hetsätare. Det fick vara måtta på tragedin. Hon stirrade ut genom fönstret på den grå sörjan på marken. Något inom henne spratt till och hon tänkte plötsligt att kanske var det så att det fanns en mening med allt det här. Att hon skulle säga upp sig och försöka skriva en bok, att det i sig kanske inte var slutmålet utan bara vägen till något annat. Hon önskade bara att hon visste vad det där andra var.

Hon klev in i duschen och lät vattnet strila länge över ryggen medan hon funderade. Åse som stod och fönade håret skrek plötsligt:

– Det står någon ute i trädgården och tittar på mig!

Matilde kikade ut bakom duschväggen med munnen full av löddrande tandkräm och rusade sen ut.

– Var? Var då? Gud, vad du skräms!

– Ja, men han står ju där, kolla!

Matilde såg en sorglig figur som stod och tryckte bakom

hängpilen. Det var Adrian. Hon kunde inte låta bli att le åt honom. Hon drog på sig en badrock och gick för att öppna dörren.

– Vad håller du på med egentligen?

– Du svarar ju inte när jag ringer.

– Jo, det gjorde jag, den första gången. Inte de andra fyrtiosex gångerna. Du får gå hem med dig nu. Jag har min syster här och jag vill inte vara otrevlig, men om du kommer hit igen, så måste jag ringa polisen.

Adrian nickade sorgset och Matilde kunde känna spritdoften ända bort till dörren.

– Och så får du sluta ringa. Jag byter nummer annars!

Adrian gick ut ur trädgården och försvann med ostadiga steg. Matilde tyckte lite synd om honom, han såg så förtvivlat ensam ut.

– Fy, vad läskigt! Vad sa han?

– Ingenting. Jag tror faktiskt inte att han kommer tillbaka. Men jag ska nog ta och ringa hans förläggare och berätta att han kommit hit. Det är ändå bättre än att jag ringer polisen.

Matilde ringde förlaget och fick prata med Adrians förläggare. Han bad om ursäkt å författarens vägnar och beklagade samtidigt beslutet att inte ge ut hennes bok. Han lovade att prata med Adrian och försöka få honom på avvänjning igen.

Hon gick in i badrummet igen.

– Hoppas att han rycker upp sig. Det är ju synd om honom. En sån talang och så kastar han bara bort den. Fast jag kanske ska se det som ett tecken att han dök upp just idag när jag fick nej från alla förlagen. Att det är så där jag kommer att må om jag fortsätter med författardrömmarna.

De skrattade och Åse tittade på henne och verkade lugn med det hon såg.

Adrians uppdykande hade gett henne perspektiv på besvikelsen över refuseringarna. Kanske hade hon också någonstans redan förberett sig på ett nederlag så när det väl hände var det inte så farligt. Och hon var ruskigt trött på att vara nedstämd och sorgtyngd. Det var dags att kavla upp ärmarna och ta nya tag.

– Ska vi försöka hitta på någonting tillsammans? frågade hon Åse.

– Ja, vi kan väl ta en promenad, vi skulle kunna gå ner mot…

– Nej, jag menar inte så. Vi kan väl försöka hitta på något. Jobb, alltså?

– Vadå, typ en bok?

– Inte vet jag. Eller något helt annat.

– Men vad skulle det vara?

– Det var ju du som sa åt mig att jag skulle tänka ut något alternativ om jag misslyckades med boken. Och om du ändå ska flytta hit kan vi väl försöka hjälpas åt.

– Men tror du verkligen att vi skulle kunna jobba tillsammans?

– Det beror väl på vad vi ska göra.

– Ja, i och för sig. Det låter bra. Men jag kan liksom inte komma på någonting på rak arm som vi skulle kunna göra. Vi är ju så olika och…

– Men det är väl bra? Äh, vi får fundera på det.

I samma stund kom hon att tänka på samtalet från sjukhuset i Oslo. Hon skyndade sig att ringa Interflora för att skicka blommor till Klara. Hon fick dåligt samvete när hon tänkte på att hon hållit på att deppa ihop över en så i jämförelse trivial sak.

Åse satt i soffan och bläddrade i senaste numret av italienska Vogue.

– Kläder? Nä, jag är så trött på hela grejen runt modet. Är inte du? Alla som ska tycka och tänka om mode. Känns så överetablerat på något vis.

– Håller med. Nej, vi får ta en inspirationsrunda på stan, helt enkelt. Gå gata upp och gata ner. Jag ska ringa Sebastian bara, och säga att du vill köpa lägenhet. Hur stor vill du ha, etta, tvåa?

– Va? Jag vill ha en våning! Minst tre rum. Och ingen vindsvåning. Jag vill ha såna där bröstpaneler och stuckatur i taket. Och nära stan. Inte åt Gärdet till, det är alldeles för långt bort.

– Ojoj, här har vi krav minsann. Du kommer att passa utmärkt på Östermalm, det hör jag det.

Matilde ringde Sebastian som skrattade högt i telefonen när hon berättade att Åse beslutat sig för att flytta till Stockholm. Sebastian hade ofta haft hetsiga gräl med sin före detta svägerska, men tyckte i grund och botten att hon var en charmig tjej. Sebastian bad att få prata med Åse själv.

När de lagt på berättade hon för Matilde:

– Sebastian hade två lägenheter som han trodde skulle

kunna vara intressanta. Den ena hade inte kommit ut på marknaden än, men den andra har de annonserat två gånger och inte lyckats sälja. Och det lät faktiskt som om den kunde passa mig. En stor trea med bara ett sovrum. Passar ju perfekt. Enligt Sebastian ska alla ha så många sovrum som möjligt och det är förmodligen därför han inte fått den såld.

– Vad låg priset på?
– Utgångspriset var sju miljoner.
– Va? Hur stor var den?
– 120 kvadrat.
– Vad blir det? Nästan sextiotusen kvadraten eller så. Jo, det ligger ju där. Vad var avgiften?
– Fyratusen, tror jag.
– Men du vill köpa? Jag bara tänkte att du kanske ska testa och hyra något först, för att se om du trivs.
– Äsch, det är lika bra att löpa linan fullt ut. Och jag har ju råd. Jag kan dö i morgon. Pengarna sitter ju ändå bara på banken. Det är ändå lägre priser här än i Oslo. Jag skulle få se den i morgon. Sebastian tyckte den var fin själv och den hade allt det där jag yrade om.
– Var låg den?
– Sibyllegatan någonstans.
– Fast det är ganska mycket trafik på den gatan. Sextiotvåan går ju där.
– Den låg högst upp i ett gårdshus så det var tydligen rätt tyst. Nära Dramaten. Men du, var ska vi börja någonstans?
– Vi kan väl börja här på Söder. Först Bruno-gallerian

och sen ner mot stan. Jag skulle vilja åka till R.O.O.M. också. Och så kan vi ta en sväng bort till Östermalm och kolla alla inredningsaffärerna. Det finns ett nytt ställe där som vi kan äta lunch på.

De tog på sig ytterkläderna och gav sig av på sin vandring. Den nya gallerian på Götgatan var bra, men ändå väldigt förutsägbar. Småtrendiga klädaffärer och hela upplägget, tyckte Matilde, var lite ängsligt. Ingen extravagans någonstans. De fortsatte upp mot Kungsholmen och hann med en titt in i den nya Västermalmsgallerian. De stora kedjorna hade alla en butik där och de gick bara snabbt igenom för att komma upp på Alströmergatan och vidare till R.O.O.M.

– Det är mysigt härinne, men jag tycker att det är något som fattas. Vad finns mer i den här stilen?

– Ingenting, egentligen. Och jag håller med, restaurangen är mysig och även trädgårdsdelen, men det andra är trist. Titta på de där skåpen. En direkt kopia av Titti Fabianis BOOK-skåp. Och vad kostar de här? En tusenlapp mindre än originalskåpen och så gräsligt mycket fulare. Kvaliteten ska vi inte ens tala om. Och nere på Nordiska galleriet är de så otrevliga när man kommer in att man får be om ursäkt för att få handla av dem. Det är egentligen bara bröderna Asplund man vill gå till. Men deras saker representerar ju bara en viss stil. Det där superenkla rena. Jag skulle vilja ha ett alternativ till det med lite mer lullull, som han den där engelska inredaren på teve alltid säger.

– Men då har vi ju vår affärsidé!

– Va? Vad pratar du om?

– Vi startar en concept store. Med allt det som vi själva vill ha och så ser vi till att kunderna alltid känner sig speciella. Ingen attityd.

Matilde stirrade på Åse och nickade stilla.

– Det är fasen ingen dum idé. Vi kan handplocka alla möbler vi gillar och stå för att vi bara jobbar med originalidéer. Vi tar bort hela den där remake-trenden som de har försökt sig på här. Och så har vi ett café, en avdelning med småsaker, en köksdel och en trädgårdsdel. Förutom det vanliga utbudet av möbler.

– Ja, varför inte? Varför inte? Men vi pratar stora pengar här. Det kommer att kosta hur mycket som helst att starta.

– Jo, men jag tror säkert att vi skulle kunna få pappa att investera i det här. Och... och, ja! Vi kan sätta upp en filial i Oslo också! Och du, på Mallis, fatta vilken succé det skulle kunna bli bland alla förmögna människor där nere.

Åse hoppade på ena benet. Matilde bet sig i läppen.

– Ja, men vi måste starta i Stockholm först. Och så kan vi ta hjälp av Tomas.

– Absolut. Tomas är perfekt för det här. Han kanske vill vara delägare.

– Nej, inga utanför familjen. Det ska vara själva grejen, bara familjen. Pappa, helt okej, men inte Tomas. Sen har vi ju Bo också, han kommer att älska det här. Oj, vad han kommer att gå igång. Och han har hur mycket kontakter som helst. Han känner ju varenda leverantör i hela Europa.

De två systrarna såg på varandra och log stort. Båda

kände en bubblande glädje över att de, när de minst anat det, faktiskt kommit på något väldigt bra.

Plötsligt fick besöket inne på R.O.O.M. en helt annan innebörd. De synade allt in i minsta detalj. När de beställde varsin kaffe i restaurangen studerade de inredningen lika ingående som menyn.

– Vad ska det heta då?

– Hmm, typ någonting med systrar. Två systrar, systrarna...

– Det låter som om det redan är gjort.

– MÅ!

– Vadå MÅ?

– Matilde och Åse.

– Ja, faktiskt. Det är ju klockrent. Och så låter det lite lagom nordiskt med å:et. Vi kör på det!

Dagen fortsatte i samma stil. De fortsatte att gå på inspirationsrunda, och när de till sist stapplade hem till huset på Mariaberget var de helt slut i både huvud och fötter.

Matilde hade fotograferat saker som de skulle kunna använda sig av med sin mobil men hade fått sluta sedan minneskortet blivit fullt. Åse hade antecknat i sin agenda så den var helt nedklottrad.

– Och du, vi skulle kunna ha utställningar där. Mina bilder till exempel. Föreläsningar.

– Ja, varför inte? Du skulle kunna ta en bild som vi har som logga. Ska vi ringa pappa?

– Ska vi inte vänta tills vi har lite mer på fötterna?

– Jo, kanske. Vi sätter ihop en affärsplan först så kan vi skicka den till honom. Han har säkert någon gubbe som kan titta på den och ge ett expertutlåtande. Det vore bra om pappa ville vara inblandad eftersom han kan den finansiella biten, men han får absolut inte bli majoritetsägare. Det här är vår grej och om det skulle behövas så kan vi klara det ekonomiska själva. Men nu orkar jag inte tänka mer. Vad ska vi äta till middag?

– Ingen aning. Ska vi inte gå ut en sväng, eller känner du dig inte upplagd för det?

– Jo, jag känner mig helt okej, lite speedad kanske. Vart vill du gå då?

– Det vet du bättre. Ska vi inte ringa Tomas och höra om han vill hänga med?

– Jag tror inte han känner för det, efter allt som hänt med Klara och så. Jag ringer honom om ett par dagar istället och hör efter om han vill träffas och prata. Men vi skulle kunna gå till Gondolen. Nej, förresten. Vi tar något nere på stan istället. Vad säger du om PA & Co?

– Vad är det?

– Typ en exklusiv kvarterskrog för konstnärer.

– Då kanske vi springer på den där Adrian.

– Ohh, nej. Då tar vi inte PA. Oj, vilken tur att du sa det. Jag vete sjutton vart vi ska gå. Ska vi ringa Bo och Per och höra vad de gör? De kanske vill följa med. Och så kan vi testa vår idé på dem?

– Absolut!

Matilde ringde till Bos mobil.

– Darling, darling! Var är du någonstans?

Bo kvittrade i luren.

– Jag är hemma. Min syster Åse är här och vi tänkte höra

om... Va? Ska ni ha middag? Ja, jo, om det är okej.

Hon väste med ena handen över mobilen:

– De vill att vi kommer över på middag. Men det kommer nog massor med andra dit också, är det okej för dig?

Åse nickade och de blev uppmanade att dyka upp inom den närmaste timmen.

– De tycker inte att vi tränger oss på?

– Verkligen inte. Det är förmodligen vi och en massa bögar. Vad ska du ha på dig?

Systrarna började rota inne i Matildes garderob. Åse valde en isblå blus som Matilde köpt på Mallorca föregående sommar och som passade Åses rågblonda hår mycket bättre är Matildes mörkröda. Själv tog Matilde Anna Sui-klänningen eftersom hon tyckte att säsongen för den snart skulle vara över och det var lika bra att slita den med hälsan.

De tog en taxi till Bo och Pers våning på Dalagatan alldeles vid Vasaparken.

– Hello, hello! Åhh, så roligt att ni kunde komma. Jag som var helt säker på att du var i Oslo. Var jag nu hade fått det ifrån. Och välkommen kära lillasyster. Du är ju nästan min lillasyster också. Åhh, så söt du är, och herregud vilket hår. I could kill for it. Nej, Greta! Inte hoppa. Gå och lägg dig i korgen. Per! Har du gett Greta korv? Hon luktar jätteilla i munnen!

Matilde krängde av sig sin kappa och även Per kom ut i hallen och omfamnade systrarna.

– Åse ska flytta till Stockholm!

– Är det sant? När då?

– Så snart det bara går. Jag ska titta på en lägenhet med Sebastian i morgon.

– Åhh, så rätt. Lämna den där hålan. Oslo är inget för en cool flicka som du. Fast jag läste minsann att Louis Vuitton ska satsa där. Men jämfört med Stockholm är det ändå en håla.

– Äsch, det är jättefint i Oslo, protesterade Matilde.

– Nähä? Och hur kommer det sig att du inte bor där då? Men Gud så rätt, lillasyster.

– Och hon ska bo på Öööösstermalm.

– Åhh, så rätt. Du kommer att göra sån skandal där. Gud så roligt. Jag kan riktigt se dig komma instormande och skälla på någon inne på Riddarbageriet en tidig morgon. Det här var ju riktigt goda nyheter. Per, Per hörde du? Lillasyster ska flytta till Stockholm.

– Och vet ni vad vi ska göra?

– Nej, berätta. Och så måste vi skvallra lite om Jenny och Sebastian sen. Oh my God, vilken grej. Det trodde jag aldrig, att de skulle bryta upp. Men det blev väl för tråkigt kanske. Men jo, just det. Du skulle säga?

– Åse och jag ska starta en concept store. Typ som R.O.O.M. men snyggare och bättre formgivet. Högre kvalitet. Fast samma upplägg med cafédel, trädgård, möbler och sånt.

Bo såg fullständigt chockad ut innan han blev högröd i ansiktet och började applådera hysteriskt. Till slut hoppade han mer eller mindre jämfota på hallmattan.

– Men darlings, det är ju fantastiskt! Vilken idé! Och jag kan hjälpa er med allt. Ni kan hyra in mig som konsult.

Jag har ju alla kontakter ni kan tänkas behöva. Och Gud så rätt. Usch nu blev jag kissnödig, ni får ursäkta mig.

Bo vände sig om och vrålade in till Per i köket på vägen till toaletten.

– Hörde du, älskling? Matilde och lillasyster ska starta stilmekka.

– Lugn nu. Och du får inte berätta om det här för någon. Vi ska skriva ihop en affärsplan i morgon för att se hur vi ska lösa finanserna, så inget är klart än.

– Ja, just det. Ni är ju stormrika också, nä fy sjutton. Nu är det nästan så att jag blir avundsjuk. Och Tomas kan säkert hjälpa er. Åhh, ni måste se till att hålla det internt och bara ta hjälp av era vänner.

Bo berättade i ett rasande tempo med gäll röst för sin make om deras affärsidé. Sen ringde det på dörren och två par som var vänner till Bo och Per kom instövlande. Det ena paret bodde i London och var bara hemma på en blixtvisit i affärer. Det andra paret bodde på andra sidan parken och var Bo och Pers raka motsatser. Tysta och lågmälda, och verkade inte det minsta intresserade av det som de andra pratade om under middagen. Bo höll sitt löfte och yppade inte ett ord om det han nyss hade hört. Men Matilde kunde ana att han höll på att spricka till slut. När de båda paren gjorde en antydan till att bryta upp stod han direkt med deras ytterkläder i handen och vinkade adjö.

– Jag trodde aldrig att de skulle gå! Jag hade dött om de hade stannat en minut till. Nu måste ni berätta allt ni planerat! Var ska den ligga?

– Vi vet inte.
– Åhh, det här är så spännande att det inte är klokt. Kan jag sluta säga åhh hela tiden? Jag blir så trött på mig själv!

Resten av kvällen blev bara ett enda stort kackel om planer inför projektet och de blev allt värre och mer storslagna ju senare det blev.

När Matilde och Åse till slut stod i hallen med ytterkläderna på utbrast Bo:

– Men det här är ju skandal! Vi har inte skvallrat ett dugg om Jennys och Sebastians breakup! Hur har vi kunnat missa det? Nä, vi får ta en lunch och ta tag i det. Vad gör ni i helgen?

– Flickorna kommer på fredag så då funkar det inte. Men vi ringer i morgon så får vi se. Åse ska ju titta på en lägenhet med Sebastian och…

– Nähä! Kan inte jag få följa med, snälla? Jag har absolut ingenting inbokat i morgon. Jag kan komma med goda råd, helt gratis.

Åse skrattade och lovade att det gick bra.

I taxin satt systrarna utslagna med pannan mot varsin fönsterruta. De stapplade in i huset och orkade med nöd och näppe borsta tänderna.

– Puh, det var rätt intensivt i går. Bo är för härlig när han går igång så där. När skulle du träffa Sebastian?

– Jag vet inte. Vi skulle höras. Jag ringer honom på en gång.

Sebastian hade lyckats få tillgång till lägenheten under

eftermiddagen och de kom överens om att ses i porten på Sibyllegatan klockan fyra.

– Bra! Då hinner vi träna. Om du vill.

– Ja, det vore skönt. Men ska vi sätta oss ner nu på en gång och försöka få ihop den där affärsplanen? Annars kommer det här bara bli en massa snack.

– Helt sant. Vi tar ut datorn hit till soffan. Vad vill du ha till frukost? Jag har hembakat bröd i frysen. Men vi kan baka russinscones om du vill.

– Ja, snälla. Det var såå länge sen.

Matilde slängde ihop sitt egenhändigt hopknåpade recept och under tiden bullarna gräddades i ugnen dukade de fram det övriga på bordet och satte sig i soffan med datorn emellan sig. Det slutade med att de blev så ivriga att börja att datorn hamnade på matbordet bland alla marmeladburkar och Matilde höll på att glömma brödet inne i ugnen.

– Vad tror du förresten att Jossis kommer att säga om allt det här?

– Vet inte. Säkert blir hon lite avundsjuk. Det skulle jag bli i alla fall om du och hon skulle göra något sånt här tillsammans utan mig.

– Vi kanske ska fråga henne om hon vill vara med?

De tittade på varandra i ett par sekunder innan de utbrast i kör:

– Nää.

– Usch, vad hemska vi är. Hon är ändå vår storasyster.

– Jo, det är hon, men hon har så hemsk smak. Och det värsta är att hon inte fattar det själv. Vet du vad hon har gjort i deras badrum? Hon har klätt det från golv till tak med laxrosa sjösten. Helt ärligt så undrar jag om hon är färgblind.

– Vad har hon gjort mer då?

– Köket är i körsbär och ser ut som om det kommer från 1995.

– Men hon tycker ju att det är fint.

– Ja, jo, men hon kan inte vara med på det här.

– Nej, men jag sa det mest för att det lät bra. Men nu har vi tagit ett enhälligt beslut om att det inte blir så.

Timmarna gick och lunchen passerade innan de ansåg att de fått med allting.

– Jag kan skriva rent det om du vill. Du måste skynda dig nu, för du ska möta Sebastian och Bo om en kvart. Det är nog bäst att du tar en taxi.

– Ska du inte följa med?

– Nej, det är nog bäst att du får titta själv först, så kan jag följa med nästa gång om du gillar den.

– Ha! Jag vet vad du tänker göra! Du ska ringa pappa medan jag är borta, eller hur?

– Nej, det tänker jag verkligen inte.

– Joho, det tänker du. Gud, vad du ljuger dåligt. Men det är helt okej. Gör det. Han skulle ändå bara lyssna på dig om vi lade upp det tillsammans. Allt som jag är inblandad i tror han är dödsdömt i alla fall. Helt ärligt, Tillis, ring honom.

– Säkert?

Åse nickade och skrattade när hon gick ut genom dörren till den väntande taxin.

Matilde läste igenom det de hade skrivit ihop och tyckte faktiskt att det inte alls var en dålig affärsplan. Hon öppnade mailboxen, skrev in pappans e-mailadress, tryckte iväg meddelandet och tog ett djupt andetag. I ämnesrutan hade hon skrivit "dina döttrars storslagna planer".

När det hade gått fem minuter ringde telefonen.

– Haha, jag började nästan undra. Så lång tid brukar det inte ta för dig att ringa.

– Vad har ni nu hittat på? Och hur ska det gå om Åse bor här och du i Stockholm?

– Hon ska flytta hit. Just nu är hon och tittar på en lägenhet.

– Jaja, det är väl bara att låta henne hållas. Jag har lärt mig att det brukar lägga sig efter en tid när hon får vara ifred med sina infall.

– Äsch, jag tror det kan vara bra för henne att komma bort från Oslo ett tag. Men vad tror du om det jag skickade? Och det är inte en fix idé, jag är övertygad om att jag och Åse skulle kunna göra det här jättebra.

– Jag har inte hunnit sätta mig in i det hela, men det ser kostsamt ut. Hur har ni tänkt finansiera allt det här?

– Antingen på egen hand eller med hjälp av er. Läs det där nu och be någon annan se på det också, så kan vi prata om det sen. Men berätta inget för mamma än.

– Nehej, och får jag lov att fråga varför?

– För att hon alltid är så negativ när man berättar att man ska göra något.

– Nu tycker jag att du är orättvis mot din mamma. Hon kan ha mycket bra åsikter just i den här frågan. Hon är faktiskt hemskt duktig när det gäller formgivning och inredning. Och bara för att hon inte är lika lättlurad som du tror att jag är, så behöver man inte säga att hon är negativ.

– Ja, jo, det har du kanske rätt i. Jaja, men titta på det där nu, och så får du ringa sen. Förresten har jag fått svar om boken. Alla tackade nej.

– Nä! Vad är det för sätt? Jaha, då får du sätta dig ner och skriva en ny bok då.

– Nej, jag har faktiskt ingen lust. Ett förlag sa att jag hade ett bra språk, men att storyn inte hade något driv i sig. Så jag ger upp helt enkelt. Det har varit extremt jobbigt för mig under den här perioden och jag vet inte om jag tycker det är värt det att hela min existens ska påverkas av att jag ska skriva. Det känns faktiskt som en lättnad nu när allt är över. Även om jag blev refuserad så är det ändå bättre än att gå och grubbla. Det var inte för mig. Jag tror att det krävs en väldigt speciell personlighet för att klara det. Lite rubbad.

– Rubbad?

– Ja, eller lite allmänt neurotisk. På den punkten kanske

jag passar in, men inte just när det kommer till skrivandet. Jag kanske får ett ryck igen om några år och är mer upplagd för uppgiften, men inte som det känns just nu.

– Du klarar dig ändå. Men jag lovar att läsa det du skickat och jag måste säga att jag är väldigt glad över att du har Åse hos dig. Nu ska jag gå hem. Mamma har lovat att göra ugnspannkaka så jag måste skynda mig. Kram på dig.

Matilde log och tänkte att hon kanske varit lite väl manipulativ som dragit upp refuseringen i samband med affärsplanen.

Telefonen ringde.

– Jag har köpt en lägenhet!

– Skämtar du? Men Åse, är det verkligen smart? Du skulle ju titta runt lite först innan du bestämde dig.

Matilde kände en lätt panik infinna sig och undrade om hon verkligen gjort rätt som satt igång ett projekt med sin lite väl impulsiva syster.

– Du har inte sett den. Den är fantastisk! Helt otrolig. Och jag kan flytta in direkt. Bra för dig va? Den står tom nu, så...

– Men om inte vår grej blir av, vad ska du göra då? Jag pratade precis med pappa och han lät inte helt övertygad direkt.

– Men sluta, då hittar jag på något annat. Du måste komma hit och titta, Tillis. Den är helt fantastisk!

– Vad betalade du för den?

– Sju. Jag försökte pruta, men ägaren vägrade ge med sig.

– Och vad säger Sebastian?
– Att jag gjort en bra affär. Och jag får väl sälja den om det skulle bli några problem, eller hur? Kom igen nu! Var lite glad, för min skull.
– Jaja, jo. Jag ska inte vara så där. Storasysteraktig.
– Kom hit då.
– Nej, inte nu. Fråga om vi kan få nycklarna och gå dit i morgon. Jag väntar här hemma på dig.

Hon hörde Bos och Sebastians röster i bakgrunden. Även om Åse var impulsiv så kunde hon vara trygg. Sebastian skulle aldrig tillåta Åse att göra en dålig affär. Och det skulle bli mysigt att ha Åse så nära.

Resten av kvällen satt de sida vid sida fullständigt apatiska framför teven. De var utmattade efter de senaste dagarnas intensitet och orkade knappt prata med varandra. Ella ringde och berättade att hon hade varit på konditori med Jenny och att de hade haft så mysigt. Pim hade varit på sin basketträning och fått en boll på näsan. Stolt berättade hon att när hon sen hade nyst så hade det stänkt näsblod på tränaren.

Matilde såg fram emot att de skulle komma hem nästa dag och frågade vad de ville göra i helgen eftersom moster Åse var på besök. De lovade att tänka ut något roligt.

Matilde slog en signal till Tomas, men han svarade inte i sin mobil så hon pratade in ett meddelande på telefonsvararen där hon frågade hur det var med honom och om han hade hört något från Klara.

– Där hade du tur.
– Vadå?

– Att han inte svarade. Erkänn att du är lättad!

– Lite kanske. Jag hoppas bara att den här jäkla fasen går över snart, det känns så himla struligt att inte kunna prata med honom som vanligt.

– Lugn, det lägger sig om ett tag. När tror du förresten att pappa har bestämt sig?

– Vet inte. Men han kommer säkert att låta någon ta en titt på det, så tja, kanske någon gång nästa vecka. Jag bad honom att inte berätta för mamma, men då blev han sur.

– Hon är ju svårflörtad, men det är nog inte så dumt att involvera henne, hon är ju duktig på inredning. Hon är superduktig på mat. Och hon har faktiskt alltid koll på vad som gäller. Hon är ju för fasen mer rätt än vad du och jag är tillsammans. Och om vi verkligen skulle vilja öppna en filial i Oslo så känner hon ju allt och alla.

– Det är bara att hon alltid är så negativ.

– Jag vet. Men nu är det så och om de säger nej så fixar vi det ändå. Vi kan faktiskt klara det utan dem.

– Det kan vi säkert. Men nu struntar vi i det här. Börjar det inte någon film som vi kan se? Klockan är snart nio. När kommer tjejerna i morgon?

– Jag ska hämta dem efter skolan. De slutar två.

– Det ska bli så mysigt att träffa dem.

En film började på femman, Ur dödlig synvinkel. Stor humor à la åttiotal i Alperna. James Bond åkte runt i färgglad skidoverall och bovarna såg alla ut som Rutger Hauer. Matilde sov tio minuter in i filmen och Åse strax efter.

Telefonen ringde klockan åtta och väckte dem.

– Vem är det nu då? Säg inte att det är Adrian som ska börja ringa nu igen. Shit Åse, vakna, det är pappa! Ja, det är Matilde.

– Vad säger han? Jag hör inte.

Åse knuffade sig intill Matilde.

– Nu har både mamma och jag läst igenom er affärsplan och jag har fått svar från två av mina kontakter. Alla tillfrågade är eniga om att det är en bra idé. Men det finns detaljer som ni måste lösa och så måste vi ha en ungefärlig kostnadskalkyl. Utgifter, investeringar, lagerkostnader, ja, allt sånt. Fixar ni det själva eller ska jag ringa någon i Stockholm som hjälper er med det? Jag kan inte lova någonting innan jag har de uppgifterna.

– Nej, jag tror att vi kan fixa det här. Jag kan ringa Sebastian. Men du tyckte att det var bra alltså?

– Tja, jag kan inget om sånt där egentligen, det var mamma som sa att det var mycket bra. Hon sa att det var genialt, faktiskt.

Matilde och Åse stirrade på varandra med öppna munnar.

– Hur fort tror ni att ni kan få fram de här uppgifterna?

– Vi kollar upp det på en gång.

– Bra. Jag ska ha möte under eftermiddagen med mina rådgivare rörande ett annat projekt så det vore bra att ha något att presentera runt det här då också.

Samtalet avslutades och Matilde skakade Åse i armen.

– Hörde du? Han ska ta upp det på möte med sina rådgivare idag.

– Och mamma tyckte att det var bra. Det tycker jag är otroligt. Men nu måste vi göra en kalkyl.

– Jag vet inte hur man gör sånt.

– Kan du ringa Sebastian nu, tror du?

Matilde pratade med Sebastian som gav henne numret till en rådgivare som han använt sig av när han startade sin verksamhet.

Resten av dagen blev ett enda stort telefonmaraton och när klockan närmade sig halv två hade de mer eller mindre fått fram det de behövde för att göra en preliminär kalkyl. De hade tagit till i överkant i utgiftsflödena, bara för att vara på säkra sidan.

– Åk och hämta flickorna du, så försöker jag göra en sammanställning under tiden.

– Och du känner att du klarar det?

– Var det du eller jag som läste ekonomi på universitetet? Lita på din lillasyster nu. Seså, åk till skolan. Det här är ett bra test för att se om du klarar av att driva ett företag tillsammans med din lillasyster och även delegera.

– Förlåt, jag litar på dig. Jag åker nu.

– Och du kan ju alltid ändra på något när du kommer hem sen.

– Haha. Jag vet. Jag kom på det.

Matilde rusade ut till bilen och lämnade Åse med näsan över alla siffror. Bilen startade utan problem den här gången och hon befann sig utanför flickornas skola tio minuter innan de slutade. Det ringde i väskan och

hon lyfte telefonen.
— Hej, det är Tomas!
— Hej! Hur är det med dig?
— Jo, det är lite bättre nu. Klara vaknade innan jag åkte och hennes värden såg mycket bättre ut. Men det var riktigt otäckt. Jag har aldrig sett henne så där. Hur är det med dig?
— Jo, helt okej. Jag har fått svar av alla förlagen nu och det är ingen som har nappat.
— Du får väl skicka den till några fler då? Det finns väl fler än sex förlag i Sverige? Och du borde skicka den till några norska förlag också.
— Ja, men jag vill nog inte gå vidare med det. Jag klarar inte riktigt av pressen runt det hela.
— Inte kan du väl bara ge upp så där? Det är ju din dröm.
— Jo, men om jag har mått så här dåligt kanske min dröm inte passar i verkligheten? Jag har varit helt under isen de senaste månaderna och jag kan inte fungera som mamma om det ska vara så här.
— Okej, det är ditt beslut. Vad ska du göra istället då?
— Jag har lite planer. Ingenting bestämt. Men det var en annan sak jag tänkte prata med dig om. Och jag är ledsen om jag tar upp det nu efter allt det här med Klaras missfall och så... men det är det där som hände mellan oss förut. Jag vet vad du sagt och var du står, men jag känner nog inte så. Jag älskar dig otroligt mycket och kommer alltid att vara din bästa vän. Jag kan inte säga om det beror på att jag inte är mogen för ett förhållande

generellt eller om det inte är rätt mellan oss. Men jag kan inte ge dig det.

– Och att vi hade helt fantastisk sex?

– Jo, det var bra. Men jag kan inte riskera vår vänskap enbart för det. Helt ärligt så har jag ingen lust att leva i en relation. Jag är inte i den fasen nu. Jag har flickorna och det får räcka för mig.

– Okej. Jag fattar. Jag tror bara att vi skulle vara så perfekta för varandra. Men du har uppenbarligen inte de känslorna för mig.

– Nej, tyvärr, men jag vill att vi ska vara lika goda vänner som vi alltid har varit. Jag vill ha allt som vi hade förut. Kan du inte bara bestämma dig för att jag inte är den du tror och börja strula med Vanessa eller något? Tänk så här, i en relation skulle du se mycket tråkigare sidor av mig. Sur på morgnarna och jag vill aldrig ha sex. Du kan ju fråga Sebastian, haha.

– Du får det alltid att låta så lätt om man väljer din linje. Du är för härlig. Jag ska försöka ta det här som en man. Vi kan väl höras lite senare. Jag uppskattar att du är så ärlig. Puss på dig!

– Jag har en annan sak som jag vill prata med dig om också, men det kan vi ta sen.

– Vadå, vadå?

– Inte nu, vi tar det sen. Nu måste jag gå ut till flickorna. De kommer springande här. Vi hörs, puss!

– Mamma, mamma!

Hon fick två stora kramar och höll flickorna tätt intill sig.

– Mamma! Är det sant att moster Åse är här? Varför då? Var är hon?
– Hon är hemma hos oss.
– Va? Inne i vårt hus?
– Japp! Hon ska flytta hit till Stockholm.
– Nähä? Ska hon bo hemma hos oss?
– Nehej, hon har köpt en lägenhet. Pappa hjälpte henne.
– Var då?
– Om ni lugnar er en liten stund så får ni fråga henne själva.

Hon parkerade bilen och hann knappt öppna grinden innan flickorna störtade in mot huset. Matilde kände sig lätt och upprymd över planerna hon och Åse lagt upp. Hon kände på sig att de hade kommit på något riktigt bra.

– Är du klar med kalkylen?
– Nästan. Kolla på den du, sa Åse medan hon blev släpad uppför trappan av Pim och Ella som ville visa henne sina utklädningskläder.

Matilde ögnade igenom kalkylen och tyckte att den såg bra ut. Satsningen skulle innebära en rejäl investering och kostnaderna skulle vara stora i början. Hyran var den främsta utgiften och Åses förslag om att investera i att köpa loss en lokal verkade inte vara en helt dum idé. Matilde ropade upp mot övervåningen:

– Kan jag skicka det här till pappa nu?

Åse kom ner i trappan iförd en på tok för liten fe-dräkt och en riddarhatt.

– Ja, om du inte har något att invända. Kan man ta mig på allvar i den här?

Hon viftade med ett trollspö och svängde runt.

– Jo, du passar i den där. Det är ju hyran och personalen som är de löpande kostnaderna. Men det står ju klart och tydligt hur mycket vi måste omsätta per dag för att uppnå vinst, så jag ser inte vad mer de behöver veta. De får väl höra av sig om de undrar över något. Jag mailar iväg det nu.

Hon fick snabbt ett kort svar från deras pappa som sa att han skulle ringa när mötet var klart.

– Följer du med och tittar på lägenheten? Sebastian ringde och frågade om jag kunde komma dit nu och skriva på köpekontrakten. Jag ska bara ringa banken i Oslo. De kommer att tro att jag har fått spelet. Jag har inte rört en krona av pengarna förut och nu så begär jag en överföring på flera miljoner.

– Vi följer med. Då blir flickorna glada.

Alla fyra packade in sig i Volvon och styrde mot Sibyllegatan. Sebastian stod redan i porten och väntade, oklanderligt klädd i mörkblå kostym.

– Hej mina små flickor, exfru och före detta svägerska. Oj, vilken massa söta tjejer. Nu ska ni få se på en magnifik våning.

Sebastian slog ut med armen och Matilde log varmt mot honom. Han såg pigg och fräsch ut. Historien med Jenny hade planat ut och han såg ut att vara på banan igen.

De gick genom en snirklig uppgång, över en mycket välarrangerad innergård och in i ett gårdshus.

– En fördel är att de installerat hiss i gårdshuset, det brukar inte finnas.

Lägenheten var otrolig. Takhöjden och den tjusiga väggpanelen kändes välkomnande. Köket var stort och hade tidigare haft en jungfrukammare intill som nu var en del av köket. Matplatsen var väl tilltagen och kunde med all säkerhet rymma uppåt tjugo gäster. Den avslutades med ett par dörrar som ledde till en terrass med kvällssol. Terrassen såg ut att hänga över Dramaten och vattnet glittrade i Nybroviken. Av trafiken hördes inte mycket, bara ett svagt brus trots att det var fredagseftermiddag och rusningstid.

– Och titta. Man ser rätt ner i Gucciaffären!

– Haha, jag ser det. Du kommer att trivas perfekt här!

Sebastian klappade Åse på armen. Matilde log och nickade.

– Väldigt trevligt med en altan ut från köket. Tänk vad härligt att tassa ut här i morgonrocken och äta frukost. Behöver du fixa någonting?

– Ja, jag tänkte faktiskt byta ut köket och kakla om badrummet. Och måla hela lägenheten.

– Jaha, men det var väl inte så farligt, sa Matilde ironiskt. Herregud Åse, det är ju för fasen en helrenovering.

– Ja, men nu är det så. Tänk istället vilken kvalitet att bo så mitt i stan och ändå kunna gå långpromenad på Djurgården hur lätt som helst. Man kan inte bo bättre i Stockholm, så är det bara.

– Åse gör nog rätt, kära exfru. Det har inte gjorts något här på femton år, så det behöver renoveras. Jag har några killar som kan hjälpa till. De brukar göra en del jobb åt oss och var hypereffektiva när jag gjorde om kontoret.

– Mamma, pappa! Titta vilka stora rum! Och man kan springa runt!

Ella och Pim flängde runt i lägenheten och Matilde följde med sina glada tjejer och tittade vidare. Sovrummet låg i fil med köket och hade också utgång till terrassen. Ett badrum låg i anslutning till sovrummet och var väl lägenhetens enda besvikelse eftersom det inte var särskilt stort, men det fanns ytterligare en separat toalett i hallen.

Två enorma sällskapsrum blickade ut mot gården och hade en stor kastanj framför sig som gjorde att det var helt insynsskyddat. Det fanns en romantisk kakelugn i varje rum och trägolv överallt.

– Jag tycker nog att det är finare än parkett. Det ger en så varm känsla, sa Åse och strök med ena skon mot golvet.

Det gick inte att missa sig på att hon var förälskad. Precis så som Matilde hade varit den dagen hon klev in i det lilla huset på Mariaberget.

Åse och Sebastian skrev på kontrakten och därmed var affären avklarad. Säljaren hade gett Sebastian fullmakt att slutföra uppdraget och lägenheten var Åses. Pengarna hade banken i Oslo redan överfört till Sebastians konto.

– Hur har det gått med era planer? Fick ni tag på min rådgivare?

– Ja, vi har faktiskt satt ihop en affärsplan och skickat iväg den till pappa.

– Aha! Ni tror att ni kan få med den gamle surgubben på det här? Jaja, lycka till.

– Säg inte så. Både han och mamma verkar positiva.
– Spännande. Jag håller tummarna i alla fall. Och det var tråkigt det där med boken. Jag förstår att det måste kännas tungt. Men du är stark som går vidare. Nej, nu måste jag vidare, jag ska träffa en kund på kontoret om fem minuter. Ella! Pim! Pappa måste åka. Ha det så mysigt nu.

Strax efter låste Åse dörren till sin nya bostad och de trängde in sig allihop i hissen.

– Vad vill ni göra nu då? Vill ni åka hem och ha fredagsmys, eller vill ni kanske gå på restaurang?

– Ja, ja! Restaurang! Snälla mamma, kan vi inte gå på Koh Phangan?

– Vad säger du, Åse? Det är en thailändsk krog uppe på Skånegatan. Jättebra mat och väldigt tacky!

– Det är klart. Mot Skånegatan!

Åse härmade Robin Hood och drog med sig flickorna.

Matilde visste av erfarenhet att det var mer eller mindre en omöjlighet att få bord på den mysiga restaurangen och ännu svårare att boka bord. Men de hade ingen brådska och det var fortfarande tidig fredagskväll. Solen bländade dem när de körde över Slussen och upp mot Folkungagatan.

Skånegatan kryllade av människor som alla verkade känna sig upprymda av den tidiga marssolen. Kanske våren skulle komma även detta år?

Den populära thaikrogen var redan fullsmockad med folk. Det stod till och med gäster på uteserveringen och smuttade på öl bland snödrivorna. Matilde gick in och skrev upp dem på väntelistan och fick glädjande nog höra att det nog inte skulle ta mer än en timme innan de kunde få ett bord. För att vara Koh Phangan var det ingenting.

Alla fyra beställde varsin Coca-Cola och efter en timme blev de visade till sitt bord.

Eftersom ingen kunde bestämma sig för vad de ville äta beställde de en drös olika rätter på inrådan av servitrisen. Precis som kycklingspetten i jordnötssås ställdes framför dem började det åska och blixtra inne på restaurangen. Åse hoppade till och såg skrämd ut. Flickorna skrattade så att de höll på att trilla omkull.

– Åse blev rädd! Åh, vad du såg rolig ut.

– Visste du inte att de gör så här varje gång? Det är därför vi tycker om att gå hit.

Matilde skakade på huvudet och även om hon hade lite svårt att förstå vad det var som var så rasande spännande med ett iscensatt regnskogsoväder så visste hon att det var Ellas och Pims höjdpunkt. Nu när Åse dessutom blivit skrämd av det skulle de aldrig någonsin vilja gå och äta på någon annan restaurang.

När middagen var avslutad och alla var rejält mätta höll Ella på att somna i sin stol och Pim satt i Matildes knä och snurrade hennes hår runt fingret.

– Tror du att du orkar bära Ella in i bilen?

Åse nickade och de gav sig ut till bilen som stod alldeles runt hörnet.

– Pappa har inte ringt än, va?

– Nej, jag tror inte det. Men jag stängde av ljudet på min mobil förut. Vi får kolla när vi kommer hem.

Flickorna vägrade att ligga i sina egna sängar och Matilde orkade inte protestera. De blev nedbäddade i dubbelsängen och somnade på en gång.

Matilde gick ut och kikade på sin mobil och såg att hon missat två samtal. Ett från föräldrarna och ett från Adrian.

– Jäklar! Ska han börja igen nu?
– Ring pappa då!

Avtalet Tor lade fram innebar att Matilde och Åse skulle äga sjuttiofem procent av företaget och deras mamma och pappa de återstående tjugofem procenten. Detta innebar full rapporteringsskyldighet och full insyn för alla berörda parter. Matilde och Åse skulle själva finansiera sin del. Styrelsemöte skulle hållas en gång varje månad i Stockholm och en inhyrd styrelse skulle röstas fram av de fyra delägarna.

När flickorna nästa morgon kommit iväg till skolan satt Åse och Matilde och planerade vid köksbordet.

– Jag är jäkligt glad över att jag valt att flytta hit. Det känns så härligt på alla sätt.

– Jag håller med, tänk att allt kan vända så fort. Från total misär till toppläge. Har du pratat med byggkillen som ska fixa hemma hos dig, förresten?

– Japp, han kommer dit i eftermiddag och kollar. Han trodde att han skulle kunna börja om ett par veckor, men det berodde lite på hur mycket som behövde fixas. Annars känner Bo en kille som han tror kan hjälpa till med målningen nästan på en gång, så jag kanske delar upp det lite.

– Jag har bokat tid med den där mäklaren på Odengatan.

– Mäklaren?

– Ja, han som förmedlar lokaler. Det är Sebastians kontakt. Han är tydligen en av de minst oärliga i den branschen. Det är inte alls samma typer som jobbar med bostäder. Om vi sticker nu hinner vi gå till Odengatan. Det är så himla fint väder. Och vi har knappt rört på oss på hela helgen.

– Vad ville Adrian förresten?

– Adrian?

– Ja, han hade ju ringt.

– Just det, det hade jag glömt. Jag ska kolla mobilsvaret.

Adrian hade lämnat ett långt meddelande där han ursäktade sitt påflugna sätt. Han hade med sin förläggares hjälp blivit inlagd på ett nytt behandlingshem varifrån han ringde.

Matilde tänkte på den märkliga dragning hon haft till Adrian. Hon undrade vad den symboliserade och bestämde sig för att det hade med hennes egna skrivarambitioner att göra. Trots att det inte blivit som hon hade tänkt sig med hennes manus så var hon glad att den perioden nu låg bakom henne. Det senaste året hade hon inte känt igen sig själv.

Matilde och Åse fick se en mängd lokaler, men ingenting var som de ville ha det. Bedrövade gick de in på Caffè Nero för att ta en snabb kaffe innan Matilde skulle hämta Ella och Pim.

– Usch, vilken jobbig typ den där gubben. Han luktade så illa också.

Matilde satt försjunken i sina tankar och rynkade pannan. Var hade hon sett att det fanns en ledig lokal? Någonting skavde i huvudet på henne och hon hörde inte ett ord av vad Åse babblade om.

– Ja, men nu vet jag! Den där coola affären som reade ut allting! Du vet den där som skulle flytta. Den lokalen. Här borta runt hörnan? Hallå! Där jag köpte de där tennljusstakarna.

– Ja, just det, den!

De kastade sig ut från Nero och skyndade bort. Lokalen var stängd och skylfönstren täckta med papp. En lapp på dörren berättade vart verksamheten flyttat. Det stod ingenting om att lokalen förmedlats vidare.

– Äsch, de har säkert hyrt ut den redan. Det måste ju vara ett supereftertraktat läge.

– Kom! Vi skyndar oss! Vi springer bort till den nya affären och frågar vem det är de hyrt den här lokalen av.

Genomsvettiga stövlade de in i den nyinvigda affären sex kvarter bort. Matilde flåsade när hon hängde sig över disken.

– Hej, ursäkta att jag är så stressad, men vem var det ni hyrde er förra lokal av?

– Det var bostadsrättsföreningen som äger huset.

– Vet du om de har hunnit hyra ut den?

– Ingen aning. Jag vet att det varit flera stycken där och tittat på den, men sen vet jag inget mer.

– Du råkar inte ha telefonnumret till den man ska prata med?

Matilde fick numret på en lapp och gick ut till Åse som väntade utanför.

– Jag måste hämta tjejerna nu, jag får ringa på vägen till skolan.

Representanten för bostadsrättsföreningen svarade inte och Matilde lämnade ett otåligt meddelande där hon bad att få bli uppringd omgående.

– Tänk om det inte är tillräckligt stort. Vi behöver ju ha uppåt 500 kvadratmeter för att få plats med allt. Minst.

– Det beror ju på hur den är disponerad. Vi får se när de ringer.

Eftersom det var onsdag var det dags för flickornas gymnastik och det var Matildes tur att skjutsa dit dem och deras två kompisar. Hon var måttligt förtjust i den ena flickan, hon som var Ellas kompis. Hon kände sig stressad och fick bita ihop för att inte fräsa till den jobbiga flickan i baksätet.

På gymnastiken trängdes föräldrarna och flickorna sprang runt, ivriga att få komma in i salen. Pim tyckte att gymnastiken mest var ett nödvändigt ont. Ella däremot tyckte att det var veckans höjdpunkt och lyste upp som en sol så fort hon fick syn på sin ledare, som var en vältränad tjej i tjugofemårsåldern som själv tävlade i redskapsgymnastik.

Pim verkade fullständigt uttråkad inne i gympasalen och först när det blev dags för skeppsbrott blev det fart i henne. Ella å andra sidan var den klart bästa eleven i gruppen och höll sig tätt intill sin tränare. Matilde tänkte att hon nog fick prata med Sebastian om att låta Pim slippa vara med nästa termin. Hon kunde få göra något annat som hon hade mer glädje av.

Strax innan lektionen tog slut ringde telefonen. Matilde såg att det var mannen hon ringt upp tidigare angående lokalen och blev så ivrig att svara att hon råkade tappa telefonen rätt ner i en papperskorg och fick kletig banan på knapparna.

Lokalen visade sig vara 450 kvadrat i ett plan och ett lager i källaren. Hyran var löjligt hög, men Matilde valde att inte kommentera det på en gång. De fick möjlighet att se lokalen under morgondagen mellan nio och tio.

Morgonen efter blev stressig och flickorna hittade inte sina kläder. Ella ville inte äta frukost och till sin förfäran insåg Matilde en minut innan de skulle gå att Pim skulle ha utflykt samma dag och därmed behövde matsäck med sig. Snabbt som blixten bredde hon två smörgåsar, värmde O'boy och slängde med ett äpple i ryggsäcken.

– Jag är ledsen, gumman. Det är inte världens roligaste matsäck idag. Vänta förresten. Jag har ju dina favoritskorpor i skafferiet. Jag lägger ner en liten påse så kan du bjuda dina kompisar också. Ella, kom igen nu. Sätt på dig din mössa. Det spelar ingen roll att det är sol ute, det är fortfarande bara ett par grader varmt. Jag vill inte ha några förkylningar här. Åse, är du klar? Vi måste åka nu.

De girade till utanför skolan två minuter över åtta och flickorna fick rusa upp till sina klassrum. Matilde ursäktade sig själv genom att tänka att de faktiskt inte var sena så särskilt ofta.

Trafiken var omöjlig och efter långa köer genom stan fick de leta i en kvart innan de lyckades hitta en parkering.

– Vi är ledsna att vi är sena. Matilde Bäckström heter jag, och det här är min kompanjon och syster, Åse.

Lokalen var nedsliten och man hade ännu inte slagit ut väggen mellan de två lokalerna. Ytan kändes en aning liten. Det var tänkt att man skulle ha ett lager i källaren, men trappan var smal och skulle säkert vara krånglig att baxa ner möbler i.

– Vad hade ni tänkt er för verksamhet?

Åse förklarade och Matilde fyllde i på vissa ställen.

– Ja, vi har ju tackat nej till andra intressenter som har tänkt starta restaurang, så jag måste nog höra med styrelsen om det där med en cafédel. Det kan gå eftersom det ändå bara är en liten del av verksamheten. Vi har möte ikväll om lokalen här ovanför så då kan jag ta upp det och återkomma.

– Vadå för lokal?

– Det är ett advokatkontor. Men jag antar att ni vill ha något i gatuplan, eller...?

– Hur stort är det däruppe?

– Precis som här nere, 450 kvadrat. Men det har ingen ingång från gatan så jag tror att...

Matilde brydde sig inte om att lyssna klart utan vände sig upphetsat till sin syster.

– Man skulle ju kunna lägga upp det som Ralph Lauren-huset i New York!

Hon vände sig mot mannen igen.

– Finns det möjlighet att titta på lokalen en trappa upp nu också?

– Ja, det tror jag skulle kunna gå. Vi får vara lite tysta bara så att vi inte stör advokaterna.

– När ska de flytta ut?

– I slutet av månaden. De har bara en månads uppsägning enligt kontraktet.

Advokatkontoret var lika gräsligt inrett som såna alltid brukar vara med mörka klumpiga möbler. Taket var sänkt och man hade haft den dåliga smaken att installera lysrör. Men ytorna var stora och rummen ljusa. Huset var i gammal stil och med en genomgripande renovering skulle man få fram de vackra originaldetaljerna.

– Vad tror du?

– Det är super. Förutom att vi måste göra om typ allting.

– Jag vet. Men det är vi ju beredda att göra, eller hur? Bättre läge kan vi ju inte få.

Mannen lovade att höra med styrelsen om möjligheten till café. Och Matilde var väldigt tydlig med att de bara var intresserade om de fick hyra både över- och undervåningen. Och att källarplanet skulle ingå i hyran i så fall.

Efter en tids förhandlande hade de skrivit ett förstahandskontrakt med bostadsrättsföreningen, utan överlåtelseavgift eftersom ingen mäklare varit inblandad. Matilde visste att hon snart borde prata med Tomas, om han skulle ha tid att hjälpa dem, men hon ville vänta in i det längsta så att känslorna efter deras senaste samtal fick en chans att lägga sig. Hon ville inte pressa honom på något sätt.

Dagarna rann iväg och de gjorde allt från att träffa leverantörer till att intervjua personal.

De var rörande överens om att de skulle ha ordentligt med personal och en ytterst kompetent butikschef. Ingen av dem skulle arbeta i själva butiken, att tro att de skulle hinna med det vore idiotiskt.

Flera av personerna de intervjuade verkade trevliga, men det var ingen som de båda ansåg vara perfekt för chefsjobbet.

– Egentligen borde vi gå ut och försöka headhunta någon.

– Vad menar du?

Matilde såg skeptiskt på Åse.

– Vi får gå runt i en massa affärer. Om vi hittar någon som vi båda gillar så kontaktar vi den personen.

– Men är du säker på att vi kommer att hitta vår chef i en butik? Han eller hon kan ju lika gärna arbeta på ett vanligt kontor idag.

– Visst, men vi kan väl i alla fall prova? Nu har vi ju haft annons ute och vi har inte träffat någon vi tycker passar. Vi kan behöva komma ut lite också.

– Du har rätt, och så kan vi väl försöka hinna med Friskis sen?

De åkte till NK, besökte varje liten butik på Stureplan med omnejd, men ingenstans verkade precis den de sökte finnas.

– Nej, nu skiter vi i det här. Det känns ju som om vi åker runt och letar efter Askungen, och att alla har för stora fötter för glasskon. Jag åker och tränar nu i alla fall. Jag blir bara arg annars.

Friskispasset var intensivt och välbehövligt. Matilde tänkte under uppvärmningen på hur mycket bättre hon mådde. De senaste veckorna hade visserligen varit stressiga, men fantastiskt roliga. Skrivandet hade tillfredsställt hennes kreativa sida, men i den processen hade hon inte haft någon som helst kontroll. Det hade uppenbarligen inte passat hennes personlighet. Numer bestod dagarna av att ringa och jaga rätt på leverantörer, springa på möten och tillsammans med Åse ta beslut. Att jobba tillsammans med Åse hade varit enklare än hon någonsin hade kunnat föreställa sig. Åse var en annan person än den Matilde alltid sett henne som. Hon var rolig, rapp och kunde vara tuff där Matilde kände att hon gärna backade. Åses tidigare offensiva stil som gick ut på att kriga mot hela världen var som bortblåst och istället låg fokuset på att göra så bra som möjligt ifrån sig. Matilde var så glad att de hade satsat på det här.

När de kom hem efter träningen hade Bo lämnat flera meddelanden.

– Var har ni varit?

– Lugn, vi har varit och tränat. Vad har hänt?

– Allt! Ni måste följa med mig i morgon bitti. Alltså, ni kommer inte att tro detta, men jag har fått till ett möte hos huvudagenturen.

– Vad pratar du om?

– Men lilla gumman, är du helt senil? Jag har ju berättat om att jag har jobbat på en kontakt med underbara möbler i Milano hur länge som helst. De söker en återförsäljare i Norden och nu ska vi åka ner och träffa dem.

– I Milano?

– Nej, i Ljungbyhed! Jamen, självklart i Milano, har du rökt på, eller? Så nu ska mina älsklingssystrar packa sina väskor för i morgon bitti åker vi till Milano, girls! Vi stannar en natt och åker hem kvällen efter. Då hinner vi shoppa lite och kanske träffa ytterligare kontakter. Seså, marsch och packa nu!

Matilde skakade på huvudet när de hade lagt på och försökte återge Bos vilda planer. Åse skrattade:

– Vi åker ner och träffar den där agenturen. Om det är helt uppåt väggarna så lär vi oss säkert något ändå, men jag tror att vi kan lita på Bo. Men jag kan inte erinra mig att han har nämnt det här tidigare?

Matilde började också skratta:

– Inte jag heller!

Klart nyfikna packade de lydigt sina väskor.

Nästa morgon hämtade de upp Bo i taxin på väg ut mot Arlanda. Per vinkade av dem och gav sig av mot Vasaparken för att rasta Greta.

Bo gick loss i taxfreebutiken och shoppade som en galning.

– Gud, jag älskar taxfree! Det är så befriande att handla på en flygplats. Det uppmanar liksom till slöseri. Tror ni att Per skulle vilja ha en upplyftande ögonkräm? Han ser ju så trött ut ibland. Och den här! En avslappnande ansiktsmask med kamomill. Per älskar kamomill.

Matilde och Åse köpte några krämer mest för att hålla den vilde mannen sällskap i sin köphysteri. De inhandlade även ett tiotal internationella inredningsmagasin att bläddra i på planet.

Flygresan blev hysterisk. En steward blev föremålet för Bos uppmärksamhet och det slutade med att de alla blev bjudna på champagne, trots att de åkte turistklass. Den stilige stewarden skulle även han stanna i Milano över natten och Bo bjöd raskt in honom till hotellet för en drink före middagen.

– Gud, en så snygg karl!

Åse såg på honom med rynkad panna.

– Men vad tror du att Per skulle säga?

– Ingenting. Vi två vet så väl var vi har varandra. Som vi brukar säga: läs menyn ute, men ät hemma.

Matilde log och kramade hans arm. Bo och Per hade aldrig varit otrogna mot varandra och hon visste att Bo talade sanning. Visst var han en flirtig person, men han gjorde aldrig mer än att flirta hejdlöst.

– Jag har bokat in oss på ett very splendid hotell. Ni måste bo ståndsmässigt om ni ska agera hardcore businesswomen. Italienare ska man imponera på.

Hotellet var totalrenoverat och så vitt att Matilde satte på sig sina solglasögon.

– Well, I am very sorry to disappoint you, but there has been a miscalculation regarding your reservation. I only have one room for the three of you.

Bo blev högröd i ansiktet och vräkte ur sig en anständig utskällning på en blandning av italienska och engelska. I den framstod Matilde och Åse som de mest inflytelserika kvinnorna i norra Europa som var här på "a very, very important meeting". Även Tomas namn nämndes.

En mycket sammanbiten hotellchef tillkallades och efter en kort order klickade receptionisten in något i sin dator.

Med ett nyckelkort i handen blev de strax eskorterade till hissen av hotellchefen och systrarna tittade nyfiket på Bo som behöll sin högdragna min. Matilde väste:

– Vad är det som händer?

– Ingenting. Vi tar det sen.

Piccolon tryckte på knappen högst upp som hade

beteckningen PH och Matilde tittade på Åse som stirrade ner i hissgolvet för att inte börja fnissa. När de klev av hissen insåg Matilde att det bara fanns ett rum. The Penthouse. Hotellchefen öppnade den enda dörren, utbröt i en ursäktande salva mot Bo och lämnade sällskapet. Alla tre var knäpp tysta till dörren stängdes och vände sig sen om.

The penthouse var en enorm svit som sträckte sig över hela det övre planet och med all säkerhet var över 200 kvadrat. Den bestod av en enda öppen yta och var som ett hav av vitt precis som lobbyn varit. Möblerna gick i samma skala och var sparsamt utspridda för att inte störa den öppna känslan. Terrassen utanför löpte runt hela byggnaden och utsikten sträckte sig över hela Milano. Tre sovrum låg i fil och såg ut som gigantiska sovhytter eftersom de inte hade dörrar.

Matilde flämtade efter andan och kastade sig ner på en soffa.

– Du är helt otrolig Bo, vad sa du till dem?

– Att ni är här för ett superviktigt möte och att ni är superförmögna och att ni skulle känna er superkränkta om ni tvingades bo i ett dubbelrum med en extrasäng inställd till mig. Och för att vara helt ärlig, det var klantigt av dem att strula med bokningen. Och det vet de. Jag sa att ni med största sannolikhet kommer att komma tillbaka hit flera gånger om året om ert möte i eftermiddag går som det ska. Så vi fick denna magnifika svit för samma pris som två dubbelrum.

– Vilket är?

– Typ 800 euro. Men sviten kostar det tiodubbla för en natt.
– Wow!

Det knackade försiktigt på dörren och de tystnade. Åse öppnade och in kom roomservice med en flaska champagne och ett silverfat som dignade av frukt.

– Problemet med det här är att man aldrig kommer att nöja sig med ett simpelt dubbelrum mer. När är mötet?

– Klockan fyra. Så jag föreslår att vi knäcker den här flaskan ute på terrassen och beställer upp en lämplig lunch.

En skaldjursanrättning serverades av ett gäng livréklädda unga män. Solen värmde och de lutade sig bakåt i de pösiga solfåtöljerna och smälte maten.

De dåsade till och vaknade av Åses mobilalarm. Matilde och Åse skyndade sig att ta varsin snabb dusch.

Strax före fyra anlände deras taxi till kontoret där mötet skulle hållas. Kontoret var ett palats från 1600-talet där man i stort sett blåst ut all gammal stil. De blev presenterade för den högste chefen som snabbt visade in dem i en ljusgård där det stod en enorm soffgrupp i kritvit canvas. Mannen var ungefär lika lång som Matilde och klädd i välpressad rosa skjorta och ett par slitna designerjeans. Han var kort i tonen och signalerade att han ville starta mötet på en gång. Bo höll sig förvånande cool och var mycket korrekt när han presenterade Massimo för Matilde och Åse. Efternamnet nämndes inte.

Mötet visade sig mest vara en enda lång intervju där Matilde och Åse fick berätta om sin affärsidé och förklara sina visioner. På Bos inrådan hade de tagit med sig bilder och ritningar som de visade, och Bo passade på att flika in att Tomas var den anlitade arkitekten. Matilde brydde sig inte om att berätta att det ännu inte var fastställt.

Efter två timmars utfrågning blev de visade runt för att beskåda vilka möbler och textilier som fanns hos agenturen. Matilde och Åse som känt sig en smula tveksamma förstod plötsligt Bos upphetsning över mötet. Möblerna var fantastiska och stod för exakt den stil och den enkelhet de ville eftersträva i sin affär. Tygerna var enkla men hade ett eget språk och kvaliteten var otrolig.

När chefen för agenturen var tvungen att ta ett samtal, drog Bo dem åt sidan.

– Fattar ni hur stort det här är? Om det här går igenom kommer ni att ha ensamrätt i hela Norden på deras saker. De hade egentligen planerat ett samarbete med en annan affär i Stockholm som jag inte tänker nämna namnet på. Men det sket sig eftersom de tyckte att ägarna inte hade någon stil. Så nu förstår ni vad jag menade med valet av hotellet. Och jag visste att han skulle gilla er.

– Men hur har du fått in oss här? Hur känner du honom?

– Det gör jag inte. Men jag hjälpte dem en gång på en mässa för en massa år sen. Efter det har de ringt mig om de haft några frågor om svenskar. Han, chefen, tycker att svenska män är ufon och ouppfostrade bonnlurkar. Förutom Tomas då, som han avgudar. Men vem gör inte det?

Alla älskar ju Tomas. Åhh, detta är så spännande. Jag tror jag går åt snart.

Bo klappade i händerna, men slutade raskt när chefen kom tillbaka. Han nickade kort åt sällskapet och visade åter in dem till den vita soffgruppen i ljusgården.

– Well, my ladies. Are you ready to sign some papers?
– But, you don't know us. We can be...

Den italienske mannen avbröt Åse:

– I know nice people when I meet them.

Så skickade han en bunt papper över bordet för signering.

När den administrativa proceduren var färdig ställde han sig upp och bockade.

– So I will see you tonight for dinner? Nine o'clock? My driver will pick you up.

De fick två kindpussar var innan han försvann upp på det övre palatsplanet.

Med så stort lugn de kunde uppbringa klev de in i den väntande taxin och åkte tillbaka till hotellet. Väl uppe i sviten bröt glädjen åter ut.

– Fattar ni hur stort det här är? Ni har fått en deal som alla andra i hela Sverige blivit nekade.

– Och det är helt tack vare dig!

– Äsch, jag nöjer mig med att vara en del i er glamorösa värld. Men en soffa kan ni gott slänga åt mig.

– Du kan få hur många soffor och fåtöljer du vill. Vi kommer att vara dig evigt tacksam.

Matilde klev ut på den solvarma terrassen och tog ett djupt andetag. Dagen hade varit så omtumlande att hon var tvungen att bara stanna upp och verkligen njuta av allt det fantastiska som hänt. Något sa henne att hon gjort rätt som övergett sin dröm att skriva. Det här var det hon var ämnad att göra, allt pekade på det. Hon sparkade av sig sina skor och kröp upp på en av solsängarna och tänkte på Tomas. Han hade säkert haft rätt när han sagt att de skulle passa utmärkt ihop. Trots detta var Matilde starkt övertygad om att det inte ens var lönt att prova. Hon kände sig själv alltför väl vid det här laget och visste att även om det till en början skulle vara spännande med Tomas så skulle det ta slut. Laddningen, visste hon, låg i att det de hade var en aning förbjudet. Inget mer. Efter en ynka natt tillsammans skulle deras vänskap kunna gå att rädda på sikt. Om de inledde en relation som tog slut efter några månader skulle det aldrig kunna gå att reparera. Det var det inte värt. Hennes fokus låg på helt andra saker just nu.

Kvällen i Milano blev galen. Matilde och Åse hade kvällen till ära klätt sig i aftonklänningar som de fått uppsydda hos mammans skräddare till ett bröllop föregående sommar. Matildes gick i svagt grönt med pärlbroderier och Åses var isblå. De hade båda matchande cashmerekoftor.

Efter en kort drink med stewarden från flygplanet blev de hämtade i en limousine som förde dem till Massimos hem. Det var nästintill lika pampigt som hans kontor, men hade en mer personlig prägel. Massimo hade dragit ihop ett antal vänner och efter en drink med tilltugg satte de sig till bords.

Strax efter två blev det ett tvärt uppbrott och alla förflyttade sig till Milanos nya heta nattklubb. Det ryktades att en prins befann sig i lokalen, men varken Matilde eller Åse såg någon. Matilde noterade att Massimo verkade klart förtjust i hennes blonda syster. Bo var i sitt esse och dansade sig svettig genom hela gästlistan från middagen. Strax före fyra kom Åse flämtande fram till Matilde och drog med henne ut på en terrass.

– Vi måste åka hem nu, annars kommer den här kvällen inte att sluta bra.

– Han verkar förtjust.

– Förtjust? Han har redan friat och vill planera vad våra barn ska heta. Vi måste åka nu.

– Men han är ju jättesnygg.

– Tycker du att det vore lämpligt att jag gick hem med honom och hade rå sex hela natten?

– Nej, kanske inte. Men ni kan hångla lite.

– Hångla? Jag tror inte att det ordet finns i italienares ordlista. Vi måste åka nu!

Matilde skrattade och såg på Åse. Hon hade fått fräknar efter stunden i solen under eftermiddagen. Håret var precis lagom rufsigt och lockigt och långt. Hon förstod att Massimo fallit pladask.

De lyckades få ner Bo från en avsats där han stod och dansade med Massimos syster och hennes man.

– Vad är det? Vi kan ju inte åka nu.

– Jo, kom nu! Vi berättar i taxin. Och innan dess måste du och jag gå fram till Massimo och tacka för ikväll. Och du Åse smiter iväg på en gång och sätter dig i en taxi.

– Vart ska Åse?

– Vi måste säga att hon blivit sjuk.

– Aha! På det viset! Kom, jag löser det här. Men jag lovar att han inte blir mindre intresserad av din syster om hon beter sig så här kyskt. Trust me!

Massimo såg oroligt mot utgången när de beklagade att de måste åka hem eftersom Åse drabbats av migrän och åkt hem till hotellet. Efter ett oändligt antal kindpussar kunde de åka efter att ha lovat att ta väl hand om hans "blonde princess".

Åse låg mitt på golvet inne i sviten när de kom hem. Bo sprang ut på terrassen för att ringa Per och Matilde kastade sig ner bredvid Åse. Hon tittade på sin syster som låg med slutna ögon.

– Är du full?

– Nä. Bara så upprymd.

– Är du kär?

– Kär? I Massimo? Du skämtar? Karln når mig typ till axeln. Nej, jag är inte kär. Men det var läänge sen jag kände mig så uppskattad. Det här kan jag leva på ett tag. Men nu måste jag nog gå och lägga mig. Pax för mittenrummet.

Åse kravlade sig upp och Matilde följde hennes exempel. En besviken Bo kom in efter tio minuter för att finna de två systrarna sovande.

Alla tre for upp i sina sängar när det knackade på dörren. Bo som sov närmast sprang och öppnade.

– Flowers for Miss Åse!

In kom ett blomsterarrangemang som var lika stort som

en Fiat, och ett paket som var vackert inslaget i vitt blankt papper. Bo ropade in mot sovrummet.

– Åse! Darling! Vad gjorde du med vår käre Massimo i går? Han har skickat paket från Armani också. Jag slår vad om att de är goda vänner. Skynda dig hit nu, annars öppnar jag paketet.

Åse kom utstudsande.

– Vadå paket? Oj, herregud, är det där blommorna? Hur fick de in dem i hissen?

Bo höll fram paketet och Åse satte sig på golvet och slet bort papperet.

– Men vad ska jag göra? Jag kan ju inte ta emot det här.

Matilde kom ut och svepte om sig en sval badrock i beige siden.

– Vad har han skickat?

Bo och Matilde kikade nyfiket över axeln på Åse. Hon reste sig och höll en klänning framför sig. Den var puderrosa, och en bolero i samma ton låg kvar i paketet.

– Vad ska jag göra?

– Ringa och tacka, darling!

– Men vad kommer han att förvänta sig om jag tar emot den här?

– Ingenting.

– Okej. Vänta, vad står det på kortet?

Åse skrattade när hon läste.

– Han vill att jag äter frukost med honom, vad tycker ni?

– Så du struntar i din syster och stackars Bo här? Bara

för att äta frukost med en snygg italienare? Det är väl klart att du ska göra det!

Åse ringde Massimo och lovade att vara klar nere i lobbyn en kvart senare.

Bo tittade på Matilde:

– Jaha, och vad ska vi vanliga dödliga ta oss till nu då?

– Tja, kanske äta en tretimmarsfrukost på terrassen och skvallra?

Bo log och sprang in för att hämta sin sidenmorgonrock innan han tog telefonen för att ringa roomservice.

– Jag varnar dig, darling, jag kommer att beställa upp allt de har på menyn. Jag är absolutely staaarving. Oh hello! I would like to order some breakfast. To the penthouse...

Matilde och Bo njöt i fulla drag av sin frukost och drog sig för att gå in och packa.

– Kan vi inte stanna här hela veckan? Va? Tänk att bo så här? Det är bara Per som fattas. Ja, och så Ella och Pim, förstås.

Matilde nickade och log tillbaka. Hon funderade just på att ringa Åse och höra hur det gick när hon kom instormande genom dörren.

De väntade ivrigt på att hon skulle börja berätta.

– Vad hände? Du måste berätta allt!

– Men Bo, vad tror du? Att vi skulle hångla loss mitt under frukosten?

– Gud, vad ni heteromänniskor är trista. Vad är det för fel på er?

– Vi hånglade inte. Men han kysste mig när jag skulle åka.

Matilde såg förvånat på Åse.

– Va? Kysste du honom? Det är ju stort.

– Nä, det var ingen avancerad kyss. Men ändå. Det närmaste sex jag har kommit på bra länge.

– Att du inte passade på då?

– Om jag nu skulle vilja bara ha sex så finns det väl andra personer jag kunde välja där följderna inte skulle bli så himla komplicerade. Vi har ju precis skrivit på världens kontrakt med honom. Det skulle ju kunna bli jättetokigt. Se bara hur knäppt det blev med Tomas och Tillis!

Bo ropade till och satte händerna för munnen. Han stod med uppspärrade ögon och pekade på Matilde, som vände sig om mot Åse.

– Men tack så hemskt mycket. Toppen, verkligen! Så jättebra att du berättade det för just Bo, som typ aldrig kan hålla tyst om saker. Än mindre något så smaskigt som det här. Och du Bo håller tyst! Du har aldrig hört det där och du kommer aldrig att berätta det för någon levande människa. Okej?

Bo skakade andäktigt på huvudet innan han sa:

– Men Matilde, du måste berätta, hur bra var han i sängen?

Matilde tog upp en kudde från soffan och snärtade till Bo som började springa runt hela sviten.

– Snälla darling, du måste berätta. Tomas är min drömman alla kategorier. Hur stor var han? Snälla, säg att han har en gigantisk snopp!

Matilde hann ifatt Bo och daskade honom ytterligare med kudden.

– Du får inte prata om det här, okej! Det var bara en gång och det kommer aldrig att hända igen.

Efter en stund hade alla sansat sig och Matilde berättade hela historien medan de packade.

I taxin på väg till flygplatsen förklarade Åse att Massimo varit väldigt trevlig och inte lika sliskig som kvällen före. De hade pratat en hel del om hur de såg på livet och Massimo hade berättat om sin mamma som gått bort några månader tidigare.

– Ska ni höras igen?

– Jag vet inte. Vi får se. Men Bo, jag vill verkligen tacka dig igen för att du fixade det här åt oss.

Hemresan blev betydligt lugnare än ditresan och de somnade alla tre i sina flygplansstolar.

Morgonen därpå hade Matilde en begynnande huvudvärk redan när hon satte sig vid frukostbordet. Tröttheten efter det intensiva dygnet i Milano började ta ut sin rätt. Åse sov fortfarande och Matilde hoppades att hon skulle göra det en stund till så att hon fick äta sin frukost ifred. Men innan tevattnet hade kokat upp befann sig Åse yrvaken i köket.

– God morgon. Oj, vad trött du ser ut. Har du sovit dåligt?

Matilde kände sig plötsligt irriterad över att aldrig få vara ifred och nickade bara till svar.

– Men vad är det med dig? Varför är du så sur?

– Sur? Vadå sur?

– Men du svarar ju inte ens när jag frågar dig hur du mår.

– Jag är inte sur, jag är trött. Okej?

– Visst, visst. Men man kan ju svara i alla fall.

Matilde tyckte med ens att Åses gamla sidor kommit tillbaka, bland annat oförmågan att vika sig i en konflikt. Att hon själv var den som var på dåligt humör valde hon att bortse från.

– Okej! Jag är irriterad på att du bor här och att jag aldrig kan vara ifred. Vi jobbar ihop, bor ihop, tränar ihop, vi gör ALLT ihop. Jag blir galen på det snart.

– Så nu vill du helt plötsligt inte göra det här? Ska vi lägga ner hela grejen, kanske?

– Nej, det menar jag inte. Bara att jag tycker det ska bli skönt när din lägenhet är klar. Är det så konstigt? Tycker inte du det är jobbigt själv att inte få vara ifred?

– Faktiskt inte, jag tycker att vi har haft det trevligt.

– Förlåt då, men jag är inte som du.

Båda tystnade och Åse gick in i sovrummet. Matilde gick ut och hämtade tidningen och hällde upp vatten i tekoppen. När hon skulle ropa in till Åse för att höra om hon skulle ställa undan frukostsakerna kom Åse ut ur sovrummet med sina två resväskor.

– Jag tar in på hotell.

– Lägg av. Sluta nu, Åse. Jag är bara på dåligt humör och det borde inte gå ut över dig. Förlåt.

– Men du har rätt. Det har varit intensivt. Särskilt nu med Milano och allt.

– Jojo, men ställ ner dina väskor.
– Nej, jag har ingen lust att vara kvar här. Du får sitta här och vara på dåligt humör för dig själv.
– Jaha, och hur ska du göra när jag är sur på jobbet i framtiden? Ska du bara sluta då? Åse, man kan vara sura på varandra utan att den ena personen tar sina väskor och går.

Åse muttrade något och stirrade ut genom fönstret.

– Vad sa du?
– Jo, men det är alltid på dina villkor. Du får bli irriterad och sur på alla andra, men ingen får någonsin kritisera dig. Jag har väl också känt mig trött och stressad och undrat om jag har gjort rätt som har köpt den där dyra lägenheten och om jag kommer att trivas i Stockholm. Men jag ser inte att jag har rätt att ta ut det på dig. Tänk om du skulle vara tvungen att bo hemma hos mig av någon anledning och så skulle jag behandla dig på samma sätt som du behandlar mig nu. Du skulle nog inte känna dig särskilt välkommen. Men det är skiiillnad, för du är Matilde. Och Matilde får alltid vara precis som hon vill utan att någon tycker att hon gör något fel. Jag tycker du är oschysst. Det får du fan ändra på. Jag tänker bo på hotell tills min lägenhet är färdig, det är ändå inte många dagar kvar. Men jag vill att du tänker igenom vilken ton du tycker vi ska ha mot varandra. Även när det är stressigt. Vill du att jag ska ta ut mina grejer på dig? Jag vill i alla fall inte att du gör det mot mig. Du får behärska dig precis som andra får göra. Att jag råkar vara din syster spelar ingen roll i det här sammanhanget.

Åse drog på sig ytterkläderna och slog igen ytterdörren. Matilde satte sig i soffan. Hon hade en stor klump i magen och insåg att hon hade varit oschysst. Säkert hade det varit påfrestande för Åse att bo hemma hos henne också, men precis som hon själv sagt så hade hon inte visat det en enda gång. Så fort Åse blev sur eller arg hade alltid alla i familjen klappat henne på huvudet och sagt att nu är lilla Åse igång igen, hon är ju så hysterisk. Det kunde inte vara särskilt kul att få den stämpeln på sig. Och hon hade rätt. Matilde fick alltid förståelse och medlidande. Trots detta hade faktiskt Åse åkt till Stockholm för att stötta henne.

Det fungerade inte att fortsätta kräva att världen skulle cirkulera runt henne själv så fort hon råkade ut för minsta motgång.

Hon sträckte sig efter telefonen och slog Tomas nummer. Hon saknade honom.

– Hej, det är jag.

– Hej!

– Vad gör du?

– Sitter på kontoret. Vad gör du?

– Ähh, inget särskilt. Du, jag vill fråga dig om en sak och du måste lova att tacka nej om det känns jobbigt.

– Visst.

Matilde berättade om planerna och förklarade hur långt de kommit i processen och att de måste ta in någon rätt kvickt.

– Spontant så skulle jag jättegärna vilja göra det. Men, och jag tror inte att du vill höra det här, jag vet inte om det är en bra idé.

– Varför då?
– Matilde, snälla. Du är världens härligaste, men jag känner mig inte bekväm med att vara omkring dig. Jag förstår att du gärna vill ha det som förut när vi träffades jämt och hittade på saker. Men det fungerar inte så. Jag är kär i dig. Och jag vill ha mer av dig. Kan jag inte få det så måste jag låta det gå över. Så därför kommer jag att tacka nej. Men jag kan gärna tipsa om en annan arkitekt som jag tror skulle kunna hjälpa er.
– Så du menar att vi aldrig kommer att kunna umgås igen?
– Faktum kvarstår. Jag är fortfarande kär i dig och om du inte känner detsamma för mig, så mår inte jag bra av att vara omkring dig. Vi kommer säkert att kunna umgås som förut en dag längre fram, men inte nu. Och jag vill faktiskt att du respekterar det. Det handlar inte om att straffa dig, jag tycker helt enkelt att det är för jobbigt.

Matilde fick numret till den andra arkitekten och de avslutade samtalet. Någonstans hade hon känt på sig hur samtalet skulle bli och därför skjutit på det så länge. Hon saknade Tomas så att det värkte i hela kroppen, men hur hon än försökte få fram en bild av dem tillsammans så gick det inte. Hon hade inte de känslorna för honom och hon kunde inte tvinga fram dem bara för att de skulle kunna umgås.

Med en tung suck kastade hon sig tillbaka i soffan. Dagen hade verkligen börjat fantastiskt.

Eftersom hon sovit dåligt under natten somnade hon halvliggande i soffan och vaknade med ett lätt ryck strax efter elva. Med en nästan ursinnig frenesi borstade hon tänderna och hoppade i sina träningskläder. Karin skulle ha sitt lunchpass och istället för att gå lös i skafferiet var det bara att pallra sig iväg och träna.

– Jaha, välkomna! Jag heter Karin för er som inte visste det och jag vill påpeka att det här är ett intensivpass som är en och en halv timme. Känner ni att ni inte orkar med så kan ni strunta i att springa och promenera istället. Detsamma gäller när vi hoppar. Okej? Då kör vi.

Matilde kunde inte erinra sig att hon varit på något intensivpass förut, något hon snart skulle bli varse. Tempot var en mardröm. Flera gånger under den första halvtimmen var hon övertygad om att hon skulle svimma. Vid ett tillfälle när Karin var tvungen att byta skiva sprang hon ut och hämtade sin vattenflaska som hon sen fick fylla på två gånger under passets gång.

När Matilde till slut stapplade hem skakade hon i benen och först efter en lång dusch började kroppen återhämta sig. Sebastian ringde och frågade om flickorna kunde komma till henne ett par dagar tidigare och om hon kunde hämta dem i skolan redan samma dag. Han hade en kund på gång som ville sälja en större egendom på Gotland och bett honom flyga ner omgående för en värdering. Matilde blev så glad att hon fick tårar i ögonen. Ingenting i världen kunde ha glatt henne mer.

Hon stod på plats utanför skolan när tjejerna kom utspringande och de kastade sig runt hennes hals i vanlig

ordning. Men så fick Ella ett bekymrat uttryck i ansiktet.
– Vad är det gumman? Har du glömt något?
– Nej, men jag hade ju bestämt att jag skulle träffa Jenny idag. Hon håller på att flytta och hon lovade mig att jag skulle få sova över där ikväll. Pappa måste ha glömt det.

Ella började gråta och Matilde strök henne över håret.
– Men det är väl inga problem? Vi ringer Jenny, så ordnar vi det. Och du är säker på att det var ikväll ni hade bestämt?

Ella nickade och Matilde tryckte fram Jennys nummer.
– Hej Jenny, det är Matilde. Jo, Ella sa att ni hade planerat att hon skulle sova hos dig ikväll, stämmer det? För Sebastian var tvungen att flyga till Gotland så det är jag som har tjejerna. Nej, men det är inga problem. Jag kommer över med henne. När vill du att vi ska komma? Och adressen var? Bra, då kommer vi strax efter fem.

Ella sken upp som en sol och skuttade hela vägen hem.
– Mamma, vad ska vi göra då? frågade Pim. Ska vi sitta helt ensamma hemma? Var är Åse?
– Ehh, hon skulle ordna något med sin lägenhet. Hon skulle sova där också, tror jag.

Matilde bet sig i läppen för att hon ljög för Pim, men hon ville inte oroa flickorna. De hade fäst sig vid sin moster och hon ville inte att de skulle bli oroliga.

Strax före fem hade Ella packat sin övernattningsväska tre gånger och Matilde hade inspekterat att tandborste och rena kläder låg där.

– Ska Jenny ta mig till skolan i morgon då?
– Vi får fråga henne. Annars kommer jag och hämtar dig med bilen i morgon bitti. Det är inga problem.
– Mamma! Vet du? Jag älskar dig.

Ella var inte den som gärna strödde ömhetsbetygelser omkring sig så Matilde stod en smula handfallen när Ella smög sina armar omkring henne.

– Du är så snäll som inte blir arg på mig för att jag tycker om Jenny. Tyra får inte ens prata med sin pappas tjej för sin mamma. Även fast hon verkar jättesnäll.

Matilde kramade sin kloka dotter tillbaka och gav henne en puss.

Jenny bodde i Birkastan i ett gårdshus på nedre botten. Allt var väldigt välstädat och trots att hon var mitt i en flytt så stod alla saker prydligt på sin plats.

– Hur känns det nu? Ska det bli härligt att flytta?
– Ja, fast lite läskigt är det.
– Hur gör du med lägenheten, har du sålt den?
– Nej, jag vill avvakta ett tag. En barndomskompis till mig från Habo kommer att bo här. Hon letar jobb i Stockholm och då slipper hon i alla fall oroa sig för att ordna bostad också.

– Vad praktiskt. Kanske skönt att hyra ut till någon man känner också. Jaha, då har vi Ellas väska här. Hur vill du göra i morgon? Ella har sovmorgon till klockan nio. Men det är inga problem för mig att köra hit och hämta henne.

– Nej, jag tar gärna Ella till skolan. Jag har redan planerat att vi ska äta frukost på ett litet ställe här bredvid som är jättemysigt. Om du inte vill att mamma kommer i morgon bitti?

Ella skakade på huvudet och Matilde förstod att en frukost med Jenny på ett café var betydligt intressantare.

– Vi kommer att sakna dig här uppe. Du får lova att komma hit ofta och hälsa på.

– Jadå. Och Ella och Pim får gärna komma ner till Habo. Men det är klart att vi ska höras ändå. Och min barndomsvän ska ju som sagt flytta hit så jag kommer nog hit lite då och då. Ja, om du hör någon som söker en jätteduktig tjej så säg till. Katta är väldigt bra.

– Vad söker hon för typ av jobb?

– Egentligen något som hon tycker är kul. Hon är lite en sån person. Har rest jorden runt och jobbat en del på restaurang och hon hyrde ut surfbrädor i Australien.

– Vad gör hon nu?

– Hon har jobbat i en affär i Göteborg. Men hon kommer att trivas mycket bättre i Stockholm. Jenny skrattade.

– Så det blir nog perfekt att vi byter plats, hon och jag. Jag längtar så mycket efter lugnet.

– Du kan väl be att hon ringer mig. Vi söker flera personer till vårt projekt och det är möjligt att hon skulle kunna passa. Du har ju mitt nummer så… Kom då gumman så får jag en puss och kram. Och det är bara att ringa om det är något. Puss puss.

Pim och Matilde hoppade in i bilen och det kändes märkligt tomt utan Ella.

– Vad ska vi göra nu då?
– Vet inte.

Pim verkade lite brydd över att hennes storasyster skulle ha en mysig kväll hemma hos Jenny. Själv var hon inte nämnvärt förtjust i att sova borta, men bytet av miljö kanske verkade lockande.

– Ska vi gå på bio?
– Vadå? Vad ska vi se då?
– Jag vet inte. Vi kan stanna och köpa en tidning. Det går nog inga barnfilmer så här en vanlig kväll. Men vi kanske kan hitta någon smaskig kärleksfilm?
– Okej. Ska Åse följa med?
– Varför det?
– För att hon är rolig.
– Är inte jag det då?
– Jo, men inte på samma sätt som Åse.

Matilde fnös och undrade om hon lika väl kunde strunta i rollen som mamma och lämna bort sina döttrar till Åse och Jenny. Men innerst inne var hon stolt över sina tjejer som hade förmågan att ta till sig utomstående personer. Det var bara berikande. Hon log för sig själv och slog Åses nummer. Matilde kände att det var dags att be om ursäkt.

– Åse!
– Ja, det är jag.
– Jaha.
– Du. Jag är verkligen ledsen för det där. Supersuperledsen. Kan du förlåta mig? Jag har ingen rätt att vara så där. Och jag lovar att försöka bättra mig.
– Okej.
– Är vi vänner då?

– Jaja.
– Var är du?
– I lägenheten.
– Med hantverkarna?
– Nä. Jag sitter här bara.
– Du är för rolig. Kom ner i porten så får du följa med Pim och mig på bio. Ella är hos Jenny.

Kvällen blev jättemysig. Pim var i högform och ville hela tiden höra varför hennes mamma och Åse varit sura på varandra. Och varför hennes mamma hade sagt förlåt. Hon var djupt fascinerad av att även vuxna syskon kunde bråka.

Filmen var en romantisk komedi. Pim tyckte att den var rolig även om hon bara förstått hälften av handlingen.

– Jaha, ska du hämta dina väskor nu då och följa med oss hem?
– Nej, jag sover nog där. Jag köpte en säng idag och jag har bäddat.
– Äsch, vad löjlig du är!
– Nej, allvarligt. Det är snart klart däruppe. Badrummet är helt färdigt och de ska bara måla det sista i morgon så det funkar faktiskt att bo där. Så no worries, big sister.
– Du, jag var verkligen superbitchig mot dig förut. Så himla dum. Kan du förlåta mig? Du som kommer som en räddande ängel när jag mår som sämst och är en drömmoster till tjejerna... Och så får du bara skäll av din elaka storasyster.
– Äsch, glöm det där nu. Kom så kramas vi istället.

Pim såg förtjust på sin mamma och sin moster.

Matilde och Pim kom hem och kröp upp i soffan.
– Mamma, kan inte jag få vara hemma från skolan i morgon?
– Varför då?
– Jag vill också äta frukost på café. Kan vi inte göra det?
– Men det tar väl inte hela dagen?
– Nej, men sen vill jag gå och shoppa med dig på NK. Bara du och jag.

Matilde log stort mot sin dotter och drog henne intill sig.
– Okej, bara för den här gången. Det får inte bli en vana att inte gå till skolan. Och du måste lova att fråga fröken om du missat något sen. Okej?

Dagen efter sov de till halv nio. De intog frukost i en liten coffeeshop några kvarter hemifrån. Pim åt två chokladcroissanter och hade ont i magen resten av dagen. Någon vidare shopping på NK blev det inte. Pim var inte särskilt road utan hade nog mest hört uttrycket och tyckt att det låtit som en bra ursäkt för att slippa skolan en dag.

De strosade runt på stan och hämtade Ella strax efter två. Övernattningen hos Jenny hade överträffat alla Ellas förväntningar och hon pratade inte om annat under promenaden hem.

Det ringde i Matildes telefon.
– Ja, det är Matilde.
– Hej! Jag heter Katarina och fick ditt nummer av Jenny

Samuelsson. Hon sa att ni kanske letar personal till en ny affär.

– Ja, just det.

Matilde undrade om hon hade kastat ur sig det där lite väl lättvindigt, men det var bara att stå sitt kast och hålla god min.

– Jo, det stämmer. Vi söker lite olika tjänster, men först skulle vi vilja hitta en butikschef.

– Jag träffar er gärna. Om ni vill alltså.

Matilde tänkte att hon kanske kunde skjuta på det så skulle det sen bli lättare att dra sig ur. Men Jenny hade varit så fantastisk så det minsta Matilde kunde göra var att träffa hennes barndomsvän helt förutsättningslöst. De beslutade sig för att träffas dagen efter över en lunch och Matilde föreslog Riche. Det skulle avgöra hur den här tjejen från landet var. Om hon klev in på Riche och var obekväm i den miljön skulle hon aldrig passa in i deras koncept. Matilde ringde Åse och förklarade situationen på hennes telefonsvarare.

Inne på Riche var det smockat med folk och Viggo Cavling, Sveriges mest intensiva journalist, stod och koketterade med en kvinnlig krönikör som Matilde tyckte verkade drivas av fel krafter.

Anders Timell stod i hovmästarbåset och delade ut bord till höger och vänster och log snett när Matilde kom fram.

– Hej! Nyknullad, ser jag! Bord för två?

Timell hade en lätt variant av Tourettes syndrom och

slängde alltid ur sig snuskiga påståenden till alla. Matilde kunde inte annat än le åt mannen som för alltid skulle se ut som en tonåring, trots att han för länge sen hade klivit över fyrtiostrecket.

– Nej, vi blir tre faktiskt.

– Åhh, en trevlig trekant. Fönsterbord?

Åse kom inrusande och såg ut som om hon höll på att spricka.

– Vad är det? Du ser helt galen ut!

– Tomas kom förbi med ritningarna. De ser helt fantastiska ut!

– Va? Vad pratar du om? Han sa ju senast i går att han inte ville ta jobbet.

– Äsch! Ni får prata om det sen. Jag vill inte lägga mig i det där.

– Vadå? Så han kan prata med dig men inte mig? Vad har ni kokat ihop bakom min rygg? Har ni suttit och beklagat er över hur hemsk jag är?

– Ja, faktiskt. Närå, så farligt är det inte. Men vänta tills du får ser vad han har tänkt sig. Det kommer att bli helt otroligt. Han har varit där hela natten och skissat och tagit mått. Han kom förbi mig i går efter bion och hämtade nycklarna till lokalen.

En tjej i trettioårsåldern kom plötsligt emot dem och såg glad ut. Matilde kopplade först inte utan log bara lite svävande tillbaka, innan hon insåg att det var Jennys väninna.

– Är det du som är Matilde? Jenny har förklarat på ett ungefär hur du ser ut. Ja, jag heter Katarina. Jenny säger alltid Katta, men det är bara hon.

– Hej hej! Jo, det är jag, och det här är min syster och kompanjon, Åse.

Katarina hade långt blont hår som hängde en bra bit ner på ryggen. Hon var längre än både Matilde och Åse. Kläderna var avslappnade och Matilde kunde förstå att hon passat in i en surfshop nere på stranden i Australien. Anders Timell kom fram med tre menyer och skulle eskortera damerna till deras bord.

– Och vem är du då?

– Jag heter Katarina. Och du?

Katarina log stort mot Timell som verkade komma av sig en aning av den direkta frågan.

– Gud, så snällt att ni ville träffa mig. Jag kom till Stockholm imorse och jag måste erkänna att det är lite läskigt.

– Har du bott i Habo i hela ditt liv?

– Nej. Jag har rest runt i flera år och de senaste åren har jag jobbat i Göteborg.

De beställde och Åse och Matilde gav varandra en menande blick när Katarina bad att få moules frites. Helt bakom verkade hon ändå inte.

– Vad hade du tänkt dig att arbeta med? Och vad är det som får dig att flytta hit?

– Jag vill hitta något som jag kan brinna för, något som engagerar mig. Jag har jobbat en del i klädaffär och för att vara ärlig så blir det tråkigt efter ett tag. Jag skulle vilja jobba inom ett bredare område. Anledningen till att jag flyttar till Stockholm är att mitt vikariat i Göteborg gick ut förra veckan. Det var en liten affär och de hade ingen möjlighet att anställa en till på heltid. Och i Habo där jag kommer från finns det inget jag kan tänka mig jobba med.

– Hur ser du på framtiden? Familj, barn?

För första gången under intervjun såg Katarina en smula besvärad ut. Blicken flackade till, men hon hämtade sig snabbt och sa:

– Jag lever ensam nu och hur det kommer att se ut framåt har jag ingen aning om. Men eftersom jag inte ens har ett förhållande så ligger väl inte barn i den närmaste framtiden direkt. Sen ska jag vara ärlig, jag känner inte en människa här i Stockholm. Bara Jenny, och hon flyttar ju nu. Så om ni söker någon med ett stort kontaktnät kan jag inte hjälpa er. Men jag läser ju kändistidningar och så. Så jag fattar att hovmästaren där är bror till Martin Timell och att killen med vågfrisyren är Viggo Cavling som alltid syns med hon Dominika.

Matilde och Åse skrattade till och höll på att sätta både salladen och sina fördomar om Katarina i halsen.

– Hur skulle du känna inför personalansvar? Gillar du sånt eller skulle du tycka bättre om ett administrativt ansvar?

– Jag är ingen vidare pappersmänniska. Men jag tycker om att jobba i grupp. Fast jag vet faktiskt inte om jag skulle vara en bra chef. Det är nog svårt att svara på själv. Jag vet vilka typer av chefer jag själv inte tycker om att jobba för, men hur jag själv skulle vara vet jag faktiskt inte.

Åse och Matilde såg på varandra och Matilde fortsatte:

– Skulle du ha något emot att vi lät testa dig hos en headhunter? Det finns personlighetstest som kan ge en bild av hur man skulle fungera i en ledarroll.

– Ja, om ni vill det så. Det låter lite läskigt, men det är klart. Jag vill inte att ni ska tro att jag är något annat än vad jag är.

Lunchen avslutades och Matilde lovade att återkomma med en tid för testet.

– Vad tror du? Spontant?

– Hon är rätt skön. Avslappnad utan att vara ointresserad. Jag tror att hon skulle kunna uppfattas som behaglig av kunderna. Man känner sig sedd av henne på något vis. Och så är hon så där lagom snygg. Mer fräsch än snygg, men hon skulle absolut passa in. Jag fick en känsla av att hon är lantistjejen som har allt att bevisa. Och jag väljer mycket hellre en bra tjej som inte kommer från Stockholm. Ingen med minsta antydan till attityd får arbeta hos oss.

– Vi kollar med headhuntern som Sebastian tipsade om. Tror du hon skulle passa som en i gänget annars? Om hon inte skulle funka som butikschef, menar jag?

– Hmm, jag prövar henne hellre i en styrande position. Jag skulle absolut vara trygg med att ha henne som chef. Har svårt att tänka mig att hon skulle brusa upp eller så. Inte som vi, hehe. Men det gäller att hon kan ställa krav också. Hur var Jenny som anställd?

– Rena drömmen. Sebastian sa att han aldrig kommer att hitta en sån person igen.

– Och om de är nära vänner borde det väl vara en liten indikation på att Katarina är okej också? Annars skulle väl

Jenny knappast ha rekommenderat henne, eller hur? Hon som verkar vara så ängslig för saker.
 – Ja, du har en poäng i det.

Ritningarna Tomas hade gjort var bättre än Matilde hade kunnat föreställa sig. Hon hade ingen lust att ringa honom, det steget till kontakt fick komma från honom. Hon insåg att hon inte hade tagit Tomas känslor på allvar och istället försökt tvinga på honom en vänskap som han inte var redo för. Hon hoppades att hon någon gång skulle få tillfälle att be honom om ursäkt för det. Och att de skulle kunna börja umgås som vanligt igen, när han kände för det.

Åses lägenhet blev äntligen färdig vilket resulterade i att hon mest sprang runt som en virrig höna och fixade hemma. Hon hade köpt ett mer eller mindre nytt möblemang och lämnat lägenheten i Oslo intakt. Den kunde vara bra att ha när hon och Matilde åkte dit och hälsade på. Massimo ringde som en galning och skickade blommor och paket var och varannan dag. Matilde såg att Åse levde upp av den bekräftelse hon fick och det gladde henne.

Testet från headhuntern kom tillbaka och visade på att Katarina skulle bli en utmärkt chef. Hennes svar hade visat på både stabilitet, kreativitet och en diplomatisk förmåga.
 – Vad mer kan vi önska? Det är ju precis vad vi söker.
 – Ja, faktiskt. Hon är ju den bästa vi har träffat hittills. Jaha, då ska vi löneförhandla. Vad tror du? Ska vi börja

högt och visa att vi kommer att ställa stora krav på henne, eller sakta men säkert höja lönen?

– Jag tycker vi ger henne en bra lön från början och sen kör vi på det där bonussystemet bland alla anställda som vi pratade om förut. Alla som säljer bra ska få belöning för det. Annars är det poänglöst att jobba hårt. Men vad har en bra butikschef i lön? Trettiofem, fyrtio?

– Där någonstans. Hon kommer ju att ha ett rätt stort personalansvar eftersom hon ska vara övergripande för alla avdelningarna. Även cafédelen. Det blir mycket jobb för henne. Och hon kommer att behöva jobba nästan alla lördagar under det första året. Ja, söndagar med för den delen.

– Vi börjar med trettiofem så får vi se vad hon säger. Och går det bra kan hon ju få mer. De andra i butiken ger vi tjugofem. Men då får det ingå att de jobbar varannan helg. Söndagar är säkert en rätt stor dag. Dessutom kommer caféet att vara proppfullt. Har du pratat med Riddarbageriet förresten?

– Ja, just det. Vi har möte med dem nästa vecka, men de var jättepositiva.

De hade beslutat sig för att inte baka själva inne på caféet, det skulle bli svårt med ventilationen. Eftersom de båda var barnsligt förtjusta i Riddarbageriets bakverk så föll det sig naturligt att kontakta dem. Bland deras klassiska bakverk fanns toscabullen, ett slags wienerbröd med toscatäcke. Inte ett alternativ för den som räknade kalorier, men som smörbomb betraktad var den oslagbar.

Förhandlingen med Katarina gick fort. Hon gick med

på trettiofemtusen utan omsvep och hade nästan låtit lite chockad över den stora summan och sa flera gånger hur glad hon var över att ha fått deras förtroende. Matilde tyckte att det var en bra början.

Maj

Våren kom till slut och äntligen hade det hunnit bli så pass varmt att Matilde tillät flickorna att ha kjol på sig utan strumpbyxor.

– Mamma, jag är så trött.

– Har du inte sovit inatt?

– Jo, men jag känner mig trött hela tiden, även när jag sovit.

– Så är det ibland, Pimmis. Du ska se att du mår bättre när helgen kommer. Och så har ni ju ledigt måndag och tisdag nästa vecka. Ska ni till landet då med pappa?

– Nej, svarade Ella inifrån badrummet. Han kunde inte, han var tvungen att jobba.

Ett sting av irritation störde Matilde. Kunde han inte se till flickornas bästa? Att de faktiskt behövde vila upp sig.

Sedan hon lämnat flickorna i skolan gick hon mot Åses lägenhet där de provisoriskt installerat ett kontor. Med en grimas struntade hon i att ringa Sebastian och skälla på honom. Flickorna hade haft en hektisk vinter och vår, men det var faktiskt inte enbart Sebastians fel. Själv hade hon jobbat oavbrutet. Först med boken och ångesten som hade kommit med den och sen med det nya projektet. Flera gånger hade flickorna fått sitta och se på teve medan hon och Åse lagt upp nya strategier efter något bakslag. Telefonen hade ringt i ett och Matilde insåg att hon var klart delaktig i deras trötthet.

Hon fick ett infall och ringde upp Sebastian ändå.

– Hej, det är jag. Du, jag tänkte höra med dig om det är okej att jag tar med mig tjejerna till Mallis nästa vecka? Jag ska ringa och se om det finns några platser på flyget, men jag ville kolla med dig först. De har ju ledigt måndag, tisdag och så får jag be att de får ledigt ett par extra dagar. Va? Är det sant? Så då gör det inget? De var så himla trötta imorse och både du och jag har jobbat rätt mycket senaste tiden, så... och sen vet jag inte hur det kommer att se ut för mig i sommar. Jag kommer ju att ta en vecka här och där, men det kommer inte att bli någon lång sammanhängande ledighet.

Matilde ringde SAS och fick reda på att alla reguljära platser i ekonomiklass var slut och det enda som fanns kvar var tre platser i första klass redan samma kväll och med återresa först två veckor senare. Matilde tog ett djupt andetag och bad telefonisten hålla biljetterna ett par timmar. Så ringde hon flickornas rektor, en mycket sträng kvinna i femtioårsåldern. Rektorn var inte förtjust i idén, särskilt inte eftersom det var med så kort varsel.

– Men flickorna är så trötta. Och de är ju så duktiga i skolan. De gör alltid sina läxor och jag lovar att de tar igen allt de missar.

– För den här gången då. Och jag tar viss hänsyn till

er familjesituation. Jag förstår att det är svårt att få till semestrar när man är separerad. Men nästa gång vill jag att ni kommer in med en skriftlig ansökan i god tid. Ha en trevlig resa.

Matilde var så ivrig att hon nästan slog fel nummer när hon skulle ringa tillbaka till Sebastian.

– Du, nu är det så här. Det fanns inte tre biljetter för en vecka, men för två.

– Men Matilde. Det blir för långt. Jag gillar inte att vara borta från flickorna så länge.

– Jag vet det. Men kan inte du komma ner sista veckan då?

– Va? Till Mallis?

– Du kan antingen bo i Pers hus eller i lägenheten med oss. Men fatta vad skönt det vore för tjejerna? Två veckor. Och jag har fixat ledigt i skolan.

– Jag tror inte jag hinner det. Jag har så jäkla mycket just nu.

– Du vill inte?

– Klart jag vill, men... Det skulle vara lite konstigt också.

– Det beror väl på hur vi väljer att göra det. Vi kanske kan höra om vi kan bo allihop hos Bo och Per så har vi större ytor att vara på och slipper gå på varandra. De skulle ju inte ha något emot det, eller hur?

– Jag fattar inte hur du gör det, men du gör det tamejfasen jämt. Får oss att dansa precis efter din pipa.

– Snälla, inte börja bråka nu. Det är ju för tjejernas skull.

– Jag menade inte att bråka. Bara att du är så skicklig på det.
– Jaja, men vad säger du? Jag måste få ett svar för sen måste jag ringa och köra samma övertalning med min syster som måste stanna hemma och sköta affärerna. Nå?
– Vi kör på det. Jag ser när jag kan komma ifrån. Ska be min resetjej kolla vilka tider som funkar att flyga för mig. Och du får ringa Bo. Hur du nu ska lyckas lägga upp det här utan att sätta griller i huvudet på honom.
– Ähh, sluta! Inbilla dig inget.

Åse tyckte inte att det var några större problem, Matilde misstänkte till och med att hon såg fram emot att få vara enväldig härskare under två hela veckor. Katarina hade redan börjat sitt arbete så Åse kunde delegera de tråkigaste sakerna och hade dessutom någon att äta lunch med. Det skulle inte gå någon större nöd på henne.

– Mamma, är det sant? Ska vi åka till Mallis ikväll?
Ella såg inte alls lika glad ut som sin syster utan stampade med foten och muttrade.
– Vad är det Ellis, vill du inte åka?
– Då kommer jag att missa gymnastiken två gånger. Och då får jag inte vara med på uppvisningen i Eriksdalshallen på avslutningen. Tränaren sa att man bara fick vara med om man gått på alla träningarna.
– Men du, jag ringer henne och frågar om du får vara med ändå. Så får vi träna en massa nere på Mallis. Jag tränar med dig.

– Ähh, du kan ju inte ens hjula.

– Det kan jag väl. Inte lika bra som du kanske, men ändå. Vad säger du? Ska jag ringa tränaren och fråga? Pappa kommer ner sista veckan också. Första veckan är vi därnere själva och andra veckan kommer pappa. Han ville inte vara borta från er så länge. Och då bor vi i Bos och Pers hus.

– Vadå? Är pappa och du ihop igen nu?

– Nej, inte alls. Men vi kan umgås i alla fall, som vänner. Är det inte bra det?

– Jo, men bara om jag får vara med på uppvisningen. Annars åker jag inte. Då stannar jag hemma med moster Åse.

– Värst vad ni gaddar ihop er med henne nu för tiden. Okej, men då ringer jag tränaren nu.

Matilde hade glömt att ringa och säga att hon skulle ha de reserverade flygbiljetterna och fick lätt panik innan hon kom fram till SAS och konfirmerade sitt köp.

Tränaren svarade inte och Matilde lämnade ett meddelande.

– Jag har ju sagt att jag inte åker om du inte pratar med henne, sa Ella. Får man verkligen göra så här? Ta med barn på semester hur som helst?

Matilde skrattade och kramade sin ilskna dotter och undrade samtidigt om hon skulle ro iland att fejka ett telefonsamtal med gympatränaren. Med största sannolikhet skulle Ella se igenom det. Det var inte ens värt att prova.

När det bara var en timme kvar tills de var tvungna att åka till Arlanda kom Matilde med ett förslag.

– Vi gör så här. Om vi inte skulle få tag på din tränare innan vi måste åka så ringer vi henne från Mallis. Om hon, mot all förmodan, skulle säga nej, så får du flyga hem och bo hemma hos Åse. Är det okej?

Ella rynkade på näsan. Matilde visste att det var ett riskfyllt förslag eftersom det skulle vara helt omöjligt att hitta ett direktflyg den dagen och dessutom hade ju alla platser varit utsålda för hemresan. Och det fanns inte en chans i världen att Ella skulle ge med sig och stanna kvar om tränaren nekade henne att vara med på uppvisningen. Matilde förstod sin envisa dotter. Hon hade tränat hela året och sett fram emot den. Det var bara hon själv som inte hade tänkt på det i sin iver att resa bort och vila upp sig och flickorna.

Packningen gick undan och Matilde räknade iskallt med att tvätta när de kom ner. Hon slängde till och med ner ett par extra saker hon kunde kemtvätta eftersom det var betydligt billigare med sånt på Mallorca. Pim vägrade låta sin gigantiska nallebjörn vara hemma själv och Matilde fick lova att de skulle svänga förbi Åse och lämna honom i hennes vård. Det var ändå en bättre lösning än att ha en kvadratmeter stor nallebjörn med sig i flygplanet.

Åse skrattade när hon stack in huvudet i taxin:

– Hur gick det med Gestapotränaren?

– Don't mention the war, väste Matilde från framsätet.

Ella svarade torrt från baksätet att hennes tränare inte hade ringt än och att hennes mamma kunde sluta prata engelska.

Åse lovade Pim att ge nallen frukost, lunch och middag

och inte låta honom se läskiga filmer på teve.

– Nä, vem vill ha en gigantisk björn i lägenheten som drömmer mardrömmar? Ha det bra nu och ta hand om er. Hälsa Mallis från mig.

Tränaren ringde precis när de hade checkat in.

Matilde förklarade sitt ärende och fick till sin förvåning ett ganska surt mottagande.

– Jamen, jag kan faktiskt inte garantera att hon får vara med på uppvisningen om hon inte kan komma på generalrepetitionen. Det är lika för alla och om jag skulle...

Matilde kände hur hon kokade inombords över att en liten snärta på tjugofem som tränade nioåriga flickor i gymnastik satte sig emot att hon tog med sina barn på semester. Men hon såg Ellas oroliga min och frågade så neutralt hon kunde:

– Så du föreslår att Ella avbryter semestern med sin familj och åker hem för att vara med på de sista träningarna? Det var nämligen kravet för att hon skulle följa med. Jag tycker det är en smula konstigt att en nioårig flicka inte kan avvika från sin träning två gånger utan att uteslutas. Kommer ni att öva in några nya kombinationer de två gångerna?

– Nej. Men det ska vara lika för alla och om jag... jaja, för den här gången då.

– Skulle du vilja vara vänlig att berätta det själv för Ella?

Matilde räckte över luren till sin truliga dotter.

– Så? Det gick väl bra det där?

– Ja, jo. Men jag fick ju egentligen inte.

– Nej gumman, men det viktiga är ju att det fixade sig till slut, eller hur? Det är jätteviktigt att hålla sig inom ramarna för vad som är rätt och fel, men man ska heller inte gå med på saker när de är bestämda bara av ren princip. Du har ju varit med på alla andra träningar. När du växer upp och får egna barn kan du välja mellan att foga dig i saker du tycker är fel eller att gå din egen väg. Inom rimliga gränser så klart. Men du får också lov att acceptera att jag hanterar saker på mitt sätt. Alla är olika.

Eftersom klockan närmade sig åtta när planet lyfte somnade flickorna relativt snabbt.

Matilde hade bokat en hyrbil som hon skulle hämta upp på flygplatsen och hoppades att flickorna inte skulle vara för trötta när de klev av planet. Det hade varit lättare när de hade suttit i vagn och det bara var att lassa ner dem.

Även Matilde slumrade in och vaknade först när piloten meddelade att det var dags för landning. En man kom ut från toaletten och hon tyckte att det var något bekant med hållningen. Hjärtat åkte upp i halsgropen när hon såg att det var Adrian. Han såg minst lika vettskrämd ut när han fick syn på henne. Han väste stressat:

– Vad gör du här? Jag såg inte dig på Arlanda.

Matilde ryckte på axlarna och nickade åt sina sovande döttrar.

– Vi ska ner på semester. Och du? En ny bok på gång?

Adrian skakade högdraget på huvudet.

– Nej. Jag åker ner för att vila upp mig. Det har varit en mycket påfrestande vinter.

Sen fortsatte han bak i planet mot sin plats och Matilde konstaterade skadeglatt att han inte verkade sitta i den främre delen av planet. Lite komiskt var det att de skulle springa på varandra just på planet ner till Mallorca.

Några minuter senare sänkte sig planet och hon började försiktigt väcka tjejerna. Pim vaknade och var glad som en lärka. Ella muttrade och verkade inte alls glad över att de var framme.

Efter en evinnerlig väntan fick de sitt bagage och Matilde placerade Ella högst upp på alla väskor och lät den lite piggare Pim gå bredvid bagagevagnen. Adrian syntes inte till och hon misstänkte att han rest med enbart sitt handbagage. Vilket förhoppningsvis betydde att han inte skulle vara där så särskilt länge.

Avis hade kört fram bilen och efter att ha skrivit på hyreskontraktet var de på väg in mot Palma.

– Mamma, vad varmt det är. Mycket varmare än hemma.

– Ja, visst är det skönt. Vi kommer inte att ha någon frukost i morgon så vi får gå ut och handla så fort vi vaknar.

Matilde drog in den välbekanta doften. Mallorca hade alltid varit något väldigt speciellt för henne.

Lägenheten luktade unket när de öppnade dörren, men var välstädad och prydlig. En städerska kom regelbundet och skötte om den var fjortonde dag. Det var viktigt att spola och låta vattnet rinna i kranarna för att inte dålig lukt skulle uppstå.

Det tog ett tag innan alla tre somnade och Ella gnällde över att det först var för varmt och sen för kallt innan hon lade sig till ro med kinden mot sin mammas axel.

Morgonen startade med att solen kastade sig in genom lägenhetens alla fönster. Matilde hade helt glömt att stänga fönsterluckorna inför natten.

– Ska vi köpa hem frukost eller vill ni äta på caffé lattestället med de vita parasollerna? Ni vet där hästarna brukar stå och vänta?

Flickorna hoppade i sina sommarkläder och även om Ella inte ville verka alltför entusiastisk så gick det ändå att skönja en viss glädje över att vara på semester.

Vartefter dagen gick och de installerade sig i lägenheten mjuknade hon upp alltmer.

– Vad säger ni? Ska vi åka till havet och ta ett kvällsdopp? Om vi åker nu så är vi där vid fem. Då kanske vattnet är lite uppvärmt också.

De packade ner sina badsaker och Matilde körde upp bilen ur garaget som låg i kvarteret bredvid. På andra sidan gatan kom en man och en kvinna mot bilen och hon fick väja undan för att inte köra på det omslingrade paret. Det var Adrian, och kvinnan som hängde honom runt halsen var Lena. Matilde började skratta när hon fick se de förvånade minerna. Adrian och Lena släppte varandra på ett ögonblick. Matilde kunde inte låta bli att sticka ut huvudet genom fönstret.

– Jaha, så det är ni som är här tillsammans? Var har ni Robert då?

Adrian tog Lenas arm och drog henne med sig och Lena log med generad och ursäktande min mot Matilde.
– Mamma, vilka var det där?
– Några jag känner lite. Han killen där var min lärare på den där skrivkursen jag gick förra året.
– Var det honom du var så kär i?
– Nä, jag trodde nog det då. Men nej, jag var inte kär i honom.
– Han såg ut som en apa, tycker jag.
– Nej, men det gör han inte. Han är rätt tjusig, men han var ingenting för mig.
– Vem var den där tanten han pussades med?
– Hon heter Lena.

De följde vägen från Palma mot stranden vid Es Trenc. De körde in på parkeringen som kostade en euro extra, men som gav en möjlighet att parkera bilen i skugga.

Trots att det bara var andra veckan i maj var det stekande hett och vinden som fläktade var inte särskilt svalkande. Solen hade värmt upp vägen mot stranden så pass att det var omöjligt att sätta ner fötterna utan skor. Flickorna släpade på sina uppblåsbara krokodiler som de fått av Bo och Per året före och Matilde bar den stora tygkassen med handdukar och ombyteskläder.

Stranden var välbesökt eftersom många åkte dit efter jobbet. Trots det lyckades de få en plats med parasoll och solstolar närmast havet inte alltför långt från restaurangen. Flickorna kastade sig ner mot vattnet och Matilde lade upp deras handdukar och bytte om till bikini.

Efter en stund kom Ella upp medan Pim satt kvar och

grävde i sandslottet som de påbörjat.

– Mamma, jag är hungrig. När ska vi äta middag?

– Vi kan äta nu om ni vill.

Pim kom upp och de gick till restaurangen som låg bara några meter ovanför dem.

Flickorna tog som alltid spaghetti och köttfärssås och Matilde friterad bläckfisk. De beställde exakt samma mat varje gång och det fanns en trygghet i att det var så. Servitörerna skojade med dem och bjöd på en glass efter maten. Matilde tog en svag café au lait. Solen började sänka sig en aning men fortfarande skulle det dröja någon timme innan den försvann för dagen.

De gick tillbaka och satte sig på sina solsängar. Matilde tog fram en hög tidningar hon hade köpt i kiosken när de varit och handlat mat tidigare på dagen. Pim slet åt sig House & Garden och Ella spanska Elle för att den hette nästan samma sak som hon. Med havet framför sig och solen som värmde såg Matilde på sina underbara döttrar. Hon fick en klump i halsen och undrade hur hon hade förtjänat att få så fina flickor.

– Är du ledsen, mamma?

– Nej. Inte det minsta. Jag tycker bara att vi har det så mysigt.

Ella kröp upp på sin mammas handduk och Pim var inte sen att göra detsamma. Tätt hopkurade satt de så alldeles stilla och såg ut över havet. Vackrare kunde livet knappast bli.

Epilog

– Var fasen är mina skor? Ella, Pim! Kan inte ni se om ni hittar mina skor?

– Här, de ligger i soffan. Åhh, vad fin du är nu, mamma! Kommer det att komma mycket folk?

– Jag tror det. Men man kan aldrig riktigt veta med såna här fester. Det ringer på dörren, kan ni öppna?

Åse kom instörtande och var strålande snygg. Hon hade tillbringat större delen av eftermiddagen hos Björn Axén där de hade fönat hennes hår så blankt att det gick att spegla sig i det.

– Kom igen nu Tillis, vi måste öva på talet.

– Jag vet, jag vet. Jag ska bara sätta på mig skorna så är jag klar sen. När måste vi åka?

– Taxin kommer om fem minuter.

Marta kom ut i vardagsrummet och frågade om flickorna ville följa med henne upp och spela Monopol. Matilde log tacksamt och passade på att pussa dem hej då.

– Mamma kommer hem sen. Okej? Och var snälla mot Marta. Ni får lova att inte fuska.

Taxin tog dem genom stan och trots att det var en del trafik kom de fram fem minuter före utsatt tid. En viss försening i ombyggnaden hade gjort att de befann sig i mitten av september och trots detta var kvällen lika ljummen som om det vore högsommar.

– När skulle Massimo komma?

– Han skulle landa vid sju och Bo åker dit och hämtar honom. Sen kommer de direkt till festen.

– Hur tror du att det kommer att kännas att träffa honom igen?

– Ingen aning. Men eftersom vi faktiskt bara träffats en enda gång där i Milano så har jag verkligen inga höga förväntningar.

– Men är det inte rätt coolt att han har varit så ihärdig? Det är ju ändå flera månader sen vi var där.

– Jo, det är rätt coolt. Och jag är rätt nervös, faktiskt. Det har varit så tryggt att ha en beundrare på långt avstånd. Klart lyxig tillvaro. Men vi får se.

Matilde klappade sin systers hand och blinkade.

Odengatan var svart av folk i hörnet vid Tulegatan och Åse spärrade upp ögonen.

– Men herregud, ska alla till oss?

Matilde nickade nervöst och svalde.

– Ja, han verkar ha gjort sitt jobb väl i alla fall. Man kan lita på Clarke.

Åse flinade.

– Ja, du borde väl veta. Han kanske blir betald in natura inatt.

– Haha! Jätteroligt!

– Jaja, jag såg nog. Gud, vad han stirrade på dig på mötet.

Matilde daskade till Åse på armen innan de skyndade sig in via bakdörren.

Inne i lokalen rådde fullständigt kaos. Cateringpersonalen sprang för att hinna med det sista och de inhyrda dörrvakterna gjorde sitt bästa för att lugna de ivriga gästerna som väntade på att bli insläppta.

Invigningsfesten hade blivit omtalad i pressen och de båda systrarna figurerade i diverse artiklar. Två tevekanaler hade hört av sig varav en skulle komma ikväll och filma den stora öppningen. Den andra skulle de åka till morgonen efter och bli intervjuade i den välkända morgonsoffan. Att de lyckats få ett exklusivt kontrakt med den oerhört svårflirtade italienska möbelfirman hade bidragit till intresset.

– Hur känns det? Är ni beredda?

Katta strök försiktigt över sin blus av rädsla för att smutsa ner sig.

Matilde kände en arm kring sin midja och såg upp på det välbekanta blonda huvudet. Tomas log stort mot henne och gav henne en kram.

– Så Tillis, då kör vi. Ska jag ge dig en lyckokram?

Matilde nickade och kände hur hon skakade när han lade armarna kring henne. Tomas och hennes vänskap hade överlevt vinterns kris och även om den inte var helt återställd hade de ändå hittat tillbaka till jargongen och värmen. De umgicks inte lika ofta som de gjort tidigare, men det var också för att Matilde jobbade dygnet runt de

veckor hon inte hade flickorna.
– Kom nu, ställ er här.
Matilde tog Tomas under ena armen och Åse under den andra. Med en vän på varje sida gav hon klartecken till dörrvakten att öppna dörrarna. Hon tittade framför sig ut mot de förväntansfulla gästerna och sa för sig själv:
– Let the show begin.

Tack till:

Agneta och Lasse Andersson, Barbara Bergman och Klas Kjell, Lars Boije, Carola Faulkner, Camilla Hildebrand, Theresia Häglund, Per Jansson, Katarina Kjellvertz, Erika och Ulrika Larsson, David Löfvendahl, Jessica och Anders Löwencrantz, Helena Modéer, Daniel Möllberg, Sara Nilsson, Sara Nyström, Richard Paulson, Eva Rosenqvist, Filippa Rosenqvist, Malin Rosenqvist, Agneta Stenström, Theresa Westerström.

Gimo Herrgård för er alldeles fantastiska förmåga att hjälpa mig under min redigeringsprocess.
Hotell J Gåshaga för att ni låtit mig jobba hos er när jag inte haft någonstans att sitta och arbeta.
Svenn Rudow på Hotel Tres.

Åsa Lindström för att du är en sån fena på att fixa!
Ulrika Åkerlund för att du har ett tålamod av guld och har lösningar på allt!
Åsa Selling för att du är världens coolaste förläggare som jag litar på, no matter what!

Roxanne och Joanna
Ulla och Jan
Pappa och Maggan
Alla fantastiska kollegor.

Många kramar till alla mina läsare!

Särskilt tack till min älskade familj: Loppsan och Calle som jag får så många kramar och pussar av, Johan som står ut med sin stundtals så förvirrade hustru… Jag älskar er oändligt mycket.

Under hösten 2007 är Denise Rudberg aktuell med den nya romanen *Åse* och sin första ungdomsbok *Tillsammans*.

På nästa sida hittar du en intervju där hon berättar om sitt författarskap.

Vad handlar din nästa roman om?
Nästa roman heter Åse och kommer i oktober -07. Åse, som är lilllasyster till Matilde, dras in i en helt ny vänkrets där det mesta verkar gå ut på att leva ett dekadent liv med fester och jakt på varandras gods. Åse både fascineras och förfasas. Samtidigt är hon kluven till om hon inte borde flytta till Italien och leva det familjeliv som hon så hett längtar efter. Hon är ju trots allt förlovad med Massimo och bröllopet är under planering. Dessutom får hennes tidigare obefintliga karriär som fotograf ett plötsligt uppsving, något hennes familj inte ser med blida ögon på.

Tycker du att dina böcker har förändrats sedan du började skriva?
Både ja och nej. Jag kan nog tycka att just Åse mer påminner om mina tre första böcker. Samtidigt så är hennes utgångspunkt en annan än mina tidigare romanhjältinnor haft. I och med att mitt eget personliga fokus förändrats, ändras mina böcker.

Hur har ditt liv förändrats sedan du började?
Ojoj, från att ha varit en partyglad 27-åring till att numer vara en mycket stadgad och lätt moralisk tvåbarnsmamma. Just den där moraliska biten kan sätta käppar i hjulen för kreativiteten, har jag märkt. Men jag har nog jobbat bort det mesta nu, haha.

Hur är det att skriva en roman?
Som att lära känna en helt ny vän. Du inser att potentialen för en lång relation finns där, men i början är allt bara så förbaskat trevande och försiktigt. Konversationen flyter trögt och ingenting kommer gratis. Sen när de första 50 sidorna är nedplitade släpper fördämningarna och då jäklar ... Det är en helt fantastisk process.

Hur lång tid tar det att skriva en roman?
Från den första tanken, själva idén, till färdig bok ute i handeln tar det ungefär två år. En stor del av jobbet är rent tankearbete. Mina romaner kräver ett grundligt grubblande i minst ett år.

Hur hinner du skriva så mycket? Nu är du snart uppe i två romaner om året med ungdomsböckerna?
Det är ju inte riktigt så ... jag har ju haft en massa saker på gång parallellt innan själva utgivningen sker. Men jag gillar att hålla ett högt tempo, min kreativitet växer ju mer jag jobbar. Det är som att försätta hjärnan i ett slags trance och ju mer man skriver desto lättare har du att hitta den där speciella fokuseringen. I USA är det mer eller mindre ett krav idag för en framgångsrik författare att vara ordentligt produktiv. Och jag har ju utbildat mig "over there". Skrivandet kräver en sjuk disciplin – säg det till min man som tycker att jag är den mest odisciplinerade människan i universum. Men när det gäller skrivandet så är det annorlunda.

När skriver du?
Tidiga morgnar och fram till max klockan fem. Sen är jag en död sill. Jag får inte ur mig en skvatt efter fem på eftermiddan. Men jag kan gladeligen kliva upp fyra på morgonen och sätta mig framför datorn. Sen är det ju det där med grubblandet. När man bara går omkring och tänker på sina karaktärer och försöker lära känna dem inne i sin egen skalle. Det är en stor process och betydligt trögare än den faktiska tiden vid datorn.

Sen händer det att jag reser bort i några dagar för att bara skriva. Då isolerar jag mig på annan ort och sitter på ett hotellrum dygnet runt och knattrar. Klart effektivt. Jag tror på att byta miljö om man har fastnat. Det behöver inte betyda en långresa till Brasilien utan faktiskt bara en annan miljö än den du vanligtvis vistas i.

Är det läskigt att ge ut en bok? Med förväntningar från läsare och media?
Det är hemskt. Faktiskt. Och av någon anledning så tycker jag att det blir värre för varje bok. Självplågeri, någon? För precis som min bästa vännina så sakligt brukar påpeka när jag beklagar mig, så har jag ju valt detta yrke av helt fri vilja.

Men du skriver också en följetong till tidningen Mama tillsammans med Daniel Möllberg, hur fungerar det att skriva tillsammans med någon?
Det är klart annorlunda. Och svårare. Men Daniel råkar ju vara en av mina bästa vänner så vi fungerar otroligt bra tillsammans och tänker i stort sett likadant. Förutom när det kommer till våra karaktärers integritet. Haha, vi kan verkligen sitta och försvara våra stackars karaktärer på blodigt allvar under skapandets gång. Sånt är kul!